王太子妃殿下の離宮改造計画 4

斎木リコ

Riko Saiki

レジーナ文庫

登場人物紹介
ルードヴィグ
スイーオネースの王太子。
杏奈の夫だが、
愛しているのは
愛人のダグニーだけ。
そのため、杏奈を
ボロ離宮に追い出した
前科あり。
エンゲルブレクト
王太子妃護衛隊の隊長。
伯爵位を持つ
貴族でもある。
自分の任務に忠実な
一方で、杏奈への
道ならぬ想いを
自覚しつつある。
あんな
杏奈（アンネゲルト）
日本と異世界人のハーフ。
名ばかりの王太子妃となり、
離宮改造計画に勤しんでいた。
最近、恋心を寄せる
エンゲルブレクトとの関係に
悩んでいる。

ステーンハンマル

スイーオネースの司教。
浮世離れした
美貌の持ち主だが、
底知れぬ
不気味さがある。

マルガレータ

有力貴族を
叔母に持つ令嬢。
叔母の推薦を
受けて、杏奈の
侍女候補の
一人となった。

ダグニー

ルードヴィグの
愛人である男爵令嬢。
エンゲルブレクトとは
昔なじみ。
王太子と関係を
持っていることには
何か思惑がある
ようで……？

エドガー

エンゲルブレクトの
友人の外交官。
彼をからかいつつも、
アンネゲルトとの仲を
応援してくれている。

リリー

杏奈の侍女。
魔導の専門家
でもあり、
改造計画において
活躍中。

ティルラ

杏奈の侍女。
帝国と杏奈のため、
様々な場面で
活躍する女傑。

目次

王太子妃殿下の離宮改造計画 4

一　幕開け

冬真っ盛りの北の国は、連日雪が降り続いていた。

起床したアンネゲルトは、大きく取られた窓から外を見て呟く。

「今日も雪なのね……」

「スイーオネースは北国ですからね。春はまだまだ遠いようです」

アンネゲルトの呟きに答えたのは、朝の仕度を手伝う側仕えのティルラだ。彼女の他には、小間使いが一人いるだけである。

アンネゲルトの立場を考えれば、もっと大勢の侍女や小間使いに囲まれているべきなのだろうが、主に彼女自身の育った環境を理由に人数を絞っていた。

アンネゲルト・リーゼロッテは、ここスイーオネースとは海を隔てて南に位置する大国、ノルトマルク帝国から嫁いできた王太子妃である。とはいえ、彼女は帝国で育った訳ではない。

帝国皇帝の弟、フォルクヴァルツ公爵を父に、日本の庶民を母に持つアンネゲルトは、幼少の頃より母の故国である日本で育った。

そのまま日本でずっと過ごすものと思っていた彼女が、父の国——異世界の帝国に戻ったきっかけは、母との賭けに負けた事である。

そして帝国に戻ってすぐ、伯父である帝国皇帝から、政略結婚としてスイーオネースへ嫁ぐよう言い渡されたのだ。この結婚により、帝国は北回りの航路の情報を、スイーオネースは帝国から魔導技術の供与を得られる。帝国にも、十分旨味のある結婚だと聞かされていた。

まさか、その政略結婚に裏があったとは——

「そんなの、普通思わないよねー」

「何か仰いましたか？」

「ううん、何でもない」

ほんのわずかなぼやきでさえも、ティルラの耳は拾うらしい。地獄耳という言葉が浮かんだが、それを口にしない知恵くらいはアンネゲルトにもある。

今回の結婚における帝国側の真の目的とは、危険な国にアンネゲルトを強制的に嫁がせようとする帝国内の貴族達から、彼女の身を守る為だったとか。つい先日、母に聞かされたばかりで、未だに信憑性に欠ける気がするが、さすがにこんな事で親が嘘を吐くとは考えたくなかった。

――つい、お母さんじゃやりかねないとか思っちゃうんだよなー。

当人が聞いたら機嫌を悪くしそうな内容を思い浮かべつつ、アンネゲルトは朝の仕度を進める。

王太子妃として嫁いできたアンネゲルトだが、現在彼女がいるのは王都から離れた小島に停泊している船、「アンネゲルト・リーゼロッテ号」の中だ。島の名はカールシュテイン島といい、島自体とそこにある建物全てを国王アルベルトより譲り受けていた。一見すると結婚祝いのようだが、実情はアンネゲルトの夫である王太子ルードヴィグの「やらかし」を帳消しにした見返りである。

ルードヴィグは嫁いできたばかりのアンネゲルトを、長年手入れされずに放棄されていたカールシュテイン島のヒュランダル離宮に追い出した。押しつけられた妃に、愛人である男爵令嬢との仲を邪魔されたくないが故だ。

当然、国同士の政略結婚でこのような暴挙は許されるものではない。本来なら侮辱されたアンネゲルトは即座に帰国してもおかしくはなかったし、帝国とスイーオネースとの開戦も避けられなかっただろう。

だが、アンネゲルト側にも事情があった。夫婦生活がないまま半年を過ぎたら、教会に婚姻無効の申請が出来る。最初からそうするつもりでいた彼女にとって、この「別居」は願ってもない事だった。

とはいえ、そんな思惑を表に出す訳にはいかない。なので、ルードヴィグからの謝罪の場でも、謝罪される事は何もなく、島での暮らしを気に入っている、島と離宮をくれたルードヴィグには感謝すらしているとアルベルトに伝えた。

要は、島と離宮の権利をよこせば全てをチャラにすると脅したようなものだ。しかし帝国との開戦を危惧していた面々にとって、使い道のない島程度で全てが丸く収まるのだから、さぞや魅力的な提案だっただろう。

アルベルト本人もそう思ったかどうかは謎だが、結果として島と離宮に関する権利の移譲を許可してくれた。これで堂々と離宮と島を改造出来るというものだ。

「この雪の中でも、離宮の工事はやってるの？」

「もちろんですよ。離宮の周辺を大型のテントで覆って作業しているとお考えください」

アンネゲルトの問いに、ティルラは即答した。彼女はアンネゲルトの側仕えの仕事以外にも、あちらこちらの責任者を兼任している。その中には離宮の工事に関するものも含まれているようだ。

離宮の改築ならぬ改造には、帝国の魔導技術を惜しみなくつぎ込んでいる。その為、通常の工事より手間がかかるのだが、魔導機器の導入で時間が短縮出来るそうだ。

「早く出来上がるといいなあ」

「そうですね」

仕度を終えたアンネゲルトは、ティルラを従えて私室を後にした。

冬場の王族は暇だ。公務も社交行事もないこの時期は、貴族達も自領に戻ってその整備に精を出す。

王太子妃であるアンネゲルトにも、結婚祝いの名目で国王直轄領からいくつか領地が贈られているが、まだ赴（おもむ）いた事はなかった。管理は手慣れた人物に丸投げ状態の為、アンネゲルト自身が領地に行って整備に手を出す必要はない。

要するに、この時期は長い休みのようなものだ。

「といっても、陛下や殿下は王宮でのお仕事があるそうですが」

そう言ったティルラの声に、船でのんびり過ごしている主（あるじ）に対するわずかな棘（とげ）が含まれている気がしたが、アンネゲルトはあえて無視した。下手に突っ込めば痛い思いをするのがわかっているからだ。

二人がいるのは、船の上階エリアに設えられたメインダイニングの一角で、テーブルの上には朝食が並べられている。

本来、身分の違う二人は同じテーブルについてはいけないのだが、一人で食べたくないというアンネゲルトの懇願の結果、船の中限定ならばとティルラが折れたのだ。

いつも通りに食事を終え、さて今日は何をしようかと思案するアンネゲルトの耳に、小間使いからの報せが入った。

「隊長さんが？」

王太子妃であるアンネゲルトの護衛の為に、国王が自らつけてくれた王太子妃護衛隊の隊長を務める人物は、名をエンゲルブレクト・ロビン・カール・サムエルソンといい、伯爵位を持つ貴族である。アンネゲルトはごく親しい者の前でのみ、彼の事を「隊長さん」と呼んでいた。

そのエンゲルブレクトが、アンネゲルトに面会を申し込んでいるのだとか。

「改まって、どうしたのかな？」

「そういえば、伯爵から休暇の申請が来ていましたね」

「休暇？」

ティルラの返答に、アンネゲルトは首を傾げた。だが、考えてみれば護衛対象であるアンネゲルトが暇なのだから、護衛隊も今が一番暇な時期と言える。休暇を取るならいい時期だ。

納得するアンネゲルトに、ティルラの冷ややかな視線が飛んできた。

「アンナ様にも、伯爵からの休暇申請の書類は回しているはずですが？　ご確認いただいたのですよね？　承認のサインがありましたし」

しまった、と思った時にはもう遅い。書類に惰性でサインしていた事がバレて、その後二時間、みっちりとティルラからお説教を食らったアンネゲルトだった。

「帰郷？」

「はい。所領は普段人任せにしてありますが、年に一度くらいは顔を見せておく必要がございますので」

アンネゲルトの前で騎士の礼を執るエンゲルブレクトは、北の国には珍しい黒髪をした長身の人物で、元は国軍第一師団副師団長の地位にいたそうだ。

彼は、アンネゲルトにとって特別な存在でもある。もっとも、今のところは彼女の片想いだが。

「隊長さんが不在の間の護衛はどうするの？」

離れる寂しさを隠して、アンネゲルトは何気なく聞いてみた。

「副官のグルブランソンが残るというので、一任します」

エンゲルブレクトからの返答に、アンネゲルトは一瞬言葉に詰まる。それはつまり、しばらくアンネゲルトの側にヨーンが張りつくという事だろうか。

「何か、問題でもございましたか？」

アンネゲルトの様子に、エンゲルブレクトが気遣わしげに聞いてきた。

「いえ……何でもないの」

多分、と小声で続けた言葉は、エンゲルブレクトの耳には入らなかったらしい。すっきりしない表情のまま、彼は退出の挨拶を述べてアンネゲルトの前から立ち去った。

「ティルラ……」

「ザンドラには、しばらくイゾルデ館に詰めているように言っておきましょう」

「お願いね」

アンネゲルトの側仕えの一人であるザンドラは、どうした訳かヨーンにいたく気に入られている。一時期はつきまといがひどくて、ザンドラの機嫌が悪い日が続いたほどだ。

彼女の為にも、ヨーンと物理的に引き離した方がいいというのが、アンネゲルトとティルラの共通認識だった。

サムエルソン伯爵領は、スイーオネースの中部に位置する、山と湖を持つ美しい土地だ。内陸だが大きな川がある為、船で王都まで行き来する事が可能で、その利便性からそこそこ栄えていた。

この辺りも雪が深くなると馬車ではなくそりが活躍するが、エンゲルブレクトは荷物を最小限に絞り馬で戻ってきている。といっても、馬に乗るのは船着き場から城までの間であり、サムエルソン伯爵家の城であるティセリウス城は、船着き場から視認出来る距離にあった。

アンネゲルトの船を下りて王都の屋敷に寄り、そこから川を遡る船で一日半、領地の中心地であるアッペルトフトの船着き場は今日も賑やかだ。

「旦那様！」

馬を引いて船を下りたエンゲルブレクトに駆け寄る初老の男性がいた。ティセリウス城の城代、ヴィクトル・ステニウスだ。彼はエンゲルブレクトの父トマスが存命だった頃から、城と領地の仕事の一切を取り仕切っている。

「ヴィクトル、元気そうだな」

「旦那様もご壮健のご様子、誠に喜ばしい事でございます」

簡単な挨拶(あいさつ)を交わしただけで、エンゲルブレクトはヴィクトルと共に船着き場を後にした。付き合いが長い分、お互いに気心が知れている。

歩きながら、エンゲルブレクトはヴィクトルに不在の間の事を尋ねた。

「様子はどうだ？」

伯爵家の親類には厄介者が揃っており、そんな彼らの動向を知っておくのも彼の自衛の一つであり、ヴィクトルはそれをよく知っている人物だ。

「皆様、いつもと変わらぬご様子です」

「そうか」

短く返すと、エンゲルブレクトは馬にまたがった。ここから城までの道は除雪されている為、馬でも楽に行ける。

主人がそりを嫌って滅多な事では使わないと知っているヴィクトルは、自身も馬で出迎えに来ていた。二人は無言のまま、城までの道を馬で進む。

ティセリウス城は壮麗(そうれい)な城だ。元は無骨な造りだったが、何代かにわたって当主が手を入れて今の姿に建て替えていったのだという。その変遷は城に残る絵画が教えてくれた。

城へ到着すると、従僕が「お帰りなさいませ」と走り寄ってエンゲルブレクトの馬に積まれた荷物を下ろし、城代の後ろをついてくる。

「厄介な連中は来ていないようだな」

やかましい出迎えがなかった事に気付いたエンゲルブレクトは、苦笑しながら後ろにいるヴィクトルを振り返った。

ヴィクトルは何食わぬ顔で頭を下げる。

「旦那様がお帰りになると知らされたのがつい先日でしたので、ご親族の方々には報せが間に合いませんでした。また、雪であちこちの道が閉ざされておりますから、報せがいったところでこちらにはおいでになれないかと存じます」

「構わん。鬱陶しい顔を見ずに済んでせいせいしている」

おそらく、ヴィクトルもそれをわかっていて無理に連絡しようとしなかったのだろう。雪は言い訳に使われたのだ。

エンゲルブレクトの親族は、十分生活していけるだけの年金を、先代のトマスが設立した商会から受け取っているにもかかわらず、彼の顔を見るとすぐに金の無心をする。

——どこまでも欲の皮の突っ張った連中だ。

エンゲルブレクトは昔から自分を蔑んできた親族を嫌っていた。向こうも同じ気持ちのはずだが、現在の伯爵家当主が彼である以上、親族は彼の許可がなければ伯爵家の財産から金を引き出す事は出来ない。

思えば、先代のトマスも一族を嫌っていた。商会から決まった額が渡るようにしたのも、彼らを追い払う手段の一つだったのだろう。

それでも足りないと親族がトマスのもとに来る事があったが、トマスは頑として出さなかった。これはエンゲルブレクトも同じである。

——だというのに懲りずに来るんだから、連中は余程忘れっぽいらしい。

その不屈の精神を違う方向に向ければ、明るい未来に繋がるのではと思うし、口にもしているけれど、彼らにはうまく伝わらないようだ。

廊下を歩きながら、ヴィクトルが尋ねてきた。

「すぐに領地の確認をなさいますか？」

「いや、それは明日以降にする」

「承知いたしました」

ティセリウス城に戻った時には、エンゲルブレクトは時期を問わず領地に関する書類の精査を行う。

ヴィクトルを信用しているので全て預けっぱなしでいいと思っているのだが、それでは良くないと当のヴィクトルに言われて確認するようになった。

階段を上った二階の中ほどにあるのが城主の部屋だ。かつては父トマスの部屋であり、今ではエンゲルブレクトの部屋である。

歩きつつ抜き取ったスカーフをヴィクトルに放り、暖炉の側に置かれた大きな椅子に腰を下ろしたエンゲルブレクトは、荷物を置いた従僕が靴を脱がせるのを眺めた。

この時期に領地へ戻るのには理由がある。その目的を果たすのをいつにするか、彼はまだ決めかねていた。

エンゲルブレクトが戻ってから数日降り続いた雪は、今朝方になってようやくやんだようだ。雪の間は城に閉じ込められるので、書類の精査も随分捗(はかど)った。

窓から見える雪景色に、エンゲルブレクトは深い溜息を吐く。これから向かう場所には、彼が帰郷した一番の理由があるが、そこへ行くのは彼にとって気の重い事でもあった。

その場所は、城からはさほど遠くない。普段なら散歩がてら歩くところだが、この積雪では無理だろう。道が除雪されているとも思えないので、馬でも厳しいかもしれない。

「旦那様、お出かけで？」

「ああ」

厩舎に向かうと、馬丁が馬の世話の手を止めて聞いてきた。この男も親の代より城に勤めている。

エンゲルブレクトが王都から乗ってきた馬は、こちらの雪深さに負けたのか少々体調を崩していた。なので別の馬を選ぼうと、数ある馬房を覗き込みながら馬丁に尋ねる。

「雪の中でも行けるのはいるか？」

「それならこいつですね。今一番の馬ですよ」

そう言って馬丁が連れてきたのは、おとなしそうな牝馬だった。確かに足が太く、雪の中でも楽に歩けそうだ。

「ならこいつにするか」

「はい。鞍をつけますんで、お待ちください」

馬丁は手際よく鞍をつけていく。それを眺めつつ、エンゲルブレクトは少し前の記憶をたぐり寄せていた。

『ロビンはせっかちだな』

かつてそう言って笑ったのは兄のルーカスだ。彼はエンゲルブレクトを「ロビン」と呼んでいた。名付けた父ですら、息子の名前にそれが入っている事を忘れているというのに。

母が亡くなるのと入れ違いのように、ルーカスはエンゲルブレクトの生活に入り込んできた。

ルーカスはサムエルソン家の長男なのだから、王都にいる事が多い父のもとにいてもおかしくはなかったのに、何故か父はルーカスをティセリウス城から出さなかった。

エンゲルブレクトは母ヴァレンチナと共に王都の屋敷から出た事がなかったが、母が亡くなったあと、ティセリウス城でルーカスと暮らすようになったのだ。

記憶にあるルーカスは、いつでも穏やかで優しかった。王都の屋敷とはまるで違うティセリウス城を怖がるエンゲルブレクトを、根気よく宥めたのも彼だ。

慣れない城、慣れない使用人、子供には無関心な父。そして何より苦痛だったのは、王都の屋敷には寄りつきもしなかった親族達の存在だった。

普通なら跡取りであるはずの長男には媚びへつらいそうなものなのに、彼らは兄弟のどちらにもあからさまに辛く当たってきたのだ。

彼らはルーカスもトマスの息子とは認めておらず、中には自分の娘を後妻にして跡継ぎを儲けるよう勧めてきた者もいた。

トマスは彼らを疎んじてはいたが、追い払うのではなく飼い慣らす事を選んだ。何故父がそうした姿勢を取っていたのか、エンゲルブレクトは未だに理解出来ない。

──あの父を理解出来る日など、来る訳がないか。

父を思う時、決まって苦いものが胸をよぎる。死の床にある父を見ても、何の感情も持たなかった事に関してもだ。

トマスもルーカスも、もういない。自分は家族というものに縁が薄いのかもしれない、とエンゲルブレクトは感じていた。

それもいいだろう。親族に嫌われているおかげか面倒な縁談を持ち込まれないので、独身を謳歌している最中だ。

エンゲルブレクトは寒風吹きすさぶ中、城を出て裏手に回る道へと馬を進めていた。

到着したのは、城からさほど遠くないアルヴィン湖の畔である。あの日、ルーカスとエンゲルブレクトは共にそりに乗っていた。そりがこの湖に落ちる寸前に、ルーカスはエンゲルブレクトを突き飛ばし、一人で湖に落ちたのだ。

彼の死体は上がってこず、今もそりと共に湖底に沈んだままである。ここは底が深く、地元では昔から落ちたら死体は上がらないと有名な場所だ。

「事故」が起きてから捜索が続けられたが、五日経った時点でルーカスは死んだと判断されて、空の棺で葬儀を行った。これから向かうのは、湖の側にある兄ルーカスの墓だ。もうじき到着するという時、墓の辺りに鮮やかな色が見えた。その色には見覚えがあったが、持ち主はこんなところにいるはずがない人物だ。

ルーカスの墓の前に、旅装姿の女性が立っている。仕立てから見ても、裕福な家の娘か貴族の令嬢だ。

エンゲルブレクトはその後ろ姿を見て、この女性が先程思い浮かべた人物だと確信した。

馬は静かに歩いていたものの、さすがに相手にも気配が伝わったらしい。不意に、たたずむ女性がこちらを振り向いた。動きにつられて鮮やかな赤い髪の揺れる様が、ひどくゆっくりに見える。

「エンゲルブレクト……」

その女性、ダグニー・ブリギッタ・ホーカンソンは驚いた様子で彼の名を口にした。かつての昔なじみの少女。今では王太子ルードヴィグの唯一の愛人だ。

驚いた表情を浮かべたのは一瞬だけで、ダグニーはすぐに微笑む。

「お久しぶり」

「ああ」

彼女が社交界にデビューしてからは、顔を合わせる機会が減っていた。また、エンゲルブレクトは軍に入って以来、社交行事に参加する機会が激減しているので、同じ王都にいても接点がなかったのだ。

「今年は遅かったのね」

ダグニーの言葉に、エンゲルブレクトは軽く驚く。

「まさか、毎年来ているのか？」

彼女が苦笑した事で、今まではすれ違っていたのだと気付いた。

――いや、わざと来る日をずらしていたのか……

自分と顔を合わせたくなかったのか。それも、多分違う。会わない方がいいと判断した結果だろう。王宮では悪し様に言われる事が多いダグニーだが、決して浅慮な女性ではない。

二人で並んで墓標の前に立つ。雪の中に埋もれる墓標には、文字が一切彫られていない。

「聞こうと思っていたんだけど」

「何だ？」

「どうして、墓標に何も刻まなかったの？」

ダグニーの疑問は、ルーカスが死んでからよく聞かれたものだった。普通、墓標には残された者達のよすがとして故人を偲ぶ文言を刻む。

この事を聞く連中は、責めるような口調がほとんどだ。死んだ兄に対する思いは何もないのか、と言わんばかりの態度で非難される。

だが、ダグニーは違った。彼女は自分達兄弟の絆を知っているからこそ、何故何も刻まなかったのか純粋に疑問に思ったらしい。

「……何を刻めばいいのか、思いつかなかったんだ」

本当の事だった。名前さえ刻まなかったのは、ここに兄が眠っていると知られたくなかったからかもしれない。

生まれの事情から親族の猛反対があり、ルーカスを伯爵家の墓へ埋葬する事は叶わなかった。力ずくで押し通しても良かったのだが、墓の事で兄が苦手としていた親族と争うのは兄の為にならない。そう判断してこの場所に葬ったという経緯がある。

城の者達も心得たもので、この場所について親族に漏らした者はいない。彼らも横柄で金に汚い親族を嫌っているのだ。

しばらくそのまま、墓を見つめていた。死んだ人間は生きている人間に応える事はない。それでもこうして一年に一度、亡くした存在を確認する為の象徴となっている。

エンゲルブレクトは墓標から目を逸らさず、隣に立つダグニーに尋ねた。

「ここへは、どうやって？」

「向こうに馬車を待たせているの。冬はいつも、お祖父様のところへ来ているのよ」

彼女の言う祖父のところとは、母方の実家であるベック子爵家だ。サムエルソン伯爵領の隣に小さい領地を所有している。

領地が隣り合っている為、エンゲルブレクトの父トマスとダグニーの母アマンダ・アニトラは幼い頃からの知り合いだった。その縁で、アマンダは幼いダグニーを連れてティセリウス城へ来る事が多かったのだ。

「じゃあ、本当に毎年ここに来ていたんだな……」

「ええ。ごめんなさい」

ダグニーは俯いて、足下に視線を落としている。彼女を横目で見ながら、エンゲルブレクトは問いただした。

「何故謝る？」

「あなたと会うつもりはなかったから。本当よ。いつもなら、あなたはこの時期にはもう来た後だったでしょ」

「今年は少し遅れたからな」

「忙しそうですものね」

それは、領地に関する事だろうか、それとも――

忘れそうになるが、彼女はエンゲルブレクトが守る王太子妃アンネゲルトにとっては邪魔者に当たる。

といっても、アンネゲルトはダグニーに対して悪感情を持っていないだろう。夫である王太子ルードヴィグに大した思い入れがないようだから、その愛人を憎む理由もなかった。普段の様子を見ていても、アンネゲルトがダグニーに言及した事は一度もない。

もしかしたら、存在そのものを忘れている可能性もある。

エンゲルブレクトは、黙って隣に立つダグニーの横顔を見た。

「ダグニー、君は――」

「何も言わないで、今は。ルーカスお兄様の前だもの」

ダグニーは幼い頃からルーカスの事を兄と慕っていた。そのせいか、今も変わらず彼を「ルーカスお兄様」と呼んでいるようだ。

その墓の前で、エンゲルブレクトが何を言おうとしたのか、彼女はわかっていたらしい。相変わらず聡（さと）い事だ。

こうして彼女と共にここにいると、幼い日の記憶が鮮明に蘇（よみがえ）ってくる。ルーカスとダグニーと、三人でよくこの湖まで来て遊んでいた。

野原を走り回り、木に登り、夏には湖で泳いだものだ。

——その湖で……

エンゲルブレクトは軽く頭を振る。事故の時の事は、正直よく覚えていない。ただ必死にそりにしがみついていた記憶だけは残っている。

あの時、ルーカスは自分に何を言ったのか。

「そろそろ戻りましょうか」

ダグニーの言葉で、エンゲルブレクトは我に返った。この場に来ると、毎年こうだ。そして毎年、あの時の事を思い出せないまま王都に戻る事になる。

墓標(ぼひょう)の前から移動し、ダグニーを馬車まで送っていく。並んで歩いている最中、エンゲルブレクトはダグニーの祖父がここ数年床(とこ)に伏しているはずだと思い出した。彼女にとって祖父は、数少ない付き合いのある母方の親戚だ。

「子爵のお加減はどうだ？」

「あまり良くは……。この冬を越せれば良い方だって言われているわ」

まさかそんなに悪いとは予想もしていなかったので驚いた。そうとなれば、一度くらいは見舞いに行っておいた方がいいだろうか。

「すまない。それほどお悪いとは思わなかったんだ」

ダグニーは無言のまま首を横に振っている。気にしていないという事らしい。

「正直、もう意識がない時間の方が長いの。私がいる事も、よくわかっていらっしゃらないみたい」

彼女の声には力がなかった。祖父であるベック子爵は、彼女の唯一の理解者だったのだ。その祖父を亡くす事は、ダグニーにとって大変な痛手なのだろう。

かける言葉を探しあぐねていると、不意に彼女が声の調子を変えた。

「お祖父様が亡くなったら、爵位は従兄弟のラーシュが継ぐでしょう。領地もね」

吐き捨てるような言い方だ。表情には従兄弟に対する嫌悪感が露わになっている。

子爵家の嫡男であるラーシュの名前は、エンゲルブレクトの耳にも入っていた。金に汚い浪費家で、母方の財産まで食いつぶしているという噂だ。

ラーシュの父も浪費で家を傾けかけたというから、血筋なのかもしれない。父親の方は酒が原因で既に他界している。

「彼は君の家に金の無心をしているのか？」

横目に見たダグニーの冷笑で、答えを察した。なるほど、彼女が従兄弟を嫌う訳だ。

ホーカンソン男爵家は成り上がり組と言われる新興貴族で、家の歴史はないが事業に成功していて金はある。

妬みや蔑みから成り上がり組を嫌う世襲組貴族は多いものの、中には彼らの持っている資産に目をつけて近づく者もいるのだ。ラーシュの父親がそうだった。

「うちの事は何とかなるわ。私としては隣同士、あなたに迷惑がかからないかが心配よ」

「ラーシュごときにどうこうされる事はないよ」

ラーシュは中央に特別な伝手がある人物ではない。身分も、言ってしまえば子爵程度だ。伯爵の身分を持ち、中央に人脈を持つエンゲルブレクトの敵ではなかった。

それに社交界に出て体面を保つだけの資金も用意出来ないだろう。貴族の一番の武器である「噂」も使えないのでは、取るに足らない存在だ。

ダグニーも苦笑して同意する。

「それでも、何があるかわからないから、用心だけはしておいてほしいの」

「わかった。忠告感謝する」

エンゲルブレクトは、ダグニーを乗せた馬車が走り去るのを、しばらくその場で見送った。

ティセリウス城に戻ったエンゲルブレクトは、私室で淹れ立てのお茶を一口飲む。冷えた体にはありがたい熱さだった。

「今年の視察はいかがなさいますか？」

「この雪ではやめておいた方がいいだろうな。代行を頼む」

ヴィクトルの問いに、首を横に振って答える。一年に一度、領地に戻った時に領内を視察する事にしているのだが、今年は思っていた以上に雪の量が多い為、取りやめにしたのだ。

サムエルソン伯爵領は、例年なら雪はあまり多くない。といっても国内の他の地域に比べての話で、帝国やその隣国であるイヴレーアなどの他国に比べれば十分雪深いといえるだろう。

「承知いたしました。ではお帰りになるまでこちらでごゆっくりお過ごしください」

「いや、休暇を切り上げて明日戻る事にする」

あと二日残っている休暇だが、やるべき事は全て終えた。今は少しでも早くカールシュテイン島に戻りたい。

王太子妃であるアンネゲルトの安全は未だに確保出来ていないのだ。王宮という、この国で一番警護の厚い場所でさえおかしな術を使われたと聞く。必要なら旧友のエドガーに頼って情報を集めなければならないが、何にしてもここにいては動くに動けない。

「明日……でございますか？」

また急な、とさすがのヴィクトルも口ごもっている。彼の後ろに控えている侍女も不満げだ。

本来ならば、使用人である彼らが主の前で取るべき態度ではないが、エンゲルブレクトはあえてそれを許していた。

「そう不満そうにするな。これも私の務めと思ってくれ」

「申し訳ございません」

ヴィクトルと共に侍女も深々と礼をする。彼らを下がらせて、エンゲルブレクトは自室で荷物の整理を始めた。普通は使用人に任せるのだが、軍隊生活が長いエンゲルブレクトは自分の身の回りの事は自分でやる癖がついている。

さすがに使用人の仕事を奪う訳にはいかないから、普段、城に戻ってきた時には手を出さないようにしている。けれど、人を呼ぶのを面倒に感じた為、今日は自分でやった。

船の方は何の問題も起きていないだろうか。ヨーンに任せてきたから大きな失態はないと思いたいが、アンネゲルトの周囲はこれまで以上に警戒する必要がある。

——あの妃殿下がそれを良しとするかどうかわからんが……

色々な意味で普通の貴婦人からは外れるアンネゲルトだが、彼女の命に関わる事だから受け入れてもらわなければならない。説得はティルラがするだろう。

翌朝早くに、エンゲルブレクトはティセリウス城を後にした。

「旅のご無事をお祈りしております」

「留守中、城と領地を頼むぞ、ヴィクトル」

「承知いたしました」

城代のヴィクトルに見送られながら、船は一路王都へと向かう。船上で川を渡る冷たい風を受けつつ、エンゲルブレクトの心はカールシュテイン島に飛んでいた。

陽光が暖かくなり雪もすっかり溶けた頃、王宮は上を下への大騒ぎだった。

「銀器は磨きに出したのか？」

「燭台の数が揃いません」

「倉庫に行ってこい。おい！　そこのすすがまだ払われていないぞ！」

「名簿についてなんですが」

「貴族院に行って確かめてこい！」

今まで眠っていた王宮がいきなり目を覚ました状態だ。社交シーズンの幕開けに行われる大舞踏会の支度中である。

王宮に勤める人間ならば、シーズン終わりの舞踏会も含め、年に二度は経験する大騒ぎだ。その忙しい最中でも、彼らは噂話に興じるのはやめないらしい。

「聞いたか？　妃殿下の話」

「ああ、王宮の奥で男と逢い引きしていたってやつだろ？」

「え？　俺が聞いたのは赤の庭で帝国の間者と会っていたって話だぞ？」

「お前ら情報が古いんだよ。妃殿下が会っていたのは王国内の反王政派の人物だって」

「何で王族の妃殿下がそんな奴と会うんだよ？」

「だから！　奴らと手を組んで殿下を亡き者にしようって魂胆――」

「お前達！　しゃべってばかりいないで働け！」

話に夢中になって手が止まっていた者達は、監督者に怒鳴られてちりぢりに仕事へ戻っていく。

そんな彼らを横目に、その場を足早に進む男がいた。彼は目当ての扉を見つけると、軽いノックの後、許可を得て扉を開く。

部屋の中にいたのは一人だけだ。大きな机の向こうに座るその人物は、白髪を綺麗になでつけ、背筋を伸ばしている。眼鏡の奥には鋭い眼光があった。

国王アルベルトの側近の一人、ヘーグリンド侯爵である。

「フェルトか。何事か？」

「王宮内で不穏な噂を耳にいたしました」

フェルトの返答に、侯爵は眉間に皺を寄せた。

王宮には多くの人がいるせいか、種々雑多な噂話を聞かない日はない。その中でも、フェルトが主人に伝える話は厳選したものばかりである。侯爵もそれを知っている為、先を促した。

「それで、どんな内容だ？」

「妃殿下に関する噂です」

「何？」

侯爵の眉間の皺が、さらに深くなる。おそらく、想定していたものと異なるからだろう。

現在、王宮で一番の噂の種と言えば、王太子ルードヴィグである。内容は口に出すのも憚られるようなものが多く、その大半が根も葉もないただの噂だった。

だが、今回の不穏な噂は王宮にいない王太子妃についてである。その事が引っかかったらしい。

「申せ」

「はい」

フェルトは、先程耳にしたばかりの話を語って聞かせた。聞いている間、ヘーグリンド侯爵は渋い表情だ。

王太子夫妻は未だに別居中で、王太子は謹慎こそ解けたものの、妃との仲を修復しようという様子は見られない。

それは王太子妃も同様だ。国王臨席の正式な謝罪の場で、王太子妃は問題そのものをなかった事にしてしまった。スイーオネースとしては願ったり叶ったりなのだが、その後も王太子妃は島に留まっている。

とはいえ、そちらはもう少し時間をかけてもいい話だった。問題はもう一つの方だ。フェルトの読み通り、ヘーグリンド侯爵はぼそりと呟く。

「妃殿下が赤の庭で人と会っていたという話が、既に漏れているな……」

「さようにございます」

王太子妃アンネゲルトは、代々の王太子妃が過ごす部屋に面して設えられた赤の庭へ、素性の知れない人物におびき出されたという。この件は、イゾルデ館襲撃事件と併せて王宮預かりとなり、箝口令が敷かれていた。だというのに、おしゃべり雀どもはどこからその話を聞きつけてきたのか。

「一度、王宮に勤める者としての心構えを正さねばならんな」

侯爵は苦々しく言い放った。城に勤める者は、職務上知り得た情報を他者に漏らしてはならないという、いわゆる守秘義務を負うが、昨今それを忘れている者が多い。

「それにしても」

ヘーグリンド侯爵は口元に苦い笑みを上らせる。

「反王政派とは、またかび臭い話が出てきたものだ」

スイーオネースには、過去に何度か王政を打倒しようとする動きがあった。

もっとも、それらは簒奪を目論んだ者達の浅はかな行動であり、その全てが時の国王と王国軍によって叩きつぶされている。

なのに、何故その名が出るのか。赤の庭での件が漏れた事も問題だが、こちらの方も問題だった。

「まさか、また愚か者達が集まりつつあるのか？」

侯爵の独り言に、フェルトは口を差し挟まない。主人がこうして呟いている時は、自身の思考をまとめている最中であり、その邪魔をしてはならない事を彼はよく知っていた。

しばらくして、フェルトはヘーグリンド侯爵から受けた命令を携えて、その場を後にする。シーズンオフで人が少ない王宮の廊下を、彼は足早に去っていった。

シーズンに入ればアンネゲルトも当然ながら外出が多くなり、王都クリストッフェションで過ごす時間が長くなる。その為、シーズン中はほぼ、王都にあるイゾルデ館に滞在する事になっていた。

船から館への期間限定の引っ越しは、シーズン幕開け直前の今日に行われている。

「襲撃後に警備体制を一新しましたので、ご安心ください」

イゾルデ館改修の責任者、キルヒホフは館の玄関でアンネゲルトを迎えてそう挨拶(あいさつ)した。

「信頼しています」

アンネゲルトの言葉に、キルヒホフは深く頭を垂れる。彼の言葉通り、一度教会騎士団の襲撃を受けたイゾルデ館は物理、魔導の両面から警備を一新し、見た目からは想像出来ない防御力を誇っているという。

当の教会からは手紙で館の修繕費用の負担の申し出があったが、明確な謝罪がまだない為、アンネゲルトも教会側と和解する事は出来ないでいた。

搬入される荷物はかなりの量で、その大半がアンネゲルトの衣装や装飾品である。次々に運び込まれる箱の山を眺めながら、アンネゲルトは溜息を吐いた。

「すごい数よね……」

すると、ティルラが呆れた様子で言う。

「今更何です？　あれでもシーズン最後までまかなう事は出来ないんですよ？」

たとえ主催者が違う夜会や舞踏会であっても、一度袖を通したドレスを着る事はない。基本的に、ドレスは一度袖を通したら二度と着ないものなのだそうだ。

しかも、一日一着ではない。出かける時間帯や出席する場所によって服装規定が違う為、下手をすれば一日五回も六回も着替える事になるのだ。

今回持ち込んだドレスも、山のような量だがほんの数日分に過ぎない。

――何という贅沢、無駄の極み……

未だに感覚が庶民のままのアンネゲルトは、自分のドレスだというのにどこか他人事のような感想を抱いていた。

大舞踏会の支度で大わらわになるのは、何も王宮だけではない。アンネゲルトの居館であるイゾルデ館でも、騒動は起こっていた。

「ドレスはいつでも出せるように用意しておいて！」

「靴が一足足りませんー」

「探しなさい！　勝手に歩いていく訳じゃないんだから」

「クリノリンの直しはまだ上がってこないのー？」

「宝飾類は管理を厳重に」

アンネゲルトの衣装担当の小間使い達はてんやわんやである。目の前に迫った本番に向け、一つのミスも許されないのだ。

小間使い達の戦場とは別の場所、イゾルデ館の一階にある遊戯室で、アンネゲルトもある意味闘いの真っ最中であった。

「えーと……こことここがくっつくと厄介？」

そう言って机上に置かれた駒のうち、二つをくっつける。駒にはそれぞれ保守派貴族と教会守旧派と書かれていた。

「違います。そこは元々繋がりがありますので、今更一緒になったところでさほどの脅威(きょうい)にはなり得ません」

すぐにだめ出しをしたのはティルラだ。アンネゲルトの側仕えである彼女は、日本にいる時もアンネゲルトの教育係をやった経験がある。ちなみに、授業は日本語で行われていた。

「もー、わっかんないよー」

早々に音を上げたアンネゲルトに、部屋の隅からかみ殺した笑い声が届く。笑い声の主は、ティルラ同様、この「授業」の教師役である帝国軍情報部のポッサートだ。

帝国軍情報部に所属する者は、皆例外なく日本語授業を受ける。いつ日本で活動する事になってもいいよう備えているのだとか。

そんなポッサートを、アンネゲルトは軽く睨みつける。

「……笑いたいなら、隠さずに笑ったら？」

「いえいえ、そのような事は」

「アンナ様、集中してください。もう一度最初から」

「はーい」

ティルラの言葉に、アンネゲルトは間延びした返事をしながら、駒の配列を始めた。

「えーと、現在スイーオネースの宮廷はほぼ二つに分かれていて、一つが帝国との繋がりを強くしようとする革新派。こっちは魔導技術にも理解があるわね」

「そうです。アンナ様が頼るべき方々です」

「で、もう一つが保守派。こっちは帝国とは距離を置きたい人達の集まり……でいいのよね？」

「どちらかというと、王妃様の故国であるゴートランドとの繋がりを強めたいようですね」

ティルラの出した国名に、アンネゲルトは昔習った地理を思い出す。ゴートランドはスイーオネースの西にある国だ。三日月型の島の上半分がゴートランド、下半分がフェザーランドである。

「……ゴートランドって、何か特色あったっけ？」

「島国という事で、操船術と造船技術に優れていると聞いた事があります」

「他には？」

「特にこれといってなかったかと」

ティルラの返答に、アンネゲルトは首を傾げた。今ティルラが挙げたものは、海洋国家ならばどの国でも持っているものだ。しかもスイーオネースには最短で東に行ける北回り航路の情報がある。何故、ゴートランドとの繋がりを強めたい者がいるのだろうか。

「ゴートランドって、表に出てきていない何かがあるのかしら？」

「もしくは、保守派貴族側に何らかの理由があるのかもしれませんね」

保守派貴族にとって、ゴートランドとの結びつきはどんな旨味をもたらすのか。考えてもわからない事は考えるだけ無駄なので、アンネゲルトはすぐに思考を止めてしまった。

「ポッサート、保守派貴族達に関しての調査は出来るのよね？」

これまで口を差し挟まなかった男に声をかけると、彼は無言で頷いてからつけ足す。

「保守派だけでよろしいので？」

「他に何があるの？」

「ゴートランドですよ。国そのものを調べたら、面白いものが出てくる可能性もあります」

ポッサートの言葉に、アンネゲルトはぽかんと口を開けてしまい、ティルラに叱られた。

「国そのものって、調べられるものなの？」

「お望みとあらば」

芝居がかった様子で一礼したポッサートを見て、アンネゲルトは無言のままティルラに視線を移す。アイコンタクトを受けたティルラは、軽く頷く。

「本当なんだ……」

思わず声を漏らすと、ポッサートが微妙な表情をした。ティルラに確認した事が面白くなかったのだろう。それには触れず、アンネゲルトは話を進める。

「出来るならやって。何があるのか知りたいわ」

「承知いたしました。あちらには姫のご親戚の方が嫁がれていますので、我々の仲間も入り込みやすいんですよ」

「え？　マジで？」

つい口を衝いて出た言葉に、言葉遣いが悪いというティルラの叱責が飛んできたが、それどころではない。

アンネゲルトの態度に、ポッサートも驚いたようだ。

「本当にご存知ないので？　姫の父君のはとこに当たる大公家の姫君があちらの公爵家に嫁がれていますよ。もっとも、姫がお生まれになる前の話ですから、ご存知なくても無理はありませんが」

そういえば、他国に嫁いだり婿に行ったりした親族の事を習った気がする。そっとティルラを見れば、彼女は微笑んでいるが目は笑っていなかった。おそらく、この後でもう一度おさらいさせられるのだろう。

「えーと、じゃあ保守派貴族とゴートランドの関係を含めて調査をお願いね。あとは……」

「革新派貴族の一部も調べておいた方がいいでしょう」

ティルラの補足に、アンネゲルトは首を傾げた。つい先程、ティルラ自身が、頼るべき人々だと言わなかったか。

「先程、組まれると厄介な組み合わせがあると申しましたね？　革新派の一部が保守派、または教会と手を組むと厄介です」

ティルラからの意外な言葉に、アンネゲルトはまたもや言葉をなくした。

「……そんな可能性があるの？」

「ない訳ではありませんよ。保守派に比べれば革新派はまとまってはいますが、一枚岩とは言い切れません。どんな集団にも問題のある存在はいるものです」

想像もしていなかった可能性だ。アンネゲルトはそう考えると同時に、これからは自分でそうした事に気付かなければならないのだと思い至る。もう少しこの国にいる以上、逃れる事は出来ない。だからこそ、ティルラはこの場で自分に教えたのだ。

――厳しい世界だ……

安穏と暮らしていけるほど、一国の王太子妃という立場は甘くはないという事か。

アンネゲルトが先の事を考えてげんなりしていると、ティルラから確認の声がかかる。

「教会の調査はどうなさいますか？」

「そっちは急がなくてもいいんじゃない？」

「何故、そう思われますか？」

アンネゲルトの返答に、ティルラの表情が教師のそれに変わった。返答次第では、後のおさらいが厳しいものになりそうだ。

だが、アンネゲルトとて何も考えずに口にした訳ではない。

「変な話だけど、今、私の無事を一番望んでいるのって教会だと思うの。何かあれば、まず疑われるのは前科ありの教会だもん。修繕費負担の申し出も、その辺りの事情があるんだろうし。もし私を排除したいというのが教会の総意でも、今は動けないわよ」

教会騎士団によるイゾルデ館襲撃事件は、王宮でも重く見られており、関係者以外には口外しないよう通達が出されている。だが、情報などというものはどこかから漏れるものだ。シーズンオフの今だから騒がれていないものの、シーズンが始まればあっという間に噂が広がるだろう。

そうなれば、ますます教会は動く訳にはいかなくなる。それどころか、アンネゲルトの安否を一番心配しなければならない立場だ。何しろアンネゲルトに不測の事態があれば、真っ先に疑われるのは教会なのだから。

「どうしてイゾルデ館を襲撃しようと思ったのか、理由は知りたいけどね。その辺りは王宮側が犯人達から聞き出してくれるでしょう」

だからこちらで調べる必要はない、とアンネゲルトは判断したのだ。最後まで話を聞いたティルラは、満足そうな笑みを浮かべて頷く。

「承知いたしました。では教会はしばらく放置という事で」

ティルラが手元の端末に打ち込むのを眺めながら、アンネゲルトはぽつりと呟いた。

「王宮は今回の件で、教会をどうするつもりなのかしら」

「あちらの出方を待っているところかもしれません。今頃教会内は右往左往の真っ最中でしょうから」

首を傾げるアンネゲルトに、ティルラが解説してくれる。

「教会はアンナ様に書簡を送った事と、館の修繕費用を負担する事で一応の体裁は整えました。ですが、王宮と対立せずこの先も手を携(たずさ)えていく為には、教会自ら首謀者を差し出す必要があります。現在その報(ほう)が王宮からないという事は、どの辺りの人間を差し出すかでもめているのでしょう」

つまりは生け贄(にえ)の山羊を差し出して、王宮に溜飲を下げさせようという事か。教会の内部も存外どろどろしているのかもしれない。

「姫様、調査はどの程度やりますか？」

考え込むアンネゲルトに、ポッサートが問いかけた。これまた別の意味で考え込む内容だ。

「うーん……保守派貴族は何か出るまで、ゴートランドも同じでいいと思うんだけど、問題は革新派貴族よね……」

いわゆる獅子身中の虫になる者達だが、ただでさえ数が多い革新派貴族を全て調べる事など出来るのだろうか。アンネゲルトの悩みどころはそこだった。

「問題がありそうな者達に絞って、長期間の調査を行いますか？」

そう確認してくるポッサートに、アンネゲルトは悩みつつ答える。

「それもいいんだけど……彼らのお金の流れって調べられるんだっけ？」

「ええ、もちろん」

「じゃあ、革新派貴族の全てのお金の流れを調べてくれる？　誰から誰にどれだけ渡ったかわかれば、関係性も見えてくるから」

金の流れは縁に通じるものだ。アンネゲルトの言葉に、ティルラとポッサートは顔を見合わせ、代表する形でティルラがアンネゲルトに尋ねる。

「アンナ様、それをどこで教わったんですか？」

「え？　テレビでやってたドラマだけど？」

あっけらかんと答えたアンネゲルトに、ティルラとポッサートは同時に頭を抱えたのだった。

講義の後、私室に戻ってからアンネゲルトはティルラを振り返った。

「リリーはどこ？」

「今日は一日船にいるはずです。今呼びますね」

ティルラの何気ない返答に、アンネゲルトは驚く。船は今、カールシュテイン島に戻っているはずだ。「アンネゲルト・リーゼロッテ号」の速度でも、今すぐ呼べる距離ではない。

「え？　船にいるならすぐには来られないんじゃ……」

「大丈夫ですよ。イゾルデ館まででしたら、術式による跳躍を使う事が出来ますから」

術式による跳躍とは、一種の瞬間移動のようなものなのだとか。実際の理論はさっぱりだが、通信端末で呼び出されたリリーは何の前触れもなくイゾルデ館に現れた。

側仕えであり研究者でもある彼女は、イゾルデ館での警備強化を終えた後、再び離宮修繕の重要メンバーとして日々働いている。そのせいか、やや疲れて見えた。彼女でなければならない場面も多いので、どうしても負担が増えているらしい。

「お呼びでしょうか？」

「離宮の方が忙しいのはわかっているのだけど、あなたに頼みたい事があるの」

そう言ったアンネゲルトは、不審者に赤の庭へ誘い出された時に身につけていた腕輪を取り出した。護身用のこの腕輪には防犯の術式と共に、受けた術式の痕跡を記録する機能がある。そのおかげで、アンネゲルトに何かしらの術式が使われたとわかったという経緯があった。

「これの改良……というか、機能の追加をしてほしいの」

アンネゲルトはリリーとティルラに、考えていた案を話し始めた。

「発信器機能をつけられないかしら？」

「発信器……ですか？」

首を傾げるリリーには発信器の概念がないらしく、隣からティルラが簡単に説明する。

対象者の位置情報を取得出来る機能に、リリーは興味を引かれたようだ。

一方、ティルラは心配そうにアンネゲルトを見た。

「ですが、本当によろしいんですか？」

「ええ」

味方とはいえ、自分の位置情報を常時報せる（しら）というのはプライバシーの侵害に当たる。

だが、背に腹はかえられない。

「私の命を狙うだけならその場で終わるけど、誘拐という線も考えておいた方がいいかと思ったのよ」

実はつい先日、通信で帝国の母と話していた時に、アンネゲルトが幼い頃に何度か誘拐されかけたと聞いて思いついた。

「母の話だと、無断で帝国から渡った人達が私を攫おうとしたんですって。それを聞いて、誘拐の可能性も視野に入れておくべきではないかと思ったの」

アンネゲルトの説明に、ティルラは合点がいった様子だ。彼女が日本に来るより前に起こった事件だが、情報として聞いていたのだろう。

アンネゲルトはそれを見て言葉を続けた。

「常時作動するタイプでもスイッチ式でも、身につけるものに仕込んでおけば、敵に察知されにくいかと思って」

しかし、即座にリリーが懸念を口にする。

「お言葉ですが、相手に魔導士がいる限り、魔力で動くものは探知が可能だと思った方が無難です」

教会騎士団がイゾルデ館を襲撃した際に、魔力を阻害する道具を持っていたのだ。魔導を禁じているスイーオネースにはあるまじき代物だが、敵に魔導士がいると見ておくべきだというのがティルラとリリーの意見である。

この反論は、アンネゲルトも想定済みだった。魔導研究家ならではの発想をする彼女に対し、アンネゲルトは異世界育ちならではの発想で返す。

「なら、魔力じゃないもので動かせば？」

「電気という事ですか？」

　ティルラの言葉に、アンネゲルトは頷く。魔導士相手の場合、魔力で動くものは誤魔化せないが、電気で動くものならば悟られない可能性が高い。

　リリーの解析のおかげで、魔力阻害（そがい）を弾く術式は完成しているが、また未知の術式を使われないとも限らない。ならば探知されにくく干渉されない電気を使うのはいい手ではないだろうか。

「電池を使って、作れないかしら？　敵に見つからなければ、万が一拉致（らち）された時でも居場所がわかるでしょう？」

「それでは拉致（らち）される事が前提になっていますよ」

「そ、備えあれば憂（うれ）いなしよ」

　胸を張って言うアンネゲルトに、ティルラは溜息を吐いている。彼女の立場では、拉致（らち）前提の考え方は受け入れがたいのだろう。その状況に陥（おちい）るという事は、自分達の失態を意味するからだ。

　だが物事に絶対はないとよく知っているのも、ティルラである。彼女はすぐにリリーに確認した。

「リリー、どうかしら？」

「そうですね……いくつか問題点はありますが、電気を使うというのは私も賛成です。幸い帝国には魔力を電気に変換する技術がありますし」

技術そのものはあっても、今まであまり見向きされなかったそうだ。魔力をわざわざ電気に変換しなくとも、魔力のまま使える道具が山のようにあるからしい。

「では、開発に取りかかってちょうだい」

「承知しました」

ティルラとリリーの間で話はついたらしく、リリーが部屋を辞そうとする。

「あ、あともう一つ機能をつけてほしいんだけど」

アンネゲルトは慌てて手を上げて発言した。

「どんな機能でしょう？」

「防犯ブザー機能をつけられない？」

これにはリリーだけでなく、ティルラも目を丸くしている。

「こちらの世界の人は、電子音なんて聞いた事がないもの。人間って、聞き慣れない音には隙を突かれるものでしょう？」

　こちらで音が鳴るものといえば、教会の鐘か楽器くらいだ。掌サイズの機械から大音量の電子音が響けば、それだけで敵を怯ませる効果が期待出来る。

「なるほど」

　意外にも、アンネゲルトの意見に一番納得したのはリリーだった。彼女はしきりに頷くと、何やらぶつぶつと呟き始める。

「それと、護身用の術式に少し手を加えてほしいの。自動で判別して防御する機能はそのままで、手動でも発動出来るようにならないかしら？　スイッチでオンオフ出来る感じで、スイッチの形状は任せます。とにかくこちらの意思で発動出来れば問題はありません」

　ティルラとリリーが顔を見合わせた。

「手動で、ですか？」

「ええ、そう。自動判別の精度が上がれば問題はないのかもしれないけど、現状だと使用する人間の判断で発動出来る機能は必要だと思うの」

　王宮での一件は、まさにその点を突かれた形だ。アンネゲルトにかけられた術式が攻撃タイプのものではなかったせいで、自動判別に引っかからず、まんまと庭におびき出されてしまった。

あの時に手動で機能を発動出来るようになっていれば、事件は防げていたかもしれない。

リリーもそれに気付いたのだろう、相変わらず頷きながらぶつぶつと呟き続けている。アンネゲルトには聞き取れないほどの小声だったが、聞き取れたところで内容の半分も理解出来なさそうだ。

そんな彼女を横目に、アンネゲルトはティルラに日本語で耳打ちした。

「……リリーは大丈夫なの？」

「問題ありませんよ。ああいった状態になるのは、いいアイデアが出た時のようですから、むしろアンナ様にとっては良い事かと」

本当なのか、とアンネゲルトは訝しんだが、だからといって彼女にリリーをどうこう出来る手段はない。

微妙な気持ちになっていると、ティルラが意見を述べる。

「それにしても、そうした機能を盛り込むのでしたら、形状はそうとわからないように偽装する必要がありますね」

「そうね……今の腕輪型じゃだめ？」

「その型ですと、つけていく場が限られてしまいます。どこまで小型化出来るかが肝ですね。リリー！」

ティルラは強めの声でリリーの名を呼び、帝国公用語に切り替えて尋ねた。

「今アンナ様が依頼した品は、どのくらいまで小さく出来るの？」

ティルラからの質問に、少しだけ考え込んだリリーは何かを思い出すように答える。

「小型化に関しては、フィリップの管轄なのではっきりとは言えませんが、単機能であればリボン程度の大きさになります」

リリーが語った内容は、ティルラのみならずアンネゲルトにとっても信じられないものだった。

「リボンって、髪に結んだりドレスの飾りに使ったりする、あのリボンの事？」

「もちろんです」

「布に術式を付与出来ると？」

「はい」

アンネゲルトとティルラからの確認に、リリーはいつもの笑みを浮かべたまま答えている。

「そんな報告は受けていませんよ」

「申し訳ありません。実用化出来たのはつい先日なんです。そろそろ資料をまとめてご報告を、と思っていたところでした」

静かだが威力があるティルラの叱責を受けて、リリーは縮こまった。

「では、いい機会なのでここで報告をしてちょうだい」

「承知いたしました」

そうしてリリーが説明するには、先程の術式を付与出来るリボンというのは、フィリップのアイデアが中心となって研究が進められたものだそうだ。

魔力をため込める石を糸状にして、布を織る際に縦糸として使用すると、布そのものに魔力と術式を付与出来るようになるのだとか。

「石を繊維状にするには、まず高温で――」

「具体的な方法は報告書に記載して提出するように」

「……はい」

ティルラに止められたリリーは、余程説明したかったのかしょんぼりしている。ティルラはリリーの様子には構わず、アンネゲルトに話を振った。

「では、それを踏まえてデザインを考えましょうか。アンナ様が普段つけていてもおかしくないようなものにしませんと」

立場上、人の注目を浴びやすく、また身につけている品も話題になりやすいアンネゲルトだ。一目で術式付与していると見破られる外観では問題があるらしい。

ティルラの言葉に、リリーは満面の笑みで提案してきた。

「それでしたら、うってつけの者達がおりますわ、アンネゲルト様」

「誰かしら」

「離宮修繕の為に集めた職人達ですよ。彼らの中に、装飾品を扱う職人を知人に持つ者がいるのではないでしょうか？」

彼女の言った言葉に、アンネゲルトはぽかんとする。

——……職人に横の繋がりって、あるの？

正直、職人達を決めたコンペについては、彫刻のグラーフストレームと絵画のソレンソン卿しか覚えていなかった。あの二人以上に個性的な職人がいなかったせいかもしれない。

「彼らの中にいなくとも、伝手を頼る事は出来るでしょう。そうした職人に原型を作ってもらえば問題ないのではないかと」

「それなら機能を少しずつ変えて、いくつか作るのもいいわね」

ティルラとリリーで話を進める中で出た案に、アンネゲルトが横から口出しをした。

「付与する機能をつけ替えるとか、出来ないかしら？」

ティルラとリリーがいきなり口を閉ざしてアンネゲルトを見る。その視線の厳しさに、思わず腰が引けた。

「そ、そんなにだめな事を言った？」

「アンナ様、もう一度仰ってください」

「今、機能をつけ替えるとか何とか……」

ティルラとリリーに迫られて、さらに引いたアンネゲルトはこくこくと頷く。

「布製のものは無理だけど、アクセサリータイプのものなら出来るんじゃないかと思って……」

「リリー、使うリボンの種類によって、機能を切り替えるように出来るのでは？」

「そうですわね！　装飾品でしたら、宝石の代わりに術式付与済みの石を使い、機能の付け替えが出来ると思います！」

アンネゲルトをすっかり置いてけぼりにして、ティルラとリリーは再び相談し始めてしまった。一体何が彼女達のスイッチになったのだろう。

――とりあえず、要望通りになりそうだからいっか。

専門用語を交えつつ話し合うティルラ達から離れ、アンネゲルトは窓の外を眺めた。

　王都にあるホーカンソン男爵邸の、薄暗く長い廊下を歩いている人影があった。燃えるような真っ赤な髪は腰を覆（おお）うほどに長い。ホーカンソン男爵令嬢ダグニーだった。

　屋敷は静まりかえっている。本来なら、来たるべきシーズン幕開けの大舞踏会に向けて準備に追われているはずだというのに。

――いつからこの屋敷は、こんな場所になってしまったのかしら……

　ダグニーの口から重い溜息が漏（も）れる。その間も動いていた彼女の足は、目的の部屋の前でようやく止まった。

　重厚な扉の向こうには、この屋敷の主（あるじ）がいる。ダグニーは一度深呼吸をして扉を叩いた。

「入りなさい」

「失礼します」

　本来なら、父の部屋に入る時には使用人が扉を開ける。だが、今のホーカンソン男爵邸には必要最低限の使用人しかいない為、自分で扉を開いた。

これまで勤めていた者達は全て解雇し、今は新しい使用人が来るのを待っている状態だ。

何故父はそんな事をしたのか。聞いてみたいが、まともな答えは返ってこないだろう。

「何の用だ？」

大きい机に向かって何かの書類を読んでいた男爵は、ちらりとダグニーを見ると再び書類に目を戻す。以前父と目を合わせて話したのはいつだったか。そもそもそんな事はあっただろうか。

ダグニーは自分を見ない父へ視線を向けて、はっきり答えた。

「大舞踏会についてです」

「それならばヤコブソンに一任している。あれに言うがよい」

ホーカンソン男爵は家宰（かさい）の名前を口にして、書類をめくる。相変わらず娘の方は見ようともしない。

彼にとって娘はただの道具であり、今は仕事の邪魔をしている存在に過ぎないのだ。

ダグニーもその程度の事で傷つく時期はとっくに越えている。

「わかりました。ヤコブソンに確認します」

とても親子の会話とは思えない、事務的なやりとりだった。冷え切った貴族の親子でも、もう少し会話がありそうなものなのに。

部屋にいたのはわずか一分少々だ。最短記録かもしれない。これ以上ここにいる必要もないので、ダグニーは自室に戻ろうとした。

「冬の間はどうしていた？」

部屋を出ようとしたダグニーの背中に、ホーカンソン男爵が声をかけてくる。珍しい事だ、娘を気にしているのだろうか？

――そうじゃないわね……

思い返し、ダグニーは出来るだけ平板な声で答えた。

「ベックのお祖父様のところへ。また急ぎ戻る事になるかもしれません」

祖父の事を思うと、今すぐにでも飛んでいきたくなる。本当は最期を看取るまで向こうにいる予定だったのだ。

社交シーズンが始まるから、と呼び戻したのは父だった。去年のシーズンは途中から参加しなくなったが、今年は社交界に出るよう命令されている。理由は明白だ。

これから先の事を考えて憂鬱な気分になっているダグニーの耳に、ホーカンソン男爵の嘲るような声が届いた。

「子爵家ももうじき終わるな。ラーシュでは維持出来まい」

鼻で笑う父の姿に、ダグニーはやはり従兄弟であるラーシュが、父のもとへ金の無心をしに来ていたのだと悟る。まだ祖父は存命だというのに、既に子爵になったつもりらしい。

しかも、この様子だとラーシュは父から金を引き出せなかったようだ。無理もない。沈むとわかっている船に金をつぎ込むほど、父は愚かではないのだ。その商才で男爵位を賜った身であり、金儲けには特に鼻が利く。

父の言葉には何も言わず、ダグニーは退室のタイミングを計っていた。ここで下手に動くといらない愚痴を聞かされる。

「殿下も今シーズンは行事に参加されるだろう」

父の言う「殿下」とは、ダグニーを愛人として囲っている王太子ルードヴィグの事だ。

「お前は殿下のお側から離れずにいるんだ。わかったな」

「……はい、お父様」

最初から最後までほぼダグニーの方を見なかった父ホーカンソン男爵は、退室を促す時も書類をめくっていた。

おかげで氷のような表情を見せずに済んだ。父に見られたら、何を言われた事か。

――いいえ、どうせ大した事は言わないんでしょうね。

冷めた笑いが口元に上るのを自覚しつつ、ダグニーは自室へと戻っていった。

春先のスイーオネースは、まだ冬の名残を残している。日陰の雪は溶けずに残り、吹く風も肌に冷たい。

それでも新芽は芽吹き、春を告げる鳥達は高らかにさえずる。穏やかな風景がそこにはあった。

そんな中、王都のイゾルデ館では朝から大騒動の真っ最中である。

「姫様のお風呂はまだ？」

「下着の準備は出来てるの？」

「あー!! 耳飾り忘れてきてる！　誰か、船までひとっ走り行って持ってきて！」

「今更無理よ！」

「大丈夫！　そこらにいる護衛艦の兵士を捕まえて馬で走ってもらえば、すぐだから」

「早く地下道が完成してくれないかなあ」

「もう半分くらいは掘り進めてあるって聞いたわよ」

「それ本当⁉　ああ、リリー様イェシカ様フィリップ様！　どうぞ早く地下道をお作りください！」

「そこ！　手が止まってる！」

小間使い達は目をつり上げて彼女達の戦場であるここ、アンネゲルトの衣装部屋でドレスや小物と格闘していた。彼女達の様子を横目に見て、ティルラはその場を後にする。

一階に下りると、玄関ホールには仕度を終えた護衛隊の面々が待機していた。去年のシーズン最後の大舞踏会での混乱を教訓に、早めに準備をしていたのだろう。

ちなみに、ここにいるのはアンネゲルトに同行する者達だけで、他の大舞踏会参加組はそれぞれの実家から王宮に向かう手はずになっている。

去年の大舞踏会では、アンネゲルトにつき従ったのはエンゲルブレクトとヨーン以外、平民出身の隊員ばかりだった。だが、今回は爵位持ちの者が多く、この館での仕度を許されている。

彼らにも館の中の騒然とした空気は伝わってくるのか、一人の口からぼそりと漏れた言葉が、ティルラの耳に入った。

「女は仕度が大変だよな……」

その場にいた全員が頷いている。皆いい年齢なので、女性ともそれなりの付き合いがあり、着ている物から手間の多さがわかっているのだろう。

ティルラはそのまま館の中央、制御室のある区画に入った。ここでは館に仕掛けられた全ての防犯カメラの画像を確認する事が出来る。

一つの画面の中――一階の遊戯室を映すそれに、舞踏会の仕度を終えた人物がいた。黒を基調とした礼服をまとうエンゲルブレクトである。

普段は軍服で過ごす彼も、さすがに大舞踏会では礼服を着用するようだ。彼の側には、青を基調とした礼服姿の副官、ヨーンの姿もある。

「今日は大変だな」

画面を見ていたティルラの背後から、帝国軍情報部のポッサートが声をかけてきた。彼とティルラは軍時代の同期の為、お互いに態度が気安くなる。

「そっちはいいの？」

「準備は万端だ。今日は護衛隊の隊長殿も馬車で王宮に向かうそうだな」

「礼装では騎乗出来ないもの。その代わり、他の隊員が馬車の周囲を騎馬で固めるわ。もっとも……」

ティルラは一旦言葉を切って別の画面に視線を移した。そこにはイゾルデ館に併設してある車庫が映っていて、下働きの者達が手際よく準備をしている。

「特別製の馬車だから、鉛玉が飛んできても問題ないけど」

近隣諸国では、魔導技術が発達した関係か火薬の研究が遅れているようで、銃や大砲といった類の武器が開発されたという情報は得ていない。とはいえ、東に行けば火薬らしき存在があるという情報を入手しているので、用心には用心を重ねておく必要がある。

「それにしても」

画面を眺めていたティルラに、ポッサートは軽くぼやいた。

「わざわざうちの連中まで、大舞踏会とやらに出席させなくてもいいんじゃないのか？」

「何言っているの。人が集まる場所は情報の宝庫なのよ。こういう時に仕事をしないで、いつするつもり？」

ポッサート自身は平民の出なので舞踏会へ参加出来ないが、配下には貴族階級の者が複数いる為、その者達を紛れ込ませる手はずになっている。

「出席者達の領地も調べるんだろう？　何だか仕事が増えていないか？」

「気のせいよ。金の流れを調べるなら、領地を無視する訳にはいかないでしょう？」

「それはそうだろうが、な」

両者は無言のまま対峙していた。先に言葉を発したのはティルラである。

「特別手当、一人につき銀二十」

情報部を動かす為の餌（えさ）を提示したのだ。基本給に関しては軍部の管轄（かんかつ）なので動かせないが、特別手当という形で賞与を出す事はティルラの一存で決められる。

「金一」

すかさず値段をつり上げるポッサートに、ティルラは眉をひそめた。

「高すぎるわ。銀二十五」

「それはないだろう？　領地と王都の行き来は大変なんだぞ。銀七十五」

「それがあなた達の仕事でしょう？　銀三十五」

「それはそれ、これはこれだ。銀七十」

「何も違わないわよ。銀四十」

「渋くないか？」

「これ以上文句を言うなら、手当なしにしてもいいんだけど」

「……了解。銀五十で手を打つ」

ティルラは腕を組み、呆れた表情でポッサートを見ながら溜息を吐いた。商談成立である。単位は全て帝国のもので、一帝国金貨は百帝国銀貨と同等だ。ちなみに一帝国金貨は日本円に換算しておおよそ五十万円になる。

渋々承諾したと見せかけているポッサートだが、銀三十も取れれば良い方とでも思っていたのだろう。そうでなければ、もっと粘っていたはずだ。

詰めの甘い事だと思いつつ、ティルラは軽い調子でつけ加える。

「ついでに各領地と教会の関係性についても調べておいてちょうだい。特に教会への寄付金に関しては重点的に」

「おい！　仕事が増えてるぞ」

焦って振り返ったポッサートに、ティルラはにんまりと笑った。彼の表情にわずかな焦りが見えたのを確認してから、だめ押しの一言を囁く。

「特別手当」

これ以上ごねれば手当を全部なしにするぞという脅しである。ポッサートはあんぐりと開けた口をすぐに閉じ、深い溜息を吐いてその場を離れていった。

王宮には既に馬車がちらほらと停まっている。この時間帯だと男爵家がほとんどだろう。

大舞踏会には、会場への入場は身分の低い順という約束事がある。なので会場となる大広間が開かれる間際の今時分に王宮に到着しているのは、最初に入場しなくてはならない低い身分の貴族という事だ。

そんな中、アンネゲルトの乗る馬車が王宮の敷地内に静かに入っていった。

細かい装飾を施した優美な馬車で、貴婦人を乗せるのに相応しい拵えだ。その前後に数台の黒塗りの馬車が連なっているのが、またアンネゲルトの馬車の壮麗さを際立たせている。

今回は前回の時のように、舞踏会開始前に王太子と話し合いをする必要はない。だが、ティルラからの「控え室にご挨拶にいらっしゃる方々への対応もありますし」という意見もあり、早めに王宮に入ったのだった。

王宮内でアンネゲルトが使用する控え室は、大広間に程近い一室である。これも身分に応じて大広間に近くなるよう配置されていた。

ただし国王と王妃だけは、大広間からは離れた王宮内の自室にて仕度を行う。昔の慣習の名残で、大広間に賊が侵入した場合への配慮なのだそうだ。

「それって、世継ぎはそれほど大事じゃない、って話なのかしら」

「これは大昔の慣習ですから。その頃はまだ王権も弱く、世継ぎより何より国王自身を守らなくてはならない時代だったのでしょう。今とは違いますよ」

与えられた控え室に入り、部屋の配置について聞いたアンネゲルトのぼやきに、ティルラが苦笑している。

控え室には帝国の人間以外はいない。側仕えの三人はもとより、小間使い達も船からイゾルデ館を経由して連れてきている者達ばかりだ。

そんな気楽さから、アンネゲルトも気を抜いている状態だった。

「ティルラ、それよりも大きな問題があるのだけど」

「何です？」

「私は今日のファーストダンス、一体誰と踊ればいいのかしら？」

真剣な表情のアンネゲルトとは対照的に、ティルラは何とも言えない表情をしている。出来の悪い生徒を前に、途方に暮れる教師といったところか。

「真面目なお顔で何を仰るのかと思ったら……」

「大問題よ！　前回はそのせいで隊長さんと、その、噂になったっていうんだから！」

途中から日本語になっている。アンネゲルトの感情が大きく動いている証拠だったが、相変わらず本人は気付いていない。

恋心を自覚した今、必要以上にエンゲルブレクトの側にいるのは良くないと思っている。船やイゾルデ館ならばいざ知らず、王宮には大舞踏会の為に多くの貴族が集まっているのだ。

以前は一曲踊っただけで噂が駆け巡ったのだから、慎重に行動した方がいい。幸い、噂はシーズンオフの間に沈静化したようなので、このまま何もなかった事にしたいのがアンネゲルトの本音だ。

「ティルラ？　聞いてる？」

「ええ、聞いていますよ。常識で考えれば、王太子殿下がアンナ様にダンスを申し込むと思われますが」

「……あの王太子にそんな常識あるのかしら」

アンネゲルトは眉をひそめて呟いた。それを聞きとがめたティルラは険しい顔つきになっている。

「アンナ様」

「わかってる。外ではこんな事言わないわよ。そのぐらいはわきまえてます」

本人の前でなくとも、王族や皇族という存在を悪し様に言う事は、露見すれば命を縮める結果になりかねない。それはアンネゲルトも幼い頃から叩き込まれていた。先程のぼやきも、万が一国王や王太子本人の耳に入ったら大事だ。

もっとも、このスイーオネースの人間で日本語を理解出来るのは、エンゲルブレクトとヨーンだけだった。その彼らはアンネゲルトとは別に入場する為、余所の控え室にいる。

王宮に入った時点で警護は王宮側にゆだねられる為、アンネゲルトの側に護衛隊員はいなかった。

「正直な話、あの王太子って、私と同じくらい王族の自覚がないと思うんだけど」

相変わらず会話の内容を改める気のないアンネゲルトに、ティルラは溜息を吐いたが、相手はしてくれるようだ。彼女の王太子に対する評価が低いのは、アンネゲルトも知っている。

「まあ……否定は出来ませんね。お仕事は出来る方らしいですが。でも、そのおかげでアンナ様は好き放題に過ごせている訳ですけど」

「う！」

確かに、ルードヴィグが王太子としての自覚に溢れる存在だったら、今頃アンネゲルトは名実伴った王太子妃にさせられていたかもしれない。アンネゲルトは慌てて話題を逸らした。

「私としては、ファーストダンスさえ無事に済ませてくれれば、後は何やってても関係ないんだけどなあ」

気の置けない人間ばかりいる気安さからか、アンネゲルトは行儀悪く頭の後ろで手を組んでぼやく。

「そうお思いになるのでしたら、いっそ殿下にお手紙を書いたらいかがですか？」

「手紙？　私が？　何で？」

意味がわからず、アンネゲルトはぽかんとティルラを見た。

「ファーストダンス、殿下と踊りたいんでしょう？」

「そういう言い方はやめてくれる？　踊りたい訳じゃなくて、王太子と踊らないと他の人とのダンスが出来ないじゃない。ダンスも社交なんでしょ？」

正直、まだ社交は苦手なのだが、そんな我が儘を言っている余裕はない。王宮で人脈を広げて、来る離宮完成の暁には、多くの人を呼び込まなくてはならないのだ。

それに魔導特区設立の件もある為、女性だけでなく、その夫君も多く取り込む必要がある。そうでなければ、命の危険を冒してまでこの国に残る意味がない。

――といっても、大部分はよこしまな理由からなんだけど……

想いを寄せる相手の側にいたいという、恋する乙女の感情に従った結果でもあるのだが、ちゃんとした理由もそれなりに大きいのだ。

アンネゲルトの言い分に、ティルラは笑顔で返してきた。

「そうお思いでしたら、なおさらお手紙を書かなくては。今のアンナ様の胸の内を正直にお書きになれば、殿下も思いをくんでくださいますでしょう」

小間使いに手紙を持っていかせれば、返事はすぐに返ってくるだろう。そう提案するティルラに、アンネゲルトは不満げだ。

「……何で私が下手（したて）に出なきゃいけないの」

アンネゲルトの根底には「これに関しては、自分は悪くない」という考えがあり、今回の事も王太子側が折れるべきだと思っている。

だが、その考えが他の人間にも通用する訳がない。ティルラはにっこりといい笑みを浮かべた。

「では、このままにしておきますか？」

「それは……」

「別に殿下に膝をつけと言っている訳ではありませんよ。ここはアンナ様が大人な対応を取ってもよろしいのでは、と提案しているんです」

確かに、王太子の対応は大人とは言い難いものばかりである。それに合わせて、こちらも子供っぽい事をする必要はない、むしろするなというのがティルラの意見だ。

「わかったわ。手紙、書くから内容考えるの手伝って」

何だか負けた気分になったアンネゲルトだが、ティルラの助言を受けて書き上げた手紙を、小間使いに託した。


そして、大舞踏会は無事に終わった。

この大舞踏会翌日は、どんな社交行事も入れないのがスイーオネースの慣習だ。深夜どころか明け方まで続く舞踏会の疲れを引きずったままでは、誰も出かけようという気にはならないから当然だろう。

アンネゲルトも例に漏れず、イゾルデ館でのんびりした朝を迎え、朝食の席で昨日の事を話している。

「え？　じゃ男爵令嬢もあの場にいたの？」

ティルラの言葉に、アンネゲルトは驚きの声を上げた。

「いても不思議はありませんよ。去年のシーズンの最後は社交界から遠ざかっていたようですが」

去年アンネゲルトが嫁いできた際、王太子のやらかしのとばっちりを食う形で、男爵令嬢はそれまで暮らしていた王宮の部屋から追い出されたそうだ。

直接アンネゲルトが何かした訳ではないが、男爵令嬢と王太子との仲をどうこうする気のない彼女にとっては、罪悪感を刺激される出来事だった。

「やっぱり王太子と踊ったところを見られたのかしら……」

「その辺りは殿下とあちらの問題でしょう。愛人だからといって殿下の全てを独占出来るものでもありません」

舞踏会や夜会などで正妻を優先するのは当然の事だ。妃より愛人が大きな顔をしている国もあるらしいが、スイーオネースでは違う。その辺りは当の男爵令嬢の方が知っているだろう、というのがティルラの意見だ。

「特に大舞踏会でのダンスの順番は重要ですからね」

「去年の大舞踏会では何も言われなかったけど……」

「あれは終わりの大舞踏会だからでしょう。始まりの大舞踏会は終わりのものとは形式が異なります」

ダンスの始まり方も少し違ったでしょう？　と聞かれ、アンネゲルトは去年の終わりの大舞踏会を思い出す。あの時は、国王夫妻のダンスが終わるまで、王太子も踊りの輪には加わらなかった。

――去年って、王太子はダンスしていたっけ？

あの日はダンス用の曲が帝国と違ったので、王太子の存在どころではなかったのを覚えている。あのまま一曲も踊らずに終わるかと思ったが、気を利かせた人物がいたのか、帝国で流行った舞踊曲がかかったので事なきを得たのだ。

しかもダンスの相手をエンゲルブレクトが務めてくれた。そのせいで王宮内に妙な噂が蔓延したのだが。

それもあって昨日は、最初のダンスだけはきちんと王太子と踊らなくてはと思っていたのだ。ただでさえ日々の護衛で振り回している相手を、これ以上噂などで煩わせたくはない。

その為、だめ元でルードヴィグに最初のダンスだけは付き合ってくれと手紙を送って頼み込み、彼と踊ったのが昨晩の事である。正直、彼がこちらの願いを聞き届けてくれたのは意外だ。

小間使いが持ってきた小さなカードには、「了承した」とだけ書かれていた。飾りも何もなく素っ気ない返事だったが、関門を一つクリアした気分だったので気にも留めなかったのを覚えている。

「そういえば、昨日の大舞踏会ではアンナ様と同じ型のドレスをお召しの女性が多かったですね」

ぼんやりしていたアンネゲルトは、ティルラの言葉で我に返った。彼女が言うように、昨日の会場では、これまでスイーオネースで流行(はや)っていたものとは違う型のドレスを着た貴婦人の姿を多く見かけた。その大半は革新派の夫や父を持つ女性である。

他愛ない話をしていた二人に、小間使いが来客を告げた。

「まあ、大舞踏会の翌日にいらっしゃるなんて、どなたなの？」

眉をひそめたティルラに、自分が怒られたように錯覚した年若い小間使いは体を縮こまらせる。

「その、エーベルハルト伯爵ご夫妻なんです」

「お姉様が？」

意外な名前に、アンネゲルトはティルラと顔を見合わせた。夫君のエーベルハルト伯爵は帝国の在スイーオネース大使であり、夫人のクロジンデは帝国皇帝ライナーの従姉妹(いとこ)で、アンネゲルトの親族でもある。

すぐに仕度を調(ととの)えると、二人を通している応接室へ向かった。

「お久しぶりです、アンナ様」

「ご無沙汰いたしております、姫」

応接室には、満面の笑みをたたえたクロジンデと、彼女に寄り添うように立つエーベルハルト伯爵の姿がある。

「お久しぶりです、お姉様、伯爵」

二人は帝国へ里帰りをしていたはずだが、いつこちらに戻ったのだろう。そういえば、昨日の大舞踏会では顔を見かけなかった。普通ならこの夫妻が出席していないはずはないのだが。

アンネゲルトの表情から何を考えているか察したのか、クロジンデはにっこりと微笑んだ。

「帝国からは、大舞踏会の開始時間の少し前に戻りましたの。大舞踏会では人が多すぎて、アンナ様のお顔を見る事も出来なかったんですのよ」

そう言って、クロジンデは顔を曇らせた。隣の夫君は微妙な表情である。

「本当はもう少し前に戻って、舞踏会前に姫にご挨拶すべきところだったのですが……」

言葉を濁したが、その視線が雄弁に物語っていた。クロジンデが帝国であれこれと買い物をしていて、戻るのが遅れたのだろう。彼女は買い物好きとして一族の中では有名だ。

夫からの視線を敏感に感じ取ったクロジンデは、きりっと夫を睨む。

「まあ、その目はなんですか？　遅れたのは私のせいと仰りたいの？」

「そう言えたらどんなに楽か知れませんね」

「あなた！」

かみつくクロジンデをいなしつつ、伯爵は話を進めた。

「実は帝国側での準備がございまして、そちらに手間取ったのも遅れた原因なのです」

「準備？　何の準備なの？　伯爵」

「それはまた、おいおいに」

アンネゲルトの問いに、にやりと笑う伯爵の様子からして、あまりいい事ではなさそうに感じる。アンネゲルトの母の奈々も、いたずらをする時に同じような表情をするのだ。

――ああ、なるほどー。やっとわかった。

伯爵と奈々は性格が似ているのかもしれない。ならば伯爵とクロジンデの相性がいいのも頷ける。彼女は奈々と大変仲が良く、皇后シャルロッテもその輪に加わる一人だ。帰省していた間も三人で遊び倒していたのは、先程の伯爵の意味深な視線から窺える。

――大方、三人で買い物だの観劇だの行きまくってたんだろうなー……

奈々もそうだが、シャルロッテとクロジンデもパワフルな人物なので、帝国では付き合わされたアンネゲルトが振り落とされそうになる事がしばしばあった。

伯爵夫妻を眺めながらそんな事を考えていると、不意に伯爵が表情を改める。

「実は、本日伺いましたのは姫にお報せする事があったからです」

その真剣な様子に、アンネゲルトも背筋を伸ばした。

「例のイゾルデ館を襲った教会の者達の処分が決まりました。王宮より通達がありまして、私がこちらへの使者として立った次第であります」

とうとう決まったのだ。襲撃が一月半ばだったから、既に三ヶ月以上が経過している。これだけ時間がかかったのは、処分する人員が多かったせいだろうか。

「まず首謀者達は法の下に裁かれます。教会の騎士だからといって擁護される事はありません」

王族であるアンネゲルトの館を襲ったのだから、普通に考えれば極刑が待っているはずだ。しかも下手をすれば一族郎党に罪が及ぶ。

ただ、今回はアンネゲルト自身に被害がなかった事、襲撃そのものが教会の指示だと明らかになった事などから、一族への罪は免除すると決まったそうだ。

それを聞き、アンネゲルトは胸をなで下ろした。犯人に対しての怒りはあるが、何も知らない親族達まで罰してほしいとは思わない。

「教会内部の人事も、大分様変わりしましたよ。まず司祭級の人員の半分が入れ替わりました。無論、彼らに従っていた者達も同様です」

王都クリストッフェションの教会にいた司祭のうち、四分の一が教皇庁領の教育機関に送られる事が確定し、もう四分の一が地方の小さな教会所属になったのだとか。

教会組織において、教皇庁領の教育機関に送られるという事は死を意味する。教育とは名ばかりで、問題を起こした聖職者達を一生出られない牢獄に繋ぐも同然なのだ。これは教会内で一番厳しい刑罰に値するのだという。

ここに送られた連中は、教会騎士団と関係が深い者が多かった。実行犯が騎士団で、指示を出したのは教育機関に送られた者達だと教会側が示した事になる。

一方、地方に送られた者達も、出世の見込みがなくなったに等しい。教会組織の中でも、大きな教会に所属していない聖職者達は上に行けないのが定説だった。スイーオネース国内で一番大きな教会は、王都にある聖クラヴィ・アルタリア教会だ。

そして、首謀者を出した教会騎士団は、一度解体される事が決定した。

「今いる団員には処罰が下り、二度と騎士団には戻れません。彼らの処罰後に、新たに団員を揃えて騎士団を結成すると王宮側に届けられています」

教会騎士団自体をなくす事は出来ないそうで、それは王宮も承諾済みだという。

「どうして教会に騎士団が必要なのかしら……」

これは教会騎士団の存在を知って以来、アンネゲルトがずっと持っていた疑問だった。帝国には教会騎士団に相当する存在はない。

これには伯爵が簡潔に答えてくれた。

「教会には高価な美術品や工芸品が多数ありますから。そうした宝物を狙った盗賊が出没するんですよ。彼らへの対抗策が騎士団です」

騎士団は戦闘集団というよりは、警備担当と考えるのが妥当らしい。よくよく聞いてみると、帝国の教会にも帝国軍から派遣された兵士が常駐しているのだとか。知らないのはアンネゲルトだけだった。

「お勉強不足ですよ、アンナ様」

「はい……」

帝国にとっても教会の存在は大きいので、どこかで教えられているはずだが、おそらく聞き流したのだ。ティルラの苦言に素直に謝罪するしかない。

しゅんとするアンネゲルトに、伯爵はまあまあと鷹揚に笑いながら話を続けた。

「今回の件で、王都の教会では守旧派がほぼ消えた事になります。結果論ですが、魔導特区設立の為には良かったかもしれません」

「まあ！　なんて嫌な言い方でしょう。まるでアンナ様が襲われて良かったというように聞こえましてよ」

憤慨するクロジンデに、今度は周囲がまあまあと宥めにかかる。クロジンデ本人も伯爵がどんな意図で言ったかはわかっているのだろうが、物には言い方があると怒り続けていた。

　もっとも、怒られている本人は気にした風もない。

「今回はあくまで教会内部の不心得者達の仕業として片付けられ、王宮もそれを了承しました。釘は刺したようですが」

「何か、取引でもありましたか？」

　ティルラの問いに、伯爵は軽く首を横に振った。

「表立っては特にないよ。ただ、今度の一件で王宮側が教会に貸しを作った形かな」

　王宮と教会は、現在国王アルベルトが推進する魔導技術導入に関して微妙な関係にある。今回の件では、王宮側が強硬な態度に出ずに引き下がった事で、教会の面目が立った訳だ。教会側がそれを恩に着るかどうかは置いておいても、王宮側としては貸しを作る事が出来たという解釈なのだろう。

　それに、魔導技術導入のガンになっていた教会内の守旧派の大半を更迭出来たのは大きい。これで邪魔は事実上なくなったと見ていいだろう。まだ保守派貴族はいるが、彼らは教会ほど厄介ではない。

　そして王宮側の貸しは、アンネゲルトが設立を計画している魔導特区にも効果を及ぼすはずだ。

「それと、これは報告が遅れたようですが」

そう前置きをして、伯爵が一つの情報をよこした。

「司教が教皇庁より戻っているそうです。夕べの大舞踏会にも顔を出していたのではないかと思われます」

そういえば、とアンネゲルトは襲撃事件のすぐ後に、司教から修繕費用を肩代わりする旨の手紙をもらった事を思い出す。一切謝罪の言葉がなく、失礼な手紙だと感じたのでよく覚えていた。

司教とは、スイーオネース国内における聖職者の最高位であり、その司教は、長らく所用で教皇庁に出かけていたのだそうだ。戻ったのは丁度イゾルデ館が襲撃された頃だという。だからすぐに手紙を送ってよこしたらしい。

それよりもアンネゲルトにとって驚くべき点があった。

「聖職者が舞踏会に参加するの？」

俗世を捨てたはずの聖職者が俗世間の催(もよお)し物である舞踏会に出席するなんて、あってはならないのではないか。

「教会と王宮は持ちつ持たれつの関係でもありますから」

「聖職者などと申しましても、本当の意味でそう呼べる人物は少ないものですのよ、アンナ様」

「教会内で派閥闘争があるという点から考えても、あり得る話かと」

エーベルハルト伯爵、クロジンデ、ティルラからそう言われて、アンネゲルトは自分の認識のずれを思い知らされた。

つまり、俗世を捨て切っていないどころか、どっぷり浸かっている連中ばかりだという事か。

「ただ、今の司教はあまり俗世の事には関心がおありでないようです」

あくまで噂ですが、と前置きをして伯爵が話し始める。

司教の交代があったのは三年前で、前の司教は権力欲の強い人物だったのだとか。この前司教が魔導嫌いで有名で、おかげで教会内部でも守旧派が幅を利かせていたという。

その司教がある日突然、自室で亡くなっていた。室内に争った形跡はなく、遺体にも目立った傷がなかった事から病死と判断されたらしい。

彼の死を受けて、新たな司教が選出された。

「それが現在のステーンハンマル司教です。彼は神学校でも指折りの秀才だったそうで、司教の座に就いてからも精力的に教会組織を改革していますよ」

そちらで忙しいせいか、貴族との交流はほとんどしておらず、配下の司祭が最低限の付き合いをしている程度だという。

そんな彼でも手こずったのが、守旧派と推進派の対立だそうだ。彼らは主張が近い派閥の貴族と手を組んで、さらに問題を面倒にしているので厄介だというのが伯爵の考えだった。

「……なら、ステーンハンマル司教は、魔導を規制しようとは思っていらっしゃらないのかしら？」

その疑問に、伯爵が即答する。

「そうでしょうね。前司教は弾圧まがいの事もしていましたが、ステーンハンマル司教に関してはそういった話を聞きません」

「そんな進歩的な考えの司教なら、王宮と足並みを揃えて魔導技術導入に向かう事が出来るのではないの？」

アンネゲルトの素朴な疑問に、伯爵とティルラが苦笑した。どうやら、問題はそこまで単純ではないようだ。

「まだ何かあるのね？」

アンネゲルトの疑問に答えたのは、エーベルハルト伯爵だった。

「魔導技術導入に関しては王宮も教会も同じ方向を目指していると言えますが、その中身が異なります」

「中身?」

「ええ。王宮が……国王が目指すのは魔導技術をなるべく早く、多く取り込む事です。一方教会では、神が許し給うた技術のみを取り入れるべきだと考えています。教会ではそれを『聖別された技術』と呼んでいるそうですが、実際に技術を選別するのは当然教会にいる聖職者達です。神ではありません」

つまり、俗世を捨て切れずに引きずっている連中が、「自分達の選定した技術ならば使ってもいい」と許可を出す訳だ。

王宮と教会が対立する意味がようやくわかった。要は魔導に関する権利をどちらが有するかの綱引きをしているのだ。

「何だか……一挙に疲れた気がするわ……」

あまりにもくだらなすぎる。特に、教会に呆れ切っていた。俗世を捨てた身ならばおとなしく教会にこもっていればいいのに、いらぬ欲を出すから周囲が振り回されるのだ。

——だからって切り捨てられないのがまた面倒よねー。

王権は神が与えた神聖なものであるという王権神授説を唱える教会は、王宮にとっても都合よく使える組織である。その分粗雑に扱えないのは痛し痒しといったところか。

聞いた話を頭の中で整理していたアンネゲルトは、ふとある事に気付いた。

もしかして、フィリップを王都から追放した司教というのは、前司教の事なのだろうか。そうであれば、今なら彼は王都に戻れるかもしれない。

もっとも、今更彼を王都に戻すなどと言った日には、フィリップを助手として重用しているリリーが猛反対するのがわかり切っている。

「王都に戻っても問題なさそうだなんて、フィリップにはしばらく言えないわね……」

「本人が知ったとしても、すぐ王都に戻るとは言わないと思いますよ」

ティルラの言葉に、アンネゲルトは意外な思いで問い返す。

「そうかしら?」

「離宮の改修に大分力を入れていますし、リリーとの共同作業にも慣れてきているようです。それに、相変わらず船内のあちこちで人を捕まえては、魔導器具の事を根掘り葉掘り聞いているそうですから」

フィリップにとっては、船丸ごとが宝の山なのだ。おいそれと離れるとは思えない、というのがティルラの意見であった。

「さあ、もうお話はよろしくて? アンナ様、私、帝国からお土産(みやげ)をたくさん持って参りましたのよ」

話が一段落したとみると、クロジンデは側にいた小間使いに嬉々として指示を出し、大小様々な大量の箱を持ち込ませた。

「お、お姉様。これは？」

「うふふ。帝国で奈々様やシャルロッテ様とお買い物に出ましたの。アンナ様に似合いそうなものも、たくさん見つけてしまって」

嬉しそうに笑うクロジンデの隣では、夫君の伯爵が苦笑している。やはり帝国では三人であちこち出歩いていたようだ。ここにあるのはその戦利品の一部という事か。

箱の山を眺めていると、それらを持ってきた者達の中に、帝国人ではない顔を見つけた。

「クロジンデ様、彼女はどなたですか？」

ティルラも同様だったらしく、クロジンデに問いただしている。ティルラは警備も統括しているので、見過ごせなかったのだろう。

度々襲撃されるアンネゲルトの身の安全を確保する為、人の出入りは厳しく制限している最中だ。クロジンデの連れであっても、身元を確かめない訳にはいかなかったと思われる。

「ああ、紹介が遅れてしまったわね。彼女はメリザンド・イヴォンヌ・トー。イヴレーア出身のドレスメーカーです」

つまり、洋裁師と言う事か。

クロジンデに紹介されたメリザンドは、綺麗に一礼した。それを見て、クロジンデが言葉を続ける。

「スイーオネースにはまだ帝国風のドレスを作る店がございませんでしょう？　いちいち帝国に注文するのも時間がかかりますし、いっそ仕立てられるドレスメーカーを連れてきた方が早いと思いましたのよ。メリザンドは店を持つのが夢なんですって」

大胆な事だ。そしてそれに乗っかり、見知らぬ異国にたった一人で来るなど、メリザンド自身も大した度胸の持ち主である。

「メリザンド、あなたからもご挨拶を」

「はい、伯爵夫人。お初にお目にかかります、妃殿下。メリザンド・イヴォンヌ・トーと申します。どうぞよろしくお願いいたします」

メリザンドは栗色の髪に栗色の瞳をしていて、小さな眼鏡をかけた鼻にはそばかすが散っていた。身につけているのはすっきりとしたドレスである。地味ではあるが野暮ったくない辺り、さすがはドレスメーカーと言うべきか。

「メリザンドの家、トー家は代々イヴレーアの王室に出入りしている商人ですのよ。お兄様は貿易を、弟さんは小物を扱っている店をイヴレーアに持っています。ああ、ティルラ、彼女の身元は陛下が保証してくださっているから、心配はいりません。安心してちょうだい」

「承知いたしました」

クロジンデの言葉に、ティルラも納得したようだ。帝国皇帝が保証するという事は、彼女の身元は帝国側でしっかり調べた訳だから信用に値する。

「メリザンドのドレスは、それはもう素敵なのよ。いくつか持ってきていますから、確かめてご覧なさいな」

クロジンデの言葉の直後、メリザンド自身が側にあった箱の一つを開けて中身を取り出した。そして、小間使いが手伝ってその場で広げてみせる。

それは、胸元とスカート部分の裾にレースをふんだんに使用している薄桃色のドレスだった。確かにこちらでは見かけないタイプのドレスだ。オーバースカートの形と使い方も面白い。

「軽い生地ね」

立ち上がってドレスに触れながら、アンネゲルトは感想を述べた。

「こちらはイヴレーアで開発されたばかりの生地になります。従来の物より薄く、さらに丈夫に仕上がっているんです。薄くとも幾重にも重ねておりますので、スイーオネースの気候にも十分対応出来るかと」

これまでのドレスは、生地が重い分ドレス自体も重かったが、この新しい生地なら軽いドレスが作れそうだ。

「アンナ様。彼女は出身がイヴレーアだと申しましたでしょう？　あちら風のドレスも作れますの」

クロジンデが口にした情報は、アンネゲルトの心を動かすのに十分だった。

イヴレーアで今流行のドレスは、スカートを膨らませないタイプで、正面から見たラインが特徴的なドレスだといわれている。

「あなた、店を持つのが夢なのよね？」

「は、はい」

勢いよくアンネゲルトに聞かれ、メリザンドは一瞬体を後ろに反らせた。

「では、船の中で店を持ってみないこと？」

「船の中で……でございますか？」

「大丈夫、店舗なら余っているの。必要な道具も、もちろん用意させます」

ドレスメーカーが側にいるのならドレスを作るのも楽だし、何より色々と注文が出来そうだ。日本から持ち込んだ服を見本に、あちら風の服をいくつか作ってもらう事も出来るのではないだろうか。

「ティルラ、構わないでしょう？」

「お心のままに」

ティルラとしては、危険人物でない限りアンネゲルトの好きにさせるつもりのようだ。メリザンドに関しては、帝国の保証があるので問題はない。

「お姉様、ありがとうございます。素敵な人を紹介してくださって」

「お礼を言われるほどの事ではありませんわ。ああ、それから、お土産の中にはシャルロッテ様と奈々様からのものがございますので、後でお礼をお伝えになってね。お二人ともアンナ様からの通信を心待ちにしていらっしゃったから」

そういえば、母との通信もこのところご無沙汰だった。あれこれ忙しく動いていたので、つい後回しにしてしまっていたのだ。

通信画面で文句を言われる覚悟をしなくては、と思いつつ、目の前に広げられる土産のあまりの数に、アンネゲルトは目を回しそうになった。

大舞踏会翌日はアンネゲルトの予定がない為、護衛隊も休みになっている。

エンゲルブレクトは、それを狙い澄ましたエドガーからの呼び出しに応じていた。待ち合わせ場所である王都の「ホーカンの店」は、昼時の客でごった返している。

「ここは昼でも夜でも人で溢れているんだな」

ややうんざりした様子で言ったエリクに、エドガーはけらけらと笑う。

「商売繁盛でいい事じゃないの。それとも何？　エリクは店が儲からない方がいいとか言ってる訳？」

「そういう意味じゃない。まあ、人が多い方が我々も注目されずに済むんだろうが……」

それでも何が気に入らないのか、エリクはぶつぶつと何事かをぼやいている。彼は第一師団第二連隊の隊長を務めているが、その仕事で不満が溜まっているのかもしれない。

そんなエリクを放って、エドガーはエンゲルブレクトに尋ねてきた。

「エンゲルブレクト、妃殿下の方はどう？」

「どう……とは？」

「お元気でいらっしゃるかー、とか、何か憂いていらっしゃらないかー、とかさ」

「特にはないな」

「ふーん……」

エンゲルブレクトの返答がお気に召さないらしく、エドガーはしらけた様子だったが、すぐにいつもの調子を取り戻す。

「まあ、シーズンも無事始まったしね。これからは社交でお忙しくなるはずだし、去年のようにのんびりとはいかないだろうね」

それにはエンゲルブレクトも同意した。去年はなんだかんだで社交界に出た期間はシーズンの半分にも満たない。だが今年は違う。最初の大舞踏会も無事に終え、これからは参加する社交行事も多くなる予定だ。

「いやー、それにしてもルーディー坊やも少しは大人になったじゃないの」

「おい」

エドガーの言葉を、エンゲルブレクトは窘める。「ルーディー坊や」とは、裏で使われている王太子ルードヴィグの呼び名だ。坊やという言葉からもわかるように、あまりいい意味ではない。

王宮関係者に聞かれたら問題になるというのに、エドガーはへらへらするだけである。

「大丈夫、こんなところに王宮関係者はこないから。あ、僕らも一応関係者だっけ？」

そう言ってからからと笑う。だめだこれは、とエンゲルブレクトはさじを投げた。

「大舞踏会での、両殿下のダンスには驚いたな」

話を聞いていないようでしっかり聞いていたエリクは、エドガーに同意している。

エンゲルブレクトもそれは思っていた。実は大舞踏会前には、今回も自分がアンネゲルトのパートナーを務めた方がいいのかと考えて、会場でそれを尋ねたのだ。その際、アンネゲルトは小さく笑って断ってきた。

『殿下と踊る事になったから、隊長さんは隊長さんで楽しんでください』

そう言われた時、心のどこかでがっかりした自身に、自分でも驚いたものだ。あるべき姿に戻るのだから、本当ならば喜ぶべき事だろうに。

――自分は、妃殿下と踊りたかったのか？

それなら、最初のダンスの後に申し込めばいいだけの話だ。実際、アンネゲルトは王太子とのダンスの後、何人かの男性に申し込まれて踊っていた。

その中にハルハーゲン公爵がいたのを、エンゲルブレクトは見逃していない。アンネゲルトが笑顔を引きつらせながら相手をしていた事もだ。

「でもまあ、これで王太子夫婦の仲を邪推する連中を、少しは抑えられるんじゃないかな？」

「邪推？　いるのか？　そんな連中」

「そりゃあいるに決まってるでしょう。ただでさえ最初があれなんだし」

「むう……」

目の前で繰り広げられるエドガーとエリクの言い合いを、エンゲルブレクトは黙って聞いていた。

王宮内では、既に新しい噂が飛び交っている事だろう。王太子妃が愛人を袖にして夫のもとへ戻ったとかなんとか。その愛人として目されているのはエンゲルブレクトなのだから、頭が痛い。

たかが舞踏会で一度踊った程度で仲を疑われるなど、やはり王宮などというところは近寄りたくない場所だ。

考え込むエンゲルブレクトを余所に、エドガーとエリクは話を続けている。

「でもこの程度の噂なんて、社交界で生きていたらいくらでも出てくるからね。いちいち真に受けてたら身が持たないよ」

「妃殿下もそうお考えでいらっしゃればいいが」

「そう考えていただくしかないね」

エドガーの言葉に、エリクはむう、と黙り込んでしまう。口から生まれてきたようなエドガーに勝つなど無理なのだから、やめておけばいいものを。

エリクに見切りをつけたのか、エドガーの矛先がエンゲルブレクトに向かった。

「そういえばエンゲルブレクト、今日はグルブランソンは来ないの？」

「ああ、今は実家に戻っているはずだ」

シーズンオフの間、副官のヨーンは勤務から外れずにずっと船に詰めていた為、怒った実家に連れ戻されたのだ。それを説明するとエドガーは腹を抱えて笑い出す。

「あははは！　彼ってば例の女の子の側を離れたくなかったんだねえ」

笑い声の大きさに、一瞬店中の視線が彼らのいるテーブルに集中した。だが元々騒がしい店内のせいか、すぐに客達はそれぞれの話に戻る。エドガーの方はまだぐふぐふと奇妙な声を立てて笑っていた。

「妃殿下の侍女なのだろう？　手を出したりして大丈夫なのか？」

心配そうなエリクに、エドガーは目尻に浮かんだ涙を指先でぬぐいながら答える。

「大丈夫なんじゃない？　手を出すどころか逃げ回られているから」

「逃げる？　グルブランソンからか？　何が不満なんだ」

先程は心配していたエリクだが、ヨーンがフラれまくっていると聞いて、心底意外そうにしていた。

「そりゃあ、でかい図体の彼が迫ってきたら怖いんじゃない？」

「だが、ヤツは軍でも有望視されている人材だし、何より伯爵家の嫡男だぞ？　今は子爵位だが、やがては伯爵位を継ぐ身だ。相手は余程身分の高い侍女殿なのか？」

「相手の子は騎士爵の家の子」

「騎士爵!?　ますますわからん……伯爵夫人の座を約束されるというのに」

「あー……世の中にはそういった事に無頓着な女の子もいたりするかもしれないよ？」

エドガーが何とも言えない表情を浮かべている横で、エリクは本気で悩んでいる。彼も名門貴族の出で、貴族間の結婚は家柄重視という考え方だ。

エンゲルブレクトは普段のヨーンとザンドラの様子を見ているからわかっているが、そうではない人間なら、エリクのように考えるのが普通なのかもしれない。

——あんなのでも、婿候補としては好条件なのだろうな……

実際に追いかけ回されているザンドラはたまったものではないだろう。実際、逃げ続けているのがいい証拠だ。

「でも、そうか。じゃあ噂は本当なんだな」

エドガーの一言に、エンゲルブレクトとエリクは同時に問いただした。

「噂って何の話だ？」

「いや、グルブランソンの実家が彼に縁談を持ちかけているって話。考えてみれば、彼もお年頃だもんねえ。縁談の一つや二つや三つや四つ、あっても不思議はないよねえ」

「グルブランソンに縁談？」

「まあ……確かにあってもおかしくはないが」

エンゲルブレクトは、思わずエリクと顔を見合わせてしまった。紹介された女性の前で、いつもの感情を出さない様子のまま直立不動でいるヨーンが浮かぶ。女性がおろおろするか怒り出すところまで予想出来た。

少しグルブランソン家が心配になったエンゲルブレクトだったが、こちらが口を差し挟む問題ではない。

その後も他愛のない話が続き、やがて解散の時刻となった。

「いやあ、今日も楽しい話題がたくさんだったねえ」

「主にグルブランソンに関するものだった気がするのだが」

「だから楽しいんじゃない」

エドガーの返答に、エンゲルブレクトは苦笑するしかない。自分がいない場では、この二人――ヨーンを含めれば三人に何を言われている事か。

それぞれの方向へ帰ろうとした時、背後からエドガーに声をかけられた。振り向く前に首元に腕が回り、エドガーが耳元で囁く。

「帰ったら妃殿下に伝えて。司教には近づかないようにって」

直後、エドガーはぱっとエンゲルブレクトから離れた。エンゲルブレクトがその意味を問う前に、エドガーは手をひらひらと振りながら小走りで走り去ってしまう。

「何だったんだ？　今の」

「さあ」

首を傾げるエリクへ曖昧(あいまい)に返し、エンゲルブレクトは今度こそ船に戻るべく港へと足を向けた。

司教は教会組織の最高峰に位置する存在であり、その教会に所属する騎士団はイゾルデ館を襲撃した経緯がある。

エドガーは教会に関して、何か情報を掴んでいるのだろうか。

エドガーはアンネゲルトの敵ではない。少なくとも今は。それだけに、彼に縋(すが)らざるを得ない自分に歯がみしつつ、エンゲルブレクトは島へ戻っていった。

ルードヴィグは自室にて人を待っていた。彼は先程から室内をうろつき回り、しきりに時計を気にしている。

歩き回るのにも飽きて腰を下ろした頃、扉を開けて侍従が顔を出した。ルードヴィグは座っていた椅子から弾かれたように立ち上がる。

「どうだった⁉」

「は……お伝えいたしましたところ、了承なさったという事です」

「そうか……ご苦労だった」

ルードヴィグの労(ねぎら)いの言葉に、侍従は無言のまま頭を下げて退室していった。

彼に頼んでいたのは、ホーカンソン男爵令嬢ダグニーへの手紙だ。彼女はシーズンオフ中、自領に引っ込んでいたのか、王都では会えなかった。

この間の大舞踏会でもそうだ。最初のダンスは約束した手前王太子妃と踊ったものの、次の曲は彼女と踊ろうと会場中を探したのだが、ついに姿を見る事はなかった。

翌日すぐに使いの者をやったところ、彼女は大舞踏会から早めに帰り、そのまま自領へ戻ったのだとか。

ついに愛想を尽かされたのかと絶望しかけたが、彼女の父親であるホーカンソン男爵からその理由を聞く事が出来た。何でも、母方の祖父が身罷(みまか)ったせいだという。

ダグニーの母方の祖父とは、ベック子爵の事だ。子爵の領地は男爵領の隣にあるから、祖父の葬儀(そうぎ)の為に自領を経由したのだろう。

その彼女が、王都に戻ったと報せが来たのが昨日だ。ルードヴィグは早速ダグニーにあてた手紙を侍従に言付け、その返事をずっと待っていた。

ようやく彼女に会える。思えば彼女とは、謹慎を申しつけられた頃から会っていない。それもあって、この冬はいつもより長く感じていた。

会えない間も手紙は書いていたが、素っ気ない返事しかもらえずやきもきしたものだ。もっとも、彼女からの手紙は常に素っ気なかったが。

「……そういえばそうだった」

そんなところも魅力だと思っていたのに、今更ながら心配になってきた。彼女は自分の事をどう思っているのか。

少なくとも嫌われてはいないはずである。彼女の事だ、地位や権力に惹かれたという可能性はなさそうだし、それらにひれ伏したとも考えにくい。

むしろ、ルードヴィグを心底嫌っていたのなら、何をどうしようと彼のもとには来てくれなかっただろう。今日だって自分の申し出を了承してくれたのだから、少しは好かれているはずだ。

侍従に持っていかせた手紙には、彼女の為に王都の屋敷を一軒手に入れた事、そこで自分を待っていてほしい事を書き綴っている。

本当はもう一度王宮に部屋を用意するつもりだったが、周囲から強硬に反対されて実現出来なかったのだ。

『王太子妃殿下ですら王宮にお住まいでないというのに、男爵家の娘ごときを住まわせるなど言語道断です！』

そう言った貴族の鼻をへし折ってやれば良かったと今でも思う。手元に何もなかった為に実現出来なかったが、銀食器でもあれば、確実にあのしたり顔に投げつけてやったものを。

何故あの女へ配慮して、自分とダグニーが我慢しなくてはならないのか。押しつけられた妃に対する憎悪はいや増したが、今はそれどころではない。

とにもかくにも、ダグニーは王都の館に入ると了承してくれたのだ。あそこに彼女が住むのならば、好きな時に訪れる事が出来る。

王都にはホーカンソン男爵の屋敷もあるが、父親のいる屋敷でその娘と、というのはさすがに気が引けた。それに、今回用意した屋敷の方が王宮から近いのだ。噂(うわさ)好きの貴族共の好奇の目にさらされるよりは、彼女も居心地がいいだろう。

だが、やはり彼女が自分をどう思っているのか気になる。今までこんな考えを持った事はなかったのに。それもこれも――

「あの女が来たせいだ」

ルードヴィグは大舞踏会で踊った時のアンネゲルトを思い出す。

舞踏会前にアンネゲルトから手紙が来た時には何事かと思ったが、内容は大した話ではなく、最初のダンスを踊ってほしいというものだった。

春の大舞踏会は秋の大舞踏会と違って作法が厳格だ。秋の時のように、王太子妃である彼女が王太子以外と最初のダンスを踊る事など許されまい。

一応、ルードヴィグとしては自分の責務と思って了承したのだが、その後で踊ろうと思ったダグニーを会場内で見つけられなかったのは誤算だった。

彼女が自分とアンネゲルトとのダンスを見て、思い悩んでいなければいいが。あれは義務で踊ったに過ぎない。その事も彼女にきちんと説明しておきたかった。

――やっぱり、あの女が全ての元凶だ。

王太子妃などという厄介な存在が来なければ、王宮であのままダグニーと過ごせていたはずなのに。

自分の王太子としての立場を一瞬忘れ、ルードヴィグはこの場にいないアンネゲルトに八つ当たりした。ルードヴィグはまたぐるぐると部屋中を歩き始める。

だが、いくら歩き回ったところで答えが出るものではない。ダグニーの心を確実に知りたいのなら、直接本人に聞くしか手がないのはわかっている。

しかし、そんな事が出来るはずもない。

「聞けるものなら、とっくに聞いている！」

どうしようもない苛立ちを抱えて一人で悪態を吐いたが、空しさは増すばかりだ。

ルードヴィグは重い溜息を吐いて、椅子にどさりと腰を下ろした。とりあえず、屋敷に住む事は了承してくれたのだ。これから二人の関係を修復していけばいい。

ダグニーが引っ越したら会いに行こう。ルードヴィグはそう決めて今日の執務に取りかかるべく、立ち上がって自室を後にした。

二　邂逅(かいこう)

「アンネゲルト・リーゼロッテ号」では毎朝の食事後に簡単なミーティングをするのだが、その場で離宮修繕の進捗(しんちょく)状況も報告されていた。それはアンネゲルトがイゾルデ館に滞在中も同様で、船と館を通信で繋いでビデオ会議のようなものが行われている。

本日はそこで、離宮本体の基礎工事がやっと終わったので、いよいよ上物の工事に取りかかるという報告がされた。

基礎だけとはいえ、島中に地下道を張り巡らせる計画である。アンネゲルトはそれを思い出し、随分早く済んだのだなと考えていた。

それが顔に出たのか、ティルラが補足説明をしてくれる。

「基礎は基本的に土木工事ですから、護衛艦の工兵達が三交替二十四時間体制で当たりました」

「そうだったの？　まあ、彼らをしっかり労(ねぎら)わなきゃね」

「特別手当という形で労(ねぎら)っていますよ？」

情報部同様、工兵達への一時金や特別手当などはティルラの一存で出せるようになっている。帝国への報告やそれについての書類も必要だが、いちいち上の決裁を待つ事はない。

アンネゲルトはしばらく思案し、特別手当に上乗せする形ではない別の報酬を考えた。

「休暇も出せないかな？　基礎が終わったのなら、二十四時間体制でなくてもいいんでしょ？」

「では、交替で四連休が取れるようにしましょう」

ティルラの承諾を聞いて、アンネゲルトは機嫌を良くする。これまで長く頑張ってくれた者達なのだから、少しは羽が伸ばせるといい。

当初連れてきた工兵の数もそこそこ多かったが、実はその後、追加で帝国から人員を送ってもらっていた。その人数があればこそ、三交替二十四時間体制などという無茶が通ったのだ。

報告の場であるミーティングの席には建築家であるイェシカもいる。今朝の彼女からの報告は、アンネゲルトにとってここしばらくの間で一番の関心事に関するものだった。

「クアハウスで入浴だけは出来るようになったぞ」

「え？　本当に⁉」

まさかこんなに早く温泉が使えるようになるとは。イェシカは驚くアンネゲルトにもう少し詳細な情報を語った。

「まだほとんどの内装は手がけていないが、一番小さい浴場だけは使えるように仕上げたんだ。出来たら使用感を確かめてほしいんだが」

「ええ、もちろん！　いつがいいかしら？」

アンネゲルトの食いつきぶりに、イェシカの方が引き気味になる。アンネゲルトは大半の日本人同様、温泉が大好きだった。

クアハウスには大小いくつかの浴場を建設する予定になっている。その中でも他人と共に湯に入るのを嫌う人用の、小さな浴場が先行して仕上げられたのだそうだ。

他の部分はまだ工事中なので、入るには事前に話を通しておく必要があるらしいが、アンネゲルトの頭は既に温泉でいっぱいになっていた。

続いたリリーの報告も、クアハウスに関するものである。

「温泉成分を含む泥の成分分析を改めてしておきました。有害物質や菌類は発見されていません。安心してお使いいただけるかと」

リリーの言葉に、そういえば硫黄(いおう)成分は殺菌力が高かったな、とアンネゲルトは思い出していた。以前温泉に行った時に、そんな話を聞いた事があるのだ。

「そろそろ、そちらの話も詰めなくてはならないわね」

「では商人の選定に入られますか？」

アンネゲルトの言葉に、ティルラは手元の書類をめくった。クアハウスは有料にする予定でいるが、王太子妃であるアンネゲルトが商売をする訳にはいかないので、その辺りは商人に委託する事が決まっている。

ただ、その委託先の商人がまだ決定していないのだ。アンネゲルトはしばらく考え込んでからティルラに意見を言った。

「そうねえ……工房の人達から情報を得られないかしら？　彼らなら優良な商人に伝手があるのではなくて？」

職人の場合、直接依頼主と取引する事の方が多いだろうが、そこはそれ、商人を介して品を売る経路も持っている可能性が高い。

彼らと取引している商人がいれば紹介してもらえないかと考えたのだ。紹介された商人に決まらずとも、さらなる紹介や伝手が見込めるかもしれない。職人を選定した時のようにコンペをする訳にはいかないので、いい商人を探そうと思ったら口コミに頼るのが一番だろう。

——希望者を募ってプレゼンの中身で決定するって手もあるけど、まずはプレゼンが何かを説明しないといけないもんなー……

それはそれで面倒だ。幸い、先のアンネゲルトの提案をティルラが呑んだので、後は任せる事にした。

思い描いていた内容がじわじわと形になりつつある。それに対する怯えもあるが、今は興奮の方が勝っていた。

まず、何はなくとも温泉である。アンネゲルトは早速風呂の使用をイェシカに申し出た。

初春のノルトマルク帝都クレーエスブルクは花盛りだ。もう少しすれば都中を花で飾る春の祭りが行われる。

そんなどこか浮かれた雰囲気の中、アンネゲルトの弟であるニクラウスは皇宮の廊下を歩いていた。目指す先は皇太子ヴィンフリートの私室である。

正規の役職はなくとも、皇太子の側近として動き始めているニクラウスは、その身分も手伝ってここでは大概の場所へ行けた。ヴィンフリートの私室もその一つだ。

目指す部屋に到着し、扉の外で警護をしている兵士に軽く挨拶をして取り次ぎを頼もうとすると、部屋の中から甲高い声が響いてきた。

「兄上の意地悪！」

現在、皇太子の私室で彼を「兄上」と呼ぶ存在は一人しかいない。第五皇子マリウスだ。ちなみに第二皇子は国内視察、第三皇子と第四皇子はそれぞれ別の国に留学という名目で皇宮から放り出されている。

末っ子のマリウスは八歳の少年で、両親や兄達に溺愛されて育った。その彼があんな言葉を口にするとは。

おそらく、ヴィンフリートに何か我が儘を言って、却下されたのだろう。一体何を言ったのやら。

ニクラウスは改めて自身の手で扉を叩いた。

「殿下、ニクラウスです。お呼びにより参りました」

本当は呼び出された訳ではないが、こう言えば中に入る口実が出来上がる。程なくして中から侍女が扉を開けてくれた。

困り顔の侍女の向こうには、やはりヴィンフリートと向かい合うマリウスがいた。彼は両手で拳を作り、背の高いヴィンフリートを睨み上げている。

ヴィンフリートも小さな弟に視線を定めたままで、部屋に入ってきたニクラウスは眼中にも入れない。

「何を言おうともだめなものはだめだ。我々は遊びに行くのではないんだぞ」

「でも！　母上はいいって言ったよ」

「母上はそうでも私は違う。マリウス、いい子だから部屋に戻りなさい。お前はまだ勉強の時間だろう？」

「嫌だ！　僕も行く！」

このマリウスの一言で、ニクラウスは大体の事情を察した。だが、微笑ましいとは言い難い兄弟喧嘩にくちばしを入れる気にもなれず、その場で立ち尽くす以外にない。

マリウスは甘やかされている割に我儘（わがまま）を言うような子供ではなく、どちらかといえば聞き分けのいい子だ。その彼がこれだけ主張するのは余程の事だが、内容が内容だけにヴィンフリートも簡単に許可する訳にはいかないのだろう。

「マリウス」

ヴィンフリートの声が変わった。それを敏感に悟ったのか、マリウスの肩がびくっと揺れる。

「あの国には危険が多い。お前はまだ自分の身を自分で守る事すら出来ないでいる。そんなお前を連れてはいけないのだ。理解しなさい」

淡々と諭してくる兄に、マリウスは段々と俯いていった。自分が我が儘を言っている自覚はあっても、兄と共に行きたいのだという思いが伝わってくる。

「でも……でも……」

マリウスの声の調子から、ニクラウスにも彼がそろそろ危険な状態になっているのが窺えた。これ以上は止めた方がいい。

そう思って声をかけようとしたのだが、一歩遅かった。

「でも！　僕だってアンナ姉様に会いたい！」

そう叫ぶと、マリウスは大声で泣き出した。

泣くだけ泣いたマリウスは、侍女に付き添われるようにしてヴィンフリートの私室から退室していった。

その背中を見送るニクラウスとヴィンフリートは、どちらからともなく溜息をこぼす。

「巻き込んだ形になったな」

言外にすまない、と告げているヴィンフリートに、ニクラウスは「いいえ」と返した。

「それにしても、マリウス殿下が姉の事をあれほど慕っているとは知りませんでした」

夏と冬にしか帝国に戻ってこない人なのに。そう首を傾げるニクラウスに、ヴィンフリートは笑みを浮かべる。

「ロッテは素直で裏表がないからな。子供には好かれるんだろう」

それは、裏を返せば単純でお人好しという事になりはしないか、と思っても、口にはしないだけの分別がニクラウスにはあった。

「だが、まさかマリウスが行きたがるとは……計算外だった」

末っ子のマリウスの事は、両親である皇帝夫妻はもちろん、年の離れた上の兄二人も可愛がっている。下二人の兄からは、何かとからかわれているそうだが、それも愛情故のものだ。

それにしても、一体今回の件をどうやって知ったのか。事と次第によっては大きな問題だった。

「殿下は、我々のスイーオネース行きをどなたから聞いたのでしょうか?」

「大方母上だろう。マリウスには甘い方だから」

家族の中でも、母である皇后シャルロッテは特にマリウスを溺愛している。女の子を欲しがっていた彼女は、少女のような容貌の末息子が殊の外可愛い様子だ。

別に上四人が可愛くないという訳ではないらしいが、彼らと末っ子とでは明らかに扱いが違う。

その皇后ならば、何かの折に話してしまっても不思議はない。部屋に何とも言えない空気が漂う中、ヴィンフリートはニクラウスに問いかけてきた。

「準備は整っているか？」

「はい。後は我々が乗り込むだけです」

向こうの受け入れの問題もあるが、それはエーベルハルト伯爵が尽力してくれているだろう。

「では、出航前に出来るだけの案件を片付けておくか」

ヴィンフリートはニクラウスを伴って、自分の執務室へと向かった。

彼らが出立するのは、春の柔らかい陽光が降り注ぐ日だった。船着き場は活気に溢れ、多くの人が行き交っている。

皇帝夫妻への出発の挨拶は既に皇宮で終えており、後は二人が乗り込むだけだった。

「今朝からマリウスの姿が見当たらなかったが……」

あれほど行きたがっていた第五皇子がいない事に一抹の不安はあったが、そろそろ出航の時間だ。これ以上ぐずぐずしている暇はない。ニクラウスは眉間に皺を寄せているヴィンフリートを促した。

「そろそろ乗り込みませんと。マリウス殿下はどこかで出航を見ていらっしゃるのではないでしょうか」

「だといいがな」

二人が乗り込むと、碇(いかり)が上げられて船は静かに出航する。御座船(ござぶね)や「アンネゲルト・リーゼロッテ号」ほどの規模ではないが、この船も普通の帆船ではない。動力は帆だけではなく魔力を動力源とするエンジンを積んでいる。

出航後しばらくして船室に移動すると、ニクラウスが異変に気付いた。彼は魔力量が多く、いっぱしの魔導士として活動出来る程度の実力を持っている。その魔力に、馴染(なじ)みのある気配が引っかかったのだ。

「殿下、少し」

そう言って、ニクラウスはヴィンフリートに耳打ちした。一瞬でヴィンフリートの顔色が変わる。

「場所はわかるか?」

「こちらです」

ニクラウスの先導で、二人は他の供を置いたまま船内を進んだ。

この船は六階構造になっており、最上階にある一番広い部屋がヴィンフリートの為に用意されている。だが、彼らが向かったのは客室がある一番下の階、三階だった。

「ここです」

ニクラウスが感じた「気配」、その持ち主が扉の向こうにいる。ヴィンフリートはおもむろに扉を開けた。

すると、ソファに座ってグラスから何かを飲んでいる最中のマリウスと、彼のもとに菓子の載った皿を持っていこうとしている世話役の姿があった。

「あ、兄上」

「マリウス、ここで何をしている？」

眉間に皺を寄せて聞くヴィンフリートに、世話役の男が慌てて懐から封筒を取り出した。

「皇太子殿下！　こ、こちらをご覧ください！」

彼の差し出した封筒をニクラウスが受け取り、怪しいところがないかざっと検査する。手にしてまず驚いたのは、封蝋に使われている紋章だ。見間違いなどではない。では、これを書いたのは……

ニクラウスから封筒を受け取ったヴィンフリートは、無言のまま封を開け中身に目を通した。読み終わると深い溜息を吐いて、隣にいるニクラウスにも手紙に目を通すよう手渡す。

「やはり……陛下からのものですね」

封蝋に使われていたのは、皇帝以外使えない紋章だ。それを見た時から覚悟は決めていたが、いざ口にするとニクラウスは何とも言えない気分になった。

「公文書の扱いになっている。マリウスを同行させよとの『命令』だ」

確かに、形式はしっかりしているし、ご丁寧に皇帝だけでなく内務大臣とニクラウスの父フォルクヴァルツ公爵のサインまである。形を整えて、ヴィンフリートとニクラウスからの反論を封じた訳だ。

あの父親達は、一体何をやっているのか。

「やられましたね……」

「そうまでしてマリウスを外へ出したいのか……」

主従二人は揃って頭を抱えた。まだ帝都からそれほど離れていないので、通信で皇帝に真意を問いただす事も出来たが、ヴィンフリートはやったところで無駄だと判断したようだ。

「兄上……ごめんなさい……でも、僕、どうしてもアンナ姉様に会いたかったんだ。それに、僕も兄上達みたいに、余所の国を見てみたい」

マリウスは、ヴィンフリートをしっかりと見据えて自分の意見を言った。確かに、皇帝の子である以上、いつどのような理由で他国に行く事になるかわからない。

今は戦争がない平和な時期だからいいが、有事には皇子が人質として出された歴史もある。この先も同様の事がないとは言い切れなかった。

皇帝は今のうちに外を経験させるのも手だ、と判断したのだろう。スイーオネースならば同盟国であるし、何より皇太子と公爵令息が訪れるのだ、向こうも厳戒態勢で迎えるのは明らかだった。

それに、ヴィンフリートとニクラウスがついていれば、マリウスの危険度も低くなる。

だが、どうして出発まで自分達に報せなかったのか。読みとしては悪くない。

「これを知らなかったのは、我々二人だけなんだな？」

ヴィンフリートの確認に、世話役が申し訳なさそうに肯定する。乗組員が知らなければ船に乗り込む事は出来ない。

ヴィンフリートは再び重い溜息を吐いた。

「いいだろう。マリウス、連れていくからには約束をしなさい。決して一人で行動しない事、スイーオネースに入ってからは私の指示に従う事。いいな？」

「はい！　兄上。ありがとう！」

輝くばかりの笑顔のマリウスに、ヴィンフリートの頬も緩む。なんだかんだと可愛い弟には甘い兄なのだ。

その様子に、ニクラウスも知らず微笑んでいた。

「姉も喜ぶでしょう。その前に驚くとは思いますが」

「ああ、ロッテにはまだ報せていないんだったな」

「ええ、母が……」

これ以上は言葉にしなかったが、その場にいるヴィンフリートと世話役にはそれだけで通じたらしい。

マリウスどころか自分達がスイーオネースへ行く事を、アンネゲルトに報せないよう手配したのは奈々だ。理由は単純で、ただ驚かせたいからだという。厄介な母を持つ息子の苦悩は深かった。

「結果論だが、マリウスがいればロッテの怒りも減少するだろう」

可愛らしい容姿のマリウスは女性陣に人気が高い。アンネゲルトも例に漏れず、帝国に戻る度に可愛がっていたのをニクラウスも知っている。

「マリウス、すぐに用意させるから部屋を代わりなさい」

「はい！　兄上」

マリウスの元気な声を聞きながら、ニクラウスは館内通信で乗組員に指示を出した。乗組員も心得ていて、既に部屋の用意は調（ととの）っているという。すぐに移動しても問題ないというので、全員で移動した。

「兄上、スイーオネースまではどれくらいかかるの？」

「三週間もかからない。ロッテの時はもっとかかったはずだがな」

性能の差というよりは、単純に速度を出すか出さないかの差だ。アンネゲルトの時は嫁入りだったので、ゆっくりとした旅になっていた。

ヴィンフリート達は違う。出来る限りの速さで進む為、三週間どころか二週間で着くかもしれない。

「そんなにかかるんだ……まだまだ姉様には会えないんだね」

少しだけしょげるマリウスを、ヴィンフリートは船の中で楽しんでいればすぐに時間が過ぎる、と慰（なぐさ）める。この船にも長期航行が退屈にならないよう、色々と趣向が凝（こ）らしてあった。

彼らが到着する頃、スイーオネースは社交シーズンの真っ最中だ。何が起こるかわからないが、確実にニクラウスは姉の不機嫌の余波を食らうだろう。

——その時はマリウス殿下に助けてもらおうかな。

ニクラウスがそんな事を考えているとも知らず、兄に許してもらったマリウスは上機嫌だ。こうして船は何事もなくシュヴァン川を下り、一路スイーオネースを目指し続けた。

社交シーズンの最中は、一日中せわしない。貴婦人の仕度は時間がかかるので、夜の為の準備でも一日がかりになる事はざらだ。

今日も朝から、イゾルデ館内には慌ただしい雰囲気が漂っていた。

「本日のご予定は、イスフェルト公爵家にて昼食会、その後、教会付属の孤児院の視察と救貧院への寄付、夜はニークヴィスト伯爵家にて晩餐会です」

ティルラがスケジュールを告げる声が、アンネゲルトの自室に響く。アンネゲルトの場合、社交スケジュールの合間を縫って公務が入ってくるので、他の貴婦人に比べても忙しい。

「ご飯くらいゆっくり食べたい……」

下着姿のまま、アンネゲルトは日本語でぼやいた。日々の食事すら社交の為に使われるとは。これがシーズン中は毎日のようにあるのかと思うと、一体どこで息を抜けばいいのかわからない。

「これもお仕事ですよ。就職したってビジネスランチや接待なんかが入ったりするでしょう？　それと一緒です」

「でも、そんなに毎日はないよね？　普通」

今日はあちらのお茶会、明日はこちらの舞踏会、その次はまた別の場所で晩餐会、その次は王宮で昼食会。目が回るとはこの事だ。

「余所は余所、アンナ様はアンナ様ですよ。さあ、今日のドレスの用意は出来ているのかしら？」

ティルラの確認の声に、小間使いは「はい」と答えながらドレスを広げてみせる。本日の昼のドレスは春らしい若草色の地に花模様のものだ。

「そういえば、メリザンドはあれからどうしているかしら？」

ドレスを見ていたら、先日クロジンデが連れてきたドレスメーカーを思い出した。まだ着るドレスはたくさんあるので、とりあえず彼女が落ち着くまでは注文を控える事にしている。

「彼女でしたら、船の空き店舗の一つを当面の工房として貸し出しています。店を開くには人手が足りませんから」

今は道具や素材の発注先を検討しているのだそうだ。本格的に動き出す際には、しばらくは小間使いの中から手先の器用な者を選んで手伝わせるつもりでいるという。

「船にいる以上、アンナ様の注文を優先的にこなしてもらいます。離宮が完成すれば、そちらに移動して社交界から注文を受けてもいいですしね」

メリザンドとしても、王太子妃御用達となればいい宣伝になる。スイーオネースにはまだ帝国風やイヴレーア風のドレスを作る店がない為、独占状態になるかもしれない。開店資金に関しては、自分で貯めてきているのだそうだ。船内であれば店舗の使用料を取るつもりはないので、アンネゲルトのドレスを作り続けるだけでも貯金は増えていくだろう。

そしてアンネゲルトはメリザンドが作ったドレスを着て、社交という名の営業活動を頑張る訳だ。そう思うと、ついげんなりとしてしまうのは、アンネゲルトが社交を苦手としているせいである。

そんなアンネゲルトを叱咤するのは、側仕えのティルラの仕事だった。

「いつまでもそんな顔をなさらないでください。ご自分で残られるとお決めになったんですよね？」

両親にスイーオネースに残ると言い切った日以来、アンネゲルトがだれた態度を取る度にティルラはこう言うようになった。

——言わなきゃ良かったかな……ううん、弱気になっちゃダメ。

残るのに後悔はないが、それと社交行事への強制参加が繋がっているのだと、あの時は思い至らなかったというのが本当のところだ。

だからといって、そんなつもりはなかったから社交行事には参加しません、は通らない。第一、人脈を広げる為には社交界に出るのが一番の近道なのだ。

貴婦人達にクアハウスでお金を使ってもらわなくては、離宮とイゾルデ館にかかった費用を賄(まかな)えない。もっとも、イゾルデ館に関しては、教会に費用を多めに請求しているので問題ないかもしれないが。

それに、この国に王太子妃としている限り、エンゲルブレクトが側にいてくれるのだ。彼の姿を思い浮かべただけで、心の中が温かくなるのと同時に胸が締めつけられるように感じる。

相手の心を確認出来ないのがこんなに辛いとは思わなかった。彼が自分をどう思っているのか、彼の目が他の誰かを見つめてはいないか。そんな事ばかり考えて、最後には思案に疲れてしまう毎日だ。

だからといって、目の前にある仕事は待ってはくれない。

「やりますか」

重い腰を上げて、アンネゲルトは仕度を始めた。

昼近くになって、ようやくルードヴィグは目を覚ました。ベッドの隣を見ると、既にもぬけの殻(から)である。

起きるのが遅い自分が悪いのは十分わかっているのだが、たまにはこちらが起きるまで側で待っていてはくれないものか。そんな我儘(わがまま)がよぎったものの、すぐに軽く頭を振って追い払った。

ここは、ダグニーの為に用意した王都の館である。ここには口うるさい者は誰もいない。使用人も王宮に関係していない者達なので気兼ねしなくていいし、それだけで開放感に溢れているように感じられる。

ルードヴィグはベッドの脇に置いてあるベルを鳴らした。侍従がやってきたら身支度を手伝わせなくては。

この館に彼が滞在する時は、王宮から侍従三人を伴ってくる。彼らはルードヴィグの身の回りの世話をする役目を負っていると同時に、護衛役でもあった。

きちんとした護衛の兵士は別につくが、ルードヴィグが万が一襲われた時に最後の盾となるのが彼らだ。その為、侍従は下級貴族の出身者が多い。

程なくして入ってきた侍従達の手には、きちんと畳まれた着替えがあった。

「ダグニーはどうしている？」

今ここにいない恋人の事を尋ねると、侍従の一人が恭しく答える。

「庭の東屋においでです」

「そうか」

彼女は屋敷の庭が気に入ったらしい。贈り物で喜ぶ事は滅多にないが、この館は喜んでくれた。自然とルードヴィグの口元はほころぶ。

ダグニーがこの館に移ってから今日で五日目。ルードヴィグは一昨日からここに滞在している。

彼女には王宮に戻らなくていいのかと聞かれたが、片付けるべき仕事は前倒しで終わらせてあるし、社交もここから通えばいい。ルードヴィグがそう言うと、彼女は呆れたような目を向ける。

『私がいるのは嫌なのか？』

ルードヴィグの声には拗ねた響きがあった。すると、ダグニーがさらに呆れ顔をする。

『別にそのような事は言っていませんよ』

『ダグニー、いい加減その他人行儀な話し方はやめてくれ』

以前と同じ遠慮のない物言いを聞きたかったが、彼女は艶然と微笑んだ。

『さあ？　忘れてしまいましたわ、そんな昔の事は』

ダグニーの言葉に、やはり王宮を追われたのが気にくわなかったのかと聞いてもはぐらかされるばかりだった。その為、ルードヴィグは気が気ではない。

このところ、何故か今まで感じた事のない焦燥感に駆られるのだ。彼女が永遠に自分の側を離れていってしまうような、そんな気がして落ち着かない。

――ばかな……そんな事、ある訳がない。

そう思う反面、それを否定する予感も浮かぶ。

普通の貴族の娘なら、王太子に望まれて断る真似はしないが、ダグニーは違う。彼女は自分が気に入らなければ、王太子である自分でさえ簡単に捨て去るだろう。

その彼女がこの館にいるのだから、心配する必要はないのだ。それなのに、どうしてこうも嫌な考えが消えないのか。

支度を終えて、ルードヴィグは寝室を後にした。

「ダグニー！」

庭に出て東屋を目指す。目当ての相手は確かにそこにいた。東屋の中に置いてある椅子に座って庭を眺めていたらしい。

「ようやくお目覚め？　殿下」

いつもの彼女の笑顔だ。ルードヴィグは無意識のうちに安堵の溜息を吐いていた。

「起こしてくれれば良かったのに」

起きなかった自分が悪いのを棚に上げて、ルードヴィグは拗ねた声を出した。ダグニーは特に機嫌を悪くするでもなく、お茶を飲んでいる。

「よく寝ている人を起こすのは気が引けるの。お食事は？」

「もうじき昼だろう？」

「まだ大分あるわ。殿下に何か軽いものを」

ダグニーは側に控えていた小間使いにそう言い、お茶と共に出された茶菓子を彼の前に置いた。

食べるつもりはなかったが、運ばれてきた軽食を見て空腹を覚える。気付いていなかっただけで腹が減っていたようだ。無言のまま口に運ぶルードヴィグを見て、ダグニーはくすくすと笑っている。

「何だ？」

「やっぱりお腹がすいていたのね、って思って」

それはどういう意味なのだろうか。特に不機嫌な様子を見せた覚えはないのだが。

それでも目の前でくすくすと笑う彼女を見ていると、胸の辺りが温かくなってくる。

自然に、自分も笑っていた。

「そういえば、今日のご予定は？」

「前も言った通り、しばらくは王宮に戻らなくて済む。仕事は前倒しで終わらせてきた」

「招待されている夜会やら何やらがあるでしょうに」

今は社交シーズン真っ最中だ。王太子という立場上、有力貴族が主催する催し物には出席しなければならない。そういえば、執務室にいくつか招待状が来ていた。

だが、ざっと思い出しただけでも重要なものはなかったはずだ。有力貴族が開く催し物は大体シーズンの中盤から後半に集中する。その分、王族にはシーズンの前半に公務が入る事が多い。

書類仕事の方は終わらせたが、外出予定は確認を怠っていた。そこで、ルードヴィグは側にいる侍従に予定を確認する。

「本日はアレリード侯爵閣下主催の舞踏会がございます」

その名を聞いた時、ルードヴィグはあからさまに顔をしかめた。アレリード侯爵は革新派の重要人物であり、父である国王アルベルトが最も信頼する側近だ。

だが、ルードヴィグにとっては気に入らない人物だった。帝国の姫との政略結婚をアルベルトに進言し、推し進めたのは彼だと聞いている。

「そんな顔をして。侯爵は国にとって、なくてはならない方でしょう？」

ダグニーは呆れたように呟いた。実際、こんな子供っぽい自分に呆れているのかもしれない。

彼女の言葉通り、アレリード侯爵は長年外交の場にいた為、各国との繋がりを持っている。何より、諸外国の情勢に詳しく、この国に与える影響力は大きい。スイーオネースがこれから西域で他国と肩を並べてやっていくには、彼の力は必要不可欠だろう。

しかし、彼は革新派であり、この国に魔導技術を導入しようとしている連中の親玉だ。

だからこそアルベルトが重用しているのだが。

「……侯爵は革新派だ」

「あら、殿下は保守派だったの？　知らなかったわ」

いつの間にかダグニーの言葉遣いが昔に戻っていたが、ルードヴィグは気付いていなかった。

はっきりと口にした事はないが、ルードヴィグは新しい物事については本当にそれがいいものなのか、悪影響はないのか、吟味(ぎんみ)してから取り入れるべきだと思っている。

革新派の者達は、きちんと調べているのだろうか。他国では既に実用化されているとはいえ、スイーオネースではどんな影響が出るかわからないというのに。

それに、魔導技術を神の教えに背(そむ)くものとして禁じている教会の存在がある。昨今では教皇庁でも魔導が使われているという話は聞いているが、スイーオネースの教会は魔導技術導入に反対の意見を貫(つらぬ)いていた。

無論、教会内も一枚岩でない事は知っている。魔導に関しては容認派も多いと聞いた。

「殿下?」

ダグニーの声に、ルードヴィグは我に返る。しばらく自分の考えに没頭していたらしい。

「私は、新しいものをむやみに取り入れる事には反対だ。何がどう影響を与えるのか、調べてからでも遅くはない」

皆が皆、熱に浮かされたように魔導技術導入に沸くのもどうかと思う。かといって、保守派の貴族は国の事など考えておらず、自分達に損害が出ないかどうかだけを心配しているだけだ。その為、自分が保守派と言われるのには抵抗がある。

こんな話、ダグニーには退屈なだけだろうかと彼女を見ると、意外にも彼女は真剣な顔でルードヴィグを見つめていた。

「ダグニー？」

「……殿下のお考え、よくわかりましたわ」

彼女の薄い笑みからは、肯定も否定も窺(うかが)えない。

「でしたら、なおさら侯爵の舞踏会には出席なさらないと。好き嫌いをしていては、調べられるものも調べられなくなるものよ」

ルードヴィグも、本当はわかっているのだ。アレリード侯爵の面子(メンツ)をつぶすような事はするべきではない。だが、舞踏会にはきっと彼女――王太子妃がいる。革新派にとって、王太子妃は旗印にうってつけの人物だ。

その彼女が、革新派の中枢にいる侯爵の舞踏会に招かれないはずがない。

「……君も来てくれるなら」

言いながらも、断られると思った。よしんば連れていったとしても、ダグニーに嫌な思いをさせる事になるだろう。

それでも、今は側を離れたくない。

「妃殿下もご出席でしょうに」

「関係ない。君が一緒に行ってくれるなら参加するよ」

眉をひそめるダグニーに、ルードヴィグはなおも縋る。じっとダグニーを見つめると、彼女は観念したように溜息を吐いた。

「わかりました」

「ありがとう、ダグニー」

ごり押ししてしまったのは自覚しているけれど、ここしばらく彼女と出かける事もなかったから、久しぶりの一緒の外出が単純に嬉しい。

喜ぶルードヴィグを眺めながら、ダグニーはぽつりとこぼした。

「妃殿下がお可哀想」

言葉だけなら嫌味にも聞こえるが、彼女の声には心の底から同情する響きがあった。

「……君の口からそんな言葉が出てくるとは思わなかった」

先程までの嬉しさから一転、ルードヴィグは、非難するような目でダグニーを見ている。

「私が妃殿下のお立場を慮ったらおかしいのかしら?」

逆に彼女から睨まれた。何故だろう、自分が悪者にされたみたいで居心地が悪い。

「おかしいとまでは言わないが、その、こういう場合は相手が不幸になるのを望むものでは？」

王太子の愛人が王太子妃に同情するなど聞いた事がないのだが。愛人と妃同士は、いつでもお互いに目障りな存在だとばかり思っていた。

父アルベルトの妃であるルードヴィグの母親は、夫に愛人がいようが存在ごと無視しているし、過去には夫の愛人に嫉妬するあまり凶行に及んだ妃もいた。

納得がいかず訝しげにしている彼に、ダグニーはいつもの不敵な笑みを見せる。

「私が妃殿下を嫌う理由など、ないでしょう？　顔を合わせた事もないのに」

「それでも、彼女は一応私の妻だ」

「そう。ですからお可哀想に、と言ったのよ」

それはどういう意味なのか。問いただしたかったが、いらぬ事を言って彼女の機嫌を損ねたくはないし、また彼女の言葉に傷つくのも嫌だ。

結局、ルードヴィグは沈黙を貫いたのだった。

社交シーズンに入ると、アンネゲルトの外出が増える為、護衛隊も忙しくなる。

その中でも隊長であるエンゲルブレクトは常にアンネゲルトの側にいるので、執務に時間が割けない事も多かった。

執務室の中、机に積まれた書類を見て、ヨーンが口を開く。

「隊長、未決裁の書類が増えましたね」

「シーズンが始まって、妃殿下の外出が増えているからな」

ここ連日は一日も休まず出かけている。今年のシーズンは最初から参加しているおかげか、どこへ行っても彼女は革新派の貴族に周囲を取り巻かれていた。

エンゲルブレクトは、ある日はそれを遠巻きに眺めながら、ある日は群がる彼らを押しとどめながらアンネゲルトの身を守る。副官のヨーンも、配下の隊員も同様だ。

「今日も予定が入っていましたね」

「夜にはアレリード侯爵邸に向かう。同行する者には時間厳守と伝えておいてくれ」

「了解しました」

アンネゲルトの馬車の周囲を騎乗して護衛する担当は日替わりで、既に十日先まで予定は決まっていた。

ふと、エンゲルブレクトは執務机に積まれた書類に目をやる。元々書類仕事は苦手で、いっそ専用の事務方を雇おうかと思った事もあるほどだ。

だが、書類内容が外部に漏れるのも困るので、結局自分で処理しなくてはならず、毎度苦い思いをさせられている。それに、嫌だからと遠ざけたところでいつかはやらなくてはならないのだから、何とか時間をやりくりして決裁するべきだろう。

そういえば、とエンゲルブレクトは思い出す。アンネゲルトも社交は苦手と言ってはいなかったか？

だが、今シーズンに入ってから彼女は一度も社交行事を休んでいない。出かけられる場所には全て出て、貴族達との顔繋ぎに精を出している。その様子に、社交が嫌いというのは建前ではないのかと思った事もあった。

だが、館に戻るとひどく疲れた表情でいるのを見るに、苦手というのは本当のようだ。

――妃殿下も苦手な社交を頑張っていらっしゃるのだ。私も逃げる訳にはいかないな。

今日の出発まではまだ間がある。エンゲルブレクトは執務机に向かって、山と積まれた書類の一枚を取り上げた。

主催者であるアレリード侯爵の人脈を表したものか、舞踏会会場は既に人で埋まって

いた。

その会場内を、アンネゲルトはゆっくりと移動している。彼女の側についているのはオクセンシェルナ伯爵夫人とティルラだ。

伯爵夫人は夫が革新派貴族であり、クロジンデの紹介で知り合って交流を持ち始めた。彼女は会場内で出会う人をアンネゲルトに紹介する為についている。いつもならばアレリード侯爵夫人に頼むところなのだが、彼女は本日主催者側であるので、アンネゲルトにつきっきりという訳にはいかない。その為に伯爵夫人が代わりに側にいるのだ。

「妃殿下、大分顔なじみも増えたのではありませんか？」

「ええ、伯爵夫人方のおかげね」

「もったいないお言葉ですわ」

そう言っている間にも、以前音楽会で出会った女性が挨拶(あいさつ)に訪れた。隣に友人を連れた彼女は、噂(うわさ)好きのおしゃべりな女性だ。

一通りの挨拶(あいさつ)を済ませると、案の定噂(うわさ)好きの女性、ビューストレーム伯爵夫人がしゃべり出した。

「妃殿下、伯爵夫人、ご存知ですか？　本日はここに王太子殿下もいらっしゃってますのよ」

興奮しているのか、ビューストレーム伯爵夫人はやや早口になっている。

アンネゲルトとオクセンシェルナ伯爵夫人は顔を見合わせた。侯爵家主催の舞踏会なのだから、王太子がいても何の不思議もない。ビューストレーム伯爵夫人は何が言いたいのだろうか？

「あの、ビューストレーム伯爵夫人。殿下がいらっしゃっているのはわかりますが、それが何か？」

オクセンシェルナ伯爵夫人が聞き返せば、ビューストレーム伯爵夫人は大きな目を丸くした。

「まあ、オクセンシェルナ伯爵夫人ともあろうお方が！　どうしておわかりになりませんの？　殿下のお側には『あの』男爵令嬢がおりますのよ」

自分の話に、この場の皆がどんな反応を返すのか、ビューストレーム伯爵夫人は期待の表情を浮かべている。そんな彼女とは裏腹に、いつも調整役をさせられる隣の女性、ダリアン伯爵夫人はおろおろしっぱなしだ。

オクセンシェルナ伯爵夫人はビューストレーム伯爵夫人の無礼な言い方にも眉をひそめず、普段と変わらぬ笑顔で対応した。

「まあ、ホーカンソン男爵令嬢がいらっしゃってるの？　殿下とご一緒に？」

期待していたような反応ではなかったのか、ビューストレーム伯爵夫人は一瞬がっかりした様子を見せるも、すぐに気を取り直したのか再びまくし立てる。

「そうなんですのよ、オクセンシェルナ伯爵夫人。殿下はともかく、男爵令嬢は何を考えているのかしら、って私達二人で話していたところなんです。だって、今夜の舞踏会には妃殿下もいらっしゃるって誰もがわかっていますのに」

「私達二人」と勝手に言われたダリアン伯爵夫人は驚いて、顔の前で小さく手を振って否定している。自分を巻き込まないでほしいというのが本音なのだろう。

そんなダリアン伯爵夫人を気の毒に思いつつも、アンネゲルトは噂の男爵令嬢を見られるのだと内心わくわくしている。

――あの王太子が好きになった人だもんね。どんな人なんだろう……

アンネゲルトはホーカンソン男爵令嬢ダグニーに会ってみたかった。だが、今はそれを言い出せる状況ではない。

オクセンシェルナ伯爵夫人は微笑んでいるのに雰囲気が怖いし、ビューストレーム伯爵夫人は何か新しい噂の種がないかと、狩人のような目でこちらを窺っている。よく見れば、アンネゲルト達を遠巻きにしている貴族達の目にも、好奇の色が浮かんでいた。うかつな事は口に出来ない。下手を打てば、すぐに自分が噂の主人公に仕立て上げられるのだ。

「妃殿下？　お顔の色が優れません。休まれますか？」

周囲の目が怖かったので、オクセンシェルナ伯爵夫人のこの申し出はありがたかった。

「ええ、少し外に出て風に当たりたいのだけど」

「まあ……ですがバルコニーは――」

「伯爵夫人、ご心配なく。あちらのバルコニーでしたら問題ありません」

安全について心配するオクセンシェルナ伯爵夫人にそう言ったのは、控えていたティルラだ。彼女の言葉を聞いて、オクセンシェルナ伯爵夫人もアンネゲルトがバルコニーで休む事を承諾してくれた。

実は一カ所だけ、アンネゲルトの為に準備が施されたバルコニーがある。会場の人いきれに我慢出来なくなった時の避難場所として、事前に侯爵夫妻に話して融通してもらったのだ。

そのバルコニーの下、庭園の陰には護衛隊員が潜んでいる。それを知らされていたアンネゲルトは、安心してバルコニーに設けられたベンチに腰を下ろした。

一息つきつつ、腕にはめた腕輪を指先で確かめる。リリーが改良を加えた腕輪は、大ぶりだが色とりどりの石に彩られていた。細工も見事で、細かな蔦や花の浮き彫りが施されている。ぱっと見ただけでは、護身具だとは気付かないだろう。

この腕輪は、以前の話し合いで出た案通り、石の組み合わせによって機能を替える事が出来る。ちなみに、今夜は基本的な護身の為の機能に加え、アンネゲルトが提案した防犯ブザー機能が備わっていた。

こちらの人間ならばブザーのあからさまな音に驚いて怯む可能性が高い為、ブザー音はわざと電子音に近い音を組み込んでもらった。音はスイッチ一つでオンオフが出来るようにしてある。

バルコニーから窓ガラス越しに会場を見るが、人が多くて噂の男爵令嬢らしき人物は見えない。遠くからでいいから見てみたかったのだが。

欲を言えば、自分の立ち位置を彼女にも伝えておきたかった。ルードヴィグには既に口頭で伝えてあるものの、どうも彼はその内容を忘れている様子なので、改めて宣言しておきたいくらいだ。

この間の大舞踏会のファーストダンスの際も、思い切り仏頂面をされたので、その場で怒鳴りたくなった。

――あんたには興味ないっての。まあ、言う訳にはいかないけど……

うまくいっている風に見せかけろとまでは言わないが、どうしようもない場面では一応妃としての面子(メンツ)を保てるように協力してくれてもいいではないか。嫌われるほどの関わりを持った事などないというのに、どうして彼は自分を見るとああまで嫌そうな顔をするのか。

とはいえ、王太子が身構えるのは大事な相手がいるからだというのは理解している。今のアンネゲルトにとって、それはとても共感出来る感情だが、だからといってこちらに敵意をむき出しにしなくてもいいだろうに。

いい加減、ルードヴィグにも大人な対応を望みたい。その為にも相手の女性ともきちんと話して理解してもらいたいのだが、それはアンネゲルトの我儘(わがまま)なのだろうか。

——まあ、相手が話のわかる人とは限らないんだけどね。

その場合、高確率でややこしい事になる。アンネゲルトが積極的にダグニーに関わらない一番の理由がこれだった。

さて、どうしたものかと一人バルコニーで考え込んでいると、ふわりといい匂いが漂(ただよ)ってきた。辺りを見回せば、隣のバルコニーに女性がいる。

夜目にも鮮やかな赤い髪を垂らした姿はとても綺麗だった。隣のバルコニーとの間は両手を広げた程度だ。無論、向こうもこちらに気付く。

「あら、お邪魔でしたかしら？」

高すぎず低すぎない、柔らかく聞き心地のいい声だった。少し気の強そうな目元だが、それもチャームポイントになっている美人である。

「いいえ」

アンネゲルトは、扇（おうぎ）で口元を隠したままそう答えた。相手のドレスは帝国風でもスイーオネース風でもない。

異国風の大きな柄を描き出した布地を大胆にカットして仕立てられたドレスは、この会場でも目を引いたはずだ。細身に絞ったラインが、スタイルのいい彼女の持ち味を十分に生かしていた。

——すっごくスタイルいいなあ……

どこの誰だろう？　あんな目立つドレスで参加していれば、会場内で見かけていてもおかしくはないのだが。

「あなたも休憩かしら？」

アンネゲルトの言葉に、相手は少し驚いた表情を見せた。それはそうだ、紹介を受けていないのに会話をするなど、マナー違反になる。先程の確認の一言とはまた事情が違った。

——まずかったかな？

アンネゲルトが相手を知らなくても、向こうがアンネゲルトを知っている可能性がある。王太子妃がマナー違反をするなんてと思われたかもしれない。

でも、アンネゲルトは相手と話してみたかった。こちらで彼女のようなセンスの女性には会った事がない。これだけセンスのいい相手との会話は、どんなものになるだろう？　その前に、自分と話してくれるだろうか。

相手の女性は、驚いた表情から一転してふっと微笑んだ。

「ええ。少し疲れてしまいました。今日の舞踏会は人が多いと思いませんこと？」

「ええ、そうね」

マナー違反とはいえ、舞踏会場から外れた場所で奇妙な交流が生まれている。そう考えると不思議な思いがあるが、問題はないはずだ。彼女が危険人物でないのは、バルコニーの下に待機している護衛隊員達が動いていない事からもわかった。ならば、この風変わりな交流をやめる理由はない。

この時、護衛隊員のうちの何人かが相手の顔を見て息を呑んでいたのだが、アンネゲルトは知らなかった。

赤毛の女性は窓越しに会場内に目をやり、ぽつりと呟く。

「この人の数もまた、こちらの侯爵閣下のお力の現れですわね」

「そう……なのかしら？」

「ええ、さすがは今をときめく方ですわ」

そう言った彼女の顔には、複雑な色があった。単純に侯爵の権勢におもねっている訳ではなさそうだ。冷静な声は、事実を述べただけだと言わんばかりである。

アンネゲルトは、アレリード侯爵が国の中枢にいる事実も、革新派の中心人物だという事も理解しているが、それが権勢と繋がるとまでは思い至っていなかった。彼女に言われて初めて気付いたのだ。

――ティルラがいなくて良かった……

この場にいたら、確実にアンネゲルトの不明を嘆いた事だろう。その後はお小言とおさらいという名の勉強時間が待っている。

「どうかなさいまして？」

いきなり黙り込んだアンネゲルトに、相手の女性は心配そうな声で聞いてきた。

「いえ、何も――」

「ダグニー、待たせたな」

アンネゲルトが返答をしようとしたまさにその時、思いも寄らぬ人物がその場に登場した。王太子ルードヴィグだ。

アンネゲルトは扇の陰で口をあんぐりと開けてしまった。彼は今何と言ったのだろうか。

「ん？　お、お前は！」

こちらに目を向けたルードヴィグは、驚愕している。

「殿下？」

訝しそうなダグニーの声に、ルードヴィグは我に返って彼女と向かい合った。

「ダグニー！　あの女から何かされなかったか!?」

「何ですか？　突然。何もある訳ないでしょう？　殿下といえど失礼ですよ、いきなりそのような事を口になさるなんて――」

「き、君はあの女が誰だかわかっているのか!?」

突然おかしな行動を取り出したルードヴィグに面食らったダグニーは、それでも彼を窘めている。だがルードヴィグにはその声も届かないようだ。それもそうだろう、誰がこんな状況を想像しただろうか。

アンネゲルトは声が出なかった。いや、何を言っていいのかわからなかったのだ。

――これって、そういう事よね……？

王太子が親しげに話しかけた女性は、見事な赤毛である。ああ、男爵令嬢が赤毛だと、

誰かに聞きはしなかったか。

「あ、あそこにいるのは帝国から来た……その……」

自分の妃だ、とはさすがに言いづらいらしい。言葉を濁したが、「帝国から来た」という部分だけで赤毛の彼女、ダグニーに伝わったと見えて、彼女の目が驚きに見開かれていく。

「では、あなたが王太子妃殿下、アンネゲルト・リーゼロッテ様で？」

三人の時間が止まったように思えたひと時だった。

足先からゆっくりと湯の中に入っていく。肌に触れる柔らかさは温泉ならではか。

「あー、気持ちいいー」

うっかり、極楽極楽と言いそうになったアンネゲルトだった。

クアハウスの一部のみ使用可能になったという事で、忙しいシーズンの合間の一日を完全に休みにして、試しに来ているのだ。

アンネゲルトが使用しているのは、クアハウスの中でも一番小さい浴室で、個人が貸し切り出来るようにしてある。大きな窓はブラインドが下りているが、この向こうには庭園が設えられていて、入浴しながら鑑賞出来る予定だ。

本日は、アンネゲルトが入浴するという事で工事の全てが止まっている。クアハウス単体の工事は予定より大分進んでいる為、一日休みを入れても問題なしとイェシカが判断したからだ。

ちゃぷん、と水音を立てながら手のひらでお湯をすくう。泉質は塩化物泉で、神経痛、筋肉痛、関節痛、打ち身、冷え性などに効く他、切り傷、火傷、慢性皮膚病、慢性婦人病などへの効果が期待出来る。

また、塩化物泉は湯上がりの肌がしっとりと潤うらしいので、美肌効果も望めそうだ。貴族階級の女性を主なターゲットに考えているアンネゲルトには朗報である。女性はとかく「美」には敏感なものだ。

湯と一緒に湧き出てくる泥は、別の場所で採取済みであり、今後はそちらもパックなどに試してみる予定だった。

何より、この温泉に関しては船内にあるサロンの責任者が非常に興味を示していて、リリーとイェシカを通してあれこれ画策していると聞く。

厨房の方でも、料理長が美容に効果のあるメニューを考案しているのだとか。

「楽しみだなあ」

一番狭いとはいえ、一人で入るには十分広い浴槽で体を伸ばしつつアンネゲルトは呟いた。こうしているだけで、日々の疲れが抜けていく。

天井を眺めながら湯に浸かっている最中に、ふと先日のアレリード侯爵邸で行われた舞踏会を思い出す。

一息入れる為に逃げ込んだバルコニーで、まさかルードヴィグの愛人であるホーカンソン男爵令嬢ダグニーに出くわすとは思いも寄らなかった。

細い腰に不釣り合いなほどの胸、そして、あの目の覚めるような赤い髪。同じ女であるアンネゲルトにも、彼女の魅力は十二分に伝わった。

それに彼女があの夜に着ていたドレス、あれはスイーオネース風でも帝国風でもなく、イヴレーア風のものだ。流行の発信地としても知られるイヴレーアの最新流行はスカートを広げないドレスで、彼女にはとても似合っていた。着こなしが上手なのだろう。

「性格も悪そうには見えなかったし」

ほんの二、三言交わしたのみだが、第一印象は悪くなかった。自分との相性という点では、いいと確信している。

アンネゲルトは、人に関する勘だけはいいと自負していた。昔から第一印象が良かった相手とは関係が長続きしている。

頼りにならないのは男性を見る目だけだ。軽い気持ちで付き合い始める事が多かったせいかもしれないが、ことごとく長続きしていない。

その例から言えば、彼女、ダグニーとはいい友達になれそうだった。もっとも、アンネゲルトがそう思ったとしても、彼女の方が嫌がるかもしれない。

「……そりゃそうか」

自分の「恋人」の妻と友達になるなど、普通の感覚なら無理な話だ。一人の異性を「共有」なんて、まず出来るものではない。

だが、よく考えてみれば彼女も貴族社会の女性なのだから、夫に愛人がいるのは当たり前という世界で生きてきたのではないだろうか。

ならば、彼女と友達になるのに支障はないように思える。

「あ、だめだ。あったわ……」

アンネゲルトは、あの夜の事を思い出してがっくりうなだれた。支障とは、言わずと知れた王太子ルードヴィグの事である。

彼の慌てぶりからして、自分とダグニーが近づくのをよく思わないのは確実だ。彼の存在を無視するという手もあるが、それではダグニーの立場がまずくなる。

そこまで考えたアンネゲルトは、改めてルードヴィグの性格について文句を呟く。

「なんかねー、人の話を聞かないのは治らないのかしら」

邪魔はしないと伝えたのにあの態度とは。結局、アンネゲルトの言葉には耳を傾けていなかったという事だ。

信用されていないな、と嫌になる反面、信用に足るだけのものを提示しなかった自分にも非があるのだと思い至る。

アンネゲルト自身も、ルードヴィグに話を聞いてもらう努力をした事は一度もない。話し合いの場を設けはしたが、その前段階として相手が自分の話を聞く気になるようにするべきだったのだ。

「それにしても、せっかくこっちで初めての友達が出来るかもって思ったのになー」

周囲に人はいる。社交の場に出ても、去年に比べれば大分人の輪に入れるようになった。ルードヴィグという障害は大きいが、出来ればダグニーと親しくなりたい。アンネゲルトには友達と呼べる存在がこの国にいないのだ。クロジンデは近くにいてくれるが、彼女は親族であって友達とは言えなかった。

現状に落ち込みかけたアンネゲルトだが、まだ詰んだ訳ではないと思い直す。幸いシーズンは始まったばかりだ。社交場で再び彼女に会う機会もあるだろう。その時に、彼女にもルードヴィグにも、こちらの意図を理解してもらえるように考えればいい。

しばらく俯いて水面を見つめていたアンネゲルトは、意を決すると勢いよく顔を上げる。

「くよくよしていても始まらない！　前進あるのみ！」

アンネゲルトは浴槽の中で握り拳を作って、自分自身に言い聞かせるように声を張り上げた。

クアハウスから船へ戻り、私室でだらだらとしていたアンネゲルトは、ティルラに見つかって小言を言われた。

「何です、そんなだらけた様子で。もう少し王太子妃としての自覚を持ってください」

「はーい」

間延びした返事をした途端、やる気が感じられないと怒られたが、今日は休みなのだから見逃してほしい。毎日気を抜かずに過ごすなど、アンネゲルトには無理だった。

それに休みとはいえ、もらった招待状を整理したり手紙を書いたりと、実はやる事がたくさんある。これらに取りかかる前に休んでおきたかったのだ。

軽く化粧をしてから執務室に向かおうと思ったアンネゲルトは、不意にある事を思い出しティルラに尋ねた。

「ねえ、何だか船の中が慌ただしいように感じるのだけど」

何かあるのだろうか。省略した言葉もティルラに伝わっているはずなのに、彼女からは何の返答もない。焦れたアンネゲルトは、重ねて問いかけた。

「何かあったの？　もしくはこれからあるの？」

「……今年のシーズンは、アンナ様が最初から参加なされる初めてのシーズンとなりますので、船の中もその仕度で慌ただしいのでしょう」

ほんの少しあった間が何なのか、気にはなるけれど、突っ込んで聞くのも怖い。無理矢理自分を納得させたアンネゲルトは、化粧を終えて私室を後にした。

そして執務室に入ると、ティルラから来客の報がもたらされる。

「来客？　お姉様かしら……」

「ユーン伯だそうですよ」

「ユーン伯……？　あ！　隊長さんのお友達の？」

一瞬、聞き覚えのない名前だと思ったが、すぐに思い出した。以前船に来た外交官の男性だ。

帝国も回ってきたとかで、アンネゲルトの両親や皇帝夫妻の話などを聞かせてくれたのを覚えている。

そのユーン伯エドガーが来ているという。

「彼が今日来る予定、あったっけ？」

「いいえ。約束なしですね」

外交官として諸外国を回っていた彼らしくない。どの国でも、貴婦人のもとを訪れるのに約束をしないというのはマナー違反だ。相手とごく親しい関係であるのなら話は別だが、アンネゲルトはエドガーとは前回が初対面である。

「ふーん……私が船にいなかったら、どうしてたんだろう」

「おとなしく帰るんじゃありません？　それで、どうなさいますか？」

「会いましょう。今日は休みだから、他に予定はないでしょ？」

「わかりました。ではそのように」

ティルラは言い終わると一礼して執務室を後にした。アンネゲルトは小間使いに促されて、仕度に逆戻りだ。いい加減、人に会う為だけに着替える事がいかに無駄かをこの国に広めたいと思いつつも、おとなしく着替えたのだった。

エドガーがいたのは、以前彼が船に来た時に通されたのと同じ店だ。ここは船への来客用に使っているとティルラから聞いた事がある。

アンネゲルトが店に入った時には、エドガーは既に席についていた。彼は彼女の姿を確認するとすかさず立ち上がって一礼する。外見も立ち居振る舞いも、文句のつけようのない貴公子ぶりだ。

「ようこそ、ユーン伯」

「ご無沙汰いたしておりました、妃殿下。また、お約束もなしに押しかけてしまい、心よりお詫び申し上げます」

いささか芝居がかった様子ではあるが、不思議と嫌味にならないのは彼の性格故か。

「許します。でも、今回は特別ですよ」

「肝に銘じておきます。ですが、シーズン中のお忙しい妃殿下とこうして船でお話し出来る機会は、そうないと思いまして」

エドガーの言葉に、彼が急に船に来たのは人のいる場では口にしづらい内容を話す為だと納得した。

「社交の場では、話しにくいような内容なのかしら?」

「そうですね。多くの者達が知っている話ではありますが、私が彼らの前で口にしたくないのです」

エドガーはそう前置きをして笑みを消し、真面目な表情で話し始めた。

「妃殿下は、エンゲルブレクトの出生の噂をご存知ですか?」

まさかそんな話をされるとは思っていなかったアンネゲルトは、言葉に詰まる。去年参加した音楽会で聞いた事を、ここで言うべきかどうか。

アンネゲルトはエンゲルブレクトの出生に関して調べていない。本人の許可なくプライベートを調査するのは相手に失礼だし、もし自分がそうされたら調べた者を許せないと考えたからだ。

「あの……その話は——」

「ご存知だったんですね」

アンネゲルトの態度で知っていると判断したらしく、エドガーは笑顔で言い切った。アンネゲルトは観念して頷く。すると、エドガーがさらに問いかけてくる。

「どこまでご存知か、確認してもよろしいですか?」

「こういう事は、本人の口から聞くべきだと思うのだけど」

いくら王宮で知らぬ者がいないほどの噂だとしても、いや、だからこそ本人の口から正しい情報を聞くべきではないだろうか。

アンネゲルトの返答に、エドガーは一瞬目を見開く。それからゆっくりと表情を変化させていく彼に、アンネゲルトはしばし魅入っていた。

彼の表情に浮かんでいるものは、慈愛とでも呼べばいいのだろうか。

「本来ならそうですね。でも、あのエンゲルブレクトが妃殿下に話すようになるには少々時間がかかりそうなので、私が代弁するつもりで参りました」

これまでのエドガーとは違う調子の声だった。その変わりぶりに、アンネゲルトだけでなくティルラも目を見張っている。

「宮廷では口さがない連中があれこれ話している事でしょう。ですが大事なのは、彼の父親、前サムエルソン伯爵トマス卿が彼を名指しで後継に選んだ事実です。ですから、彼が今の爵位にいるのには正当性があります」

初耳だった。あの音楽会では、エンゲルブレクトが爵位を継ぐのに国王陛下のお声がかりがあった、とだけ聞いている。

――待って、確か隊長さんには亡くなったお兄さんがいたって……

そりの事故で亡くなったのが伯爵家の長男であり、エンゲルブレクトが爵位を継いだのは彼の死後だ。後継者指名がなされたのが長男の死亡前か後かで、話は大分変わるだろう。

考え込むアンネゲルトに、エドガーは苦笑を漏らした。

「それだけでは、彼の正当性が主張出来ないとお考えですね？」

図星だ。常日頃から顔に出やすいと言われているが、そんなにはっきりわかるものなのだろうか。

顔を真っ赤にさせたアンネゲルトを笑顔で見つめながら、エドガーは続けた。

「これはエンゲルブレクト自身も知っていますが、トマス卿は彼が自分の実子でない事に気付いていたそうです」

「それも……聞きました」

伯爵夫人が身ごもった時期に、夫であるトマス卿はスイーオネース国内にいなかったそうだ。

そうでしたか、と言ってエドガーは軽い溜息を吐く。

「さすがに踏み込んだ事情までは我々も知りませんが、トマス卿は妻であるヴァレンチナ夫人が自分以外の男性の子を産む事を容認していたようなのです」

アンネゲルトとティルラは言葉もなかった。

貴族の夫婦がお互いに愛人を持つ事は少なくない。家の為の結婚をする代わりに、跡継ぎさえ生まれれば後は好きにしていいという不文律があるのだ。

だが、今の話ではその跡継ぎさえ妻の愛人の子という事になる。家の血を持たない子供と知っていて、何故後継者に決めたのか。

「……トマス卿は、何故余所（よそ）の血統を伯爵家の後継にしたのかしら」

スイーオネースや帝国などでは家を継ぐには血筋が重要になってくる。どれだけ遠縁でも血が繋がってさえいれば家を継承する権利が発生するが、逆を言えば血の繋がりがなければ家を継ぐ事は許されない。

エドガーはアンネゲルトの疑問には答えず、別の話題を出した。

「エンゲルブレクトの亡くなった兄君、ルーカス卿はヴァレンチナ夫人の子ではありません。トマス卿が余所から連れてきた子だという話です」

「ええ？」

エドガーが言うには、ルーカスはある日突然トマス卿が連れてきた子供だったのだそうだ。どこの誰の子なのか、彼は周囲の誰にも話さなかった。

ただ、トマスが自分で連れてきたので、周囲は彼が余所で作った子供だろうと判断したらしい。

ちなみに妻であるヴァレンチナ夫人と結婚したのは、ルーカスを引き取った後だったという。

「では、そのルーカス卿という方は、一体どこのどなたなの？」

伯爵家当主が、縁もゆかりもない子供を連れてきて養育する必要などあるのだろうか。アンネゲルトの脳裏に一瞬誘拐という言葉が浮かんだが、すぐにあり得ないと消し去った。

エドガーは肩をすくめて首を横に振る。

「その辺りはわからないのです。トマス卿はルーカス卿に関しては何も口になさらなかったそうですし」

エドガーは、少し冷めかけたお茶を一口飲んだ。

「トマス卿が何を考えていたかは、今となっては謎です。しかも彼はルーカス卿が生きている間に、エンゲルブレクトを後継者に指名しています」

つまり、前サムエルソン伯爵トマス卿は、血の繋がらない——言ってしまえば妻の不貞の子を自分の跡継ぎとして指名していた。自分の血を引いているかもしれない長男を差し置いて。

そこで、アンネゲルトはある考えを口にする。

「ユーン伯、その……サムエルソン伯の本当の父君が、トマス卿の一族の方という可能性はないのかしら?」

伯爵家の当主でなくとも、一族の血を引いていれば後継者の資格があると思っての質問だったが、エドガーに即座に否定された。

「あり得ませんね。もしエンゲルブレクトが一族の血を引いていたら、彼は伯爵家の後継者にはなれなかったでしょう」

「……どうして？」

「トマス卿は一族を毛嫌いしていましたし、また一族もトマス卿を、下々の言い方をすれば金蔓程度にしか思っていなかったそうです」

あまりの事に、アンネゲルトはもはや言葉がない。厄介な一族を持つ貴族について聞いた覚えがない訳ではなかったが、ここまであからさまな事を聞くのは初めてだ。

アンネゲルトの様子に、エドガーは薄い笑みを浮かべて続けた。

「先程、何故余所の血統を伯爵家の後継にしたのか、と仰いましたね？　トマス卿の真意は測りかねますが、おそらく余所の血統だからこそ後継者にしたのだと思いますよ」

「それは、伯爵家を別の血筋に乗っ取らせる為？」

王家ならば簒奪と呼ばれるべき行為だ。しかも、それが当主によって行われるなど、歪としか言いようがない。

「トマス卿は、伯爵家を嫌っていたのかしら……」

ぽつりとこぼれたアンネゲルトの疑問に、エドガーが答えた。

「あるいは憎んでいたか……。いずれにしても、伯爵家の血筋を絶やそうとしたのではないでしょうか」

その言葉に、アンネゲルトの中でこれまで聞いた情報が繋がる。

「……トマス卿が夫人と結婚したのは、ルーカス卿を引き取った後だと言ったわね？」

「ええ。ですが、それがどうか――」

「トマス卿は、最初ルーカス卿に後を継がせるつもりだったのではないの？　でも、夫人と結婚して、夫人が跡取りに出来る男の子を産んだ。だからルーカス卿ではなく彼を後継者にしたのではなくて？」

それなら辻褄が合う。

アンネゲルトの意見に対するエドガーの返答は、彼女の望み通りのものではなかった。

「それは亡くなったトマス卿だけが知っている事です。我々には推測しか出来ません」

確かに彼の言う通りだ。ここであれこれ言ったところで、アンネゲルト達の前にあるのはトマス卿とルーカス卿が亡くなっている事実と、エンゲルブレクトが伯爵家を継いでいる事だけだった。

扇の陰で軽い溜息を吐いたアンネゲルトの前で、エドガーが表情を硬くする。

「ルーカス卿の死因をご存知ですか？」

「そりの事故で亡くなったと」

「そのそりに、エンゲルブレクトも乗っていたという事はお耳に入っていますか？」

「ええ。それも聞きました」

アンネゲルトにエンゲルブレクトの件を教えてくれたアレリード侯爵夫人は、事実だけを述べた。しかし、それが社交界でどのように言われているかは、話のきっかけを作ったビューストレーム伯爵夫人の言い方からもわかる。

「口さがない者達は、爵位欲しさにエンゲルブレクトがルーカス卿を事故に見せかけて殺したのだと言っていますが、そんなばかな事がある訳がありません。先程も申しました通り、黙っていても爵位は彼のものになるんですから、エンゲルブレクトには兄を殺す動機などないのです。元々爵位にも執着していませんし」

真剣な様子のエドガーに、アンネゲルトは頷いて同意を示した。

護衛隊でのエンゲルブレクトを見ていればわかる。以前は第一師団の副師団長という地位にいたそうだが、それも彼の実力がもたらした結果であり、決して伯爵という身分で得たものではないだろう。

隊員からの信頼も同様だ。護衛隊の、平民出身の者達の尊敬を集めているのがいい証拠である。

そんな人物が、爵位欲しさに人を殺すとは思えない。よしんば本当に爵位を望んだとしても、彼なら自力でのし上がるのではなかろうか。滅多にない事だが、実家の爵位を継げない次男三男が出世の末に爵位と領地を授かった例があった。

「私はたい……サムエルソン伯を信じます」

知らないところでかわされる噂より、自分の目で見た彼自身を信じる。

アンネゲルトの反応に、エドガーは上機嫌に微笑んでいた。

「妃殿下の信頼を得られて、エンゲルブレクトもさぞや喜ぶ事でしょう」

エドガーにとっては、何気ない言葉だったのだろう。だが何故か、アンネゲルトはひどく狼狽してしまった。エドガーの言葉を深読みして、頬が熱くなる。

「兄君ではなく、ご自身が後継者として指名された事を、伯爵はどうお考えだったんでしょうか」

ふいに、控えめな声でティルラが聞いた。ここまでは口を差し挟まずにいたが、アンネゲルトの保護者役のようなティルラとしては、聞いておきたかったらしい。

エドガーは当時を思い出したのか、眉間に皺を寄せて答えた。

「荒れていましたね。ルーカス卿は静かに受け入れていた様子ですが、エンゲルブレクトの方はトマス卿を呪う言葉まで口にしていましたから」

納得がいかなかったのだろう。確かに長男ではなく次男が跡を取るというのは尋常ではない。

「トマス卿は、ルーカス卿をどう思ってらっしゃったのかしら」

「関心がない風だったという話は聞いています。まあ、それはエンゲルブレクトに対しても変わらなかったようですが」

かたや出自が定かでなく、頼みの綱の父親に関心を持たれない長男。かたや母を幼いうちに亡くし、やはり父親に顧(かえり)みられなかった次男。

エドガーの話しぶりから察するに、兄弟仲は良かったのではないだろうか。少なくとも、エンゲルブレクトが兄を憎む事はなかったと思われる。そうでなければ、後継者指名を受けて荒れる理由が見当たらない。

考えつつ、アンネゲルトはエドガーに問いかけた。

「何故、この話を私に？」

下手をすれば、エンゲルブレクト本人の怒りを買う行為だ。その問いに対するエドガーの答えは、実に単純なものだった。

「妃殿下が彼の仕えるべき相手だからです。本来は国王陛下が主(あるじ)なんですが、エンゲルブレクトは今王宮を離れていますからね。ああ、妃殿下に責任はありませんよ、そのようなお顔をなさらないでください」

そう言われてもアンネゲルトの眉尻は下がったままだ。王太子と別居出来るのは願ったり叶ったりだが、そのせいで護衛隊の皆にまで王都や王宮から離れるという不便を強いているのは心苦しい。

だが、エドガーはそんなアンネゲルトの不安を吹き飛ばしてくれた。

「妃殿下がこの島に来る事になったのは、殿下や王宮の不徳のいたすところです。ご不便をおかけして、一臣下としてお詫びせねばなりません」

「それこそ、伯の責任ではないでしょう？」

「では、この話に関してはお互いに気にしない、という結論でいかがでしょうか」

なんだか丸め込まれた気分だが、ユーン伯エドガーという人物は妙に憎めない人柄だった。気付けばアンネゲルトもくすくすと笑っている。

当のエドガーは人好きのする笑みを浮かべたまま、何でもない事のように爆弾発言をした。

「実は、本日伺ったのはもう一つ、妃殿下のお耳に入れておきたい話があったからなんです。我が国の司教が教皇庁より戻った話は、お聞き及びでしょうか？」

「司教……様？　ええ、先日のイゾルデ館の件でお手紙をいただいたわ」

謝罪とは到底呼べない内容だったので、手紙とだけ言っておく。イゾルデ館の補償に関しては、水増し請求と取られかねないので黙っておいた。それにしても、司教がスイーオネースに帰っているという情報はエーベルハルト伯爵から得ていたが、まさかエドガーからも聞く事になるとは。

アンネゲルトの返答に、エドガーは何やら考え込んでいる。

「そうですか……素早いな」

「ユーン伯？　どうかして？」

最後の一言はうまく聞き取れなかった。様子が変わったエドガーに、アンネゲルトは不穏なものを覚える。

改めてこちらに向き直ったエドガーには、先程までの笑顔がない。それだけで、ひどく緊張した空気が感じられた。

「妃殿下、不躾な意見をお許しください。どうか、司教にはお近づきになりませんように」

彼の口から出た意外な言葉に、アンネゲルトはまたもや言葉が出ない。

元々教会とは対立が予想されている。さらに先日のイゾルデ館襲撃事件により悪感情が強くなるばかりで、エドガーに言われるまでもなく近づく気はさらさらなかった。

だが、何故彼はこの場でこんな事を言い出したのか。

アンネゲルトの疑問は、同じ疑問を感じたであろうティルラが代弁してくれた。

「ユーン伯、何故そのような事を妃殿下に仰るのですか？」

「ステーンハンマル司教は、数年前に代替わりしたまだ若い司教です。しかも社交界の貴婦人方がこぞって熱を上げるほどの美貌なのだとか。あまり司教にお近づきになられると、妃殿下に悪い噂が立ちかねません。私はそれを危惧しているのです」

芝居がかった様子でそう言い切ったエドガーに、アンネゲルトもティルラもしらけた表情を隠さない。

――何か裏があるな。

アンネゲルトは無言でティルラを見た。彼女もアンネゲルトを見て、軽く頷き返してくる。

アンネゲルトでも嘘だとわかる答えを口にしたのには、どんな理由があるのか。

ここでその裏を問い詰めたい気もするが、教会とは関係が微妙なアンネゲルトには言えない内容かもしれない。後で教会も調べておかねば、とアンネゲルトは記憶に刻むに留める。

扇の陰で軽く気合を入れたアンネゲルトは、すぐににこりと微笑んでエドガーに言った。

「そうね、噂を立てられるのはこりごりだわ。伯の言う通り、司教には近づかないようにします」

大体、シーズン中のアンネゲルトは忙しすぎて、教会に行く余裕はない。もっとも、聖職者でも社交界に出てくる事があるというから、どこかの社交行事でばったり出くわす可能性はあるだろうが、それは不可抗力と思ってもらおう。

アンネゲルトの返答に、エドガーは満足そうに頷いている。

「さて、次はもっと楽しい事でもお話ししましょうか。そうそう、帝国では妃殿下のご両親であるフォルクヴァルツ公爵ご夫妻にお世話になったのですが――」

エドガーは話題を帝国についてのものに変え、その後しばらくアンネゲルトを楽しませた。

久しぶりに船の執務室に来たエンゲルブレクトは、今にも雪崩を起こしそうな書類の山と格闘していた。イゾルデ館でも時折書類仕事の時間を取っていたが、船の執務室がいよいよ未決裁の書類で埋まりそうだというので、アンネゲルトのクアハウス行きに合わせて船に戻ったのだ。

イゾルデ館にも彼専用の執務室があるが、全ての書類は一度船に送られ、そこから急ぎのものだけをイゾルデ館に届けてもらっている。今彼が処理しているのは、急ぎではないと判断されたものばかりだ。

エンゲルブレクトは訳のわからない焦燥感をぶつけるように、鬼気迫る様子でペンを走らせている。そうかと思うと、手を止めて遠い視線でふっとどこかを見つめているのだ。

一人きりの執務室だからこそ不審に思われないが、部下の一人でもいれば、彼の様子に首を傾げただろう。

「失礼します」

静寂の中、扉を開けて入ってきたのはエンゲルブレクトの副官ヨーンだ。その手には新しい書類があった。

「まだ来るのか……」

さすがのエンゲルブレクトも、倦んだ様子を隠さない。

「色々とお察しいたしますが、これも仕事だそうです」

誰かにそう言われたのか、見ればヨーンもげんなりとしている。彼らは机にかじりついているよりは、剣を手に最前線へ出ていく方を選ぶ。その結果が今の地位だ。

「明日明後日の護衛計画と妃殿下に同行する者達の名簿、それと先日のアレリード侯爵主催の舞踏会に関する報告書です」

ヨーンは手にしていた書類を直接エンゲルブレクトへ渡した。うんざりしながらもそれを受け取り、ぱらぱらと確認していると妙な記述が目に入る。

「……何だ？　これは？」

エンゲルブレクトの呟きを耳にし、ヨーンは無礼と知りつつも上官が持つ書類を覗き込んだ。

そこには、アンネゲルトとダグニーの、バルコニーでのやりとりが妙に克明（こくめい）に記載されていた。

「妃殿下が男爵令嬢と鉢合わせをしたそうですね。そこに殿下もいらっしゃった、と」

愛人と妻が鉢合わせした現場に、夫が出くわしたという事か。確かにアレリード侯爵の立場なら、アンネゲルトを招待した以上、夫であるルードヴィグも招待せざるを得ないだろう。

ルードヴィグの方も、国の重鎮であるアレリード侯爵を無視する訳にはいくまい。

「ダ……男爵令嬢を連れていかない選択肢はなかったのか……」

あやうく名前を呼びそうになったが、ぎりぎりで誤魔化した。エンゲルブレクトと彼女が幼なじみだと知っている人間は少なく、ヨーンでさえ知らない。

何故二人が鉢合わせする危険がある場所にダグニーを連れていったのか。しかも報告書を見る限り、そうなる事を予測していなかったように見える。

「殿下ですから」

何も考えていなかったのだろう、という含みがある返事だった。不敬な言葉を口にしたヨーンをじろりと睨み、エンゲルブレクトは再び書類に視線を落とす。

これによれば、アンネゲルトもダグニーも、ルードヴィグがその場に現れるまでは相手をそうと知らずに顔を合わせていたらしい。

「何故こんなに詳しく書いてあるんだ？　会話内容まであるぞ」

エンゲルブレクトの疑問に、ヨーンがあっさり答える。

「リリー殿から貸与（たいよ）された道具を使ったと聞いています」

「あれか……」

いつぞやの音楽会でザンドラが使っていた道具、人が話している声を記録出来るというそれを思い出した。今回の二人の会話もそのまま記録していたのだろう。

「そんな事までする必要はあったのか？」

「詳しくは知りませんが、ティルラ殿からの要請があったそうです」

「ティルラから？」

ふむ、とエンゲルブレクトは顎（あご）に手を当てて考え込む。後で本人に確認した方が良さそうだ。

「何にせよ、これからはさらに気が抜けないな」

アンネゲルトが何度も狙われた為、ただでさえ周囲の警護を固めているというのに、それに加えて痴話喧嘩紛いの事にまで配慮しなくてはならないとは。

シーズンは始まったばかりで、これからも社交行事は目白押しだ。その場にアンネゲルトとルードヴィグが揃えば、今回のような事態が起こる可能性が高い。

ヨーンの前で、エンゲルブレクトの口から重い溜息がこぼれる。そんな微妙な空気の執務室に、脳天気な声が響いた。

「やあ、エンゲルブレクト。おまけでグルブランソンも。今日も無駄に元気かい？」

エドガーである。シーズン中はさすがに忙しいのか、ここしばらく顔を見ていなかったのに、いきなりの襲来だった。

「無駄とはなんだ無駄とは」

「おまけとは何ですか、失礼な」

「だって、君達って普段から元気が有り余っているからさ。それに、グルブランソンがエンゲルブレクトのおまけなのは今に始まった話じゃないでしょ？」

まったく悪びれる様子もなく言い切るエドガーに、エンゲルブレクトとヨーンは共に重い溜息を吐く。

エドガーに乱入された執務室では仕事が再開出来ないと悟ったエンゲルブレクトは、早々に彼を追い出しにかかる。

だが、出ていけと言ったところで素直に出ていくエドガーではない。エンゲルブレクトは昔から使っている手を行使する事にした。

すなわち、とっとと彼を満足させるのだ。ばかばかしいように思えるかもしれないが、エンゲルブレクトとエリクの間ではこれが一番有効な手として通っている。

「で？　今日は何をしに来たんだ？」

部下に命じたはずのお茶を、何故か船の女性乗組員が運んできてくれた。それを横目に、目の前の迷惑な存在にここへ来た理由を問いただす。

「妃殿下にご挨拶だよ。ご無沙汰していたしね。もっと早く来る予定だったんだけど、上司にこき使われててさあ」

聞いてよもう、と仕事の愚痴をこぼすエドガーを眺めながら、今日は長引きそうだと頭を抱えたくなった。

「聞いてる？　まったく、どうして僕が保守派との交渉役をやらなきゃならないのかなあ、本当。僕の担当は外国だよ？」

「お前なら相手の弱みを簡単に握れると、侯爵も考えたんだろうよ」

「簡単じゃないのにねえ」

軽い調子で言うエドガーを、エンゲルブレクトはらしくないという思いで見る。

彼の現在の上司はバーリクヴィスト伯爵であって侯爵位は持っていない。その地位を持つのは、エドガーの前の上司に当たるアレリード侯爵で、彼の現在の所属は内務省である。

侯爵が今でも外務省に影響力を持っているのは有名な話だが、エドガーが肯定するのは珍しい。

先程、エドガーが言っていた保守派貴族との交渉役は、まさしく内務省の仕事である。本人も言う通り、外務省所属のエドガーがするべき仕事ではなかった。それをここで口にする彼の意図が読めない。

――何を考えているんだ？

「エドガー様、妃殿下にはもうお会いになったんですか？」

エンゲルブレクトが黙り込んでいる間も続いていた愚痴（ぐち）に、ヨーンもしびれを切らしたのか、横合いから口を挟んだ。

「うん、ご挨拶（あいさつ）は済ませたよ。そうそう、エンゲルブレクト。君、僕が前に言った事をちゃんと妃殿下に伝えてくれた？」

はて、何か言っていただろうか。すると、エドガーは忘れていたな、と小さくこぼした。

「僕、以前会った時に司教には近づかないよう伝えてくれって言ったよね？」

そうだった。あの後は目が回るほど忙しく、そのせいですっかり忘れていたのだ。アンネゲルト本人も、シーズンが始まってしまえばエンゲルブレクト以上の忙しさで、話す隙など見つけられるものではない。

「いや、忙しくてつい……」

「だろうね。だから僕が今日来たんだよ」

挨拶ついでに伝えておいた、と笑うエドガーに、エンゲルブレクトは何故か胸の辺りがむかっとした。

「ティルラ嬢にも言っておいたし。もっとも、彼女の方でも教会関係者を危険視しているようだけど」

それはそうだ。教会騎士団がイゾルデ館を襲撃したのは記憶に新しい。彼女達にしてみれば、教会騎士団を擁する教会は目下最大の敵であり、最も警戒するべき存在と位置づけられていてもおかしくなかった。

それに、魔導特区の件もある。ここでも最大の障害は教会だろう。司教はその教会の長だ。

「君達も気を付けておいてね。今の教会は何をしでかすかわからないところがあるから」

「どういう意味だ？」

エンゲルブレクトの質問に、エドガーは肩をすくめる。

「んー。やり手の司教の真意が見えない、とだけ言っておくよ」

三年前に代替わりした司教は、まだ若い人物だ。遠目で見た事はあるが、どんな人物かまでは知らない。司教が何を考えているのであれ、アンネゲルトに徒なす者は排除するのみだ。その為の護衛隊である。

「じゃあね、エンゲルブレクト、ヨーン。妃殿下の事は頼んだよ」

「言われるまでもない」

エドガーはそれには答えず、手をひらひらさせながら執務室から消えていった。後に残されたエンゲルブレクトとヨーンに、精神疲労という嫌な土産を残して。

夜会はその名の通り、夕食を終えた時刻から始まる。今日の夜会のスタートは夜の九

時だった。

「これで夜中の二時三時まで騒ぐっていうのだから、貴族達って結構体力があるのかもしれないわね……」

出かける馬車の中で、アンネゲルトが呟く。大半の参加者はその前に帰るが、中には最後まで残る強者もいるのは確かだった。

今日の夜会は、顔見知りとなったイスフェルト公爵主催のものだ。参加は最初から決めていたが、今夜は特に欠席する訳にはいかない理由がある。

「アレリード侯爵夫人が紹介したい人って、どんな人かしら」

アレリード侯爵夫人より、今夜の夜会で紹介したい人物がいる、と書かれた手紙をもらったのだ。侯爵ではなく夫人から、というのが気になる。

特区設立に尽力してくれる人物ならば、夫のアレリード侯爵からの紹介となるはずだ。では、政治関連の人物ではないという事か。

考えている間に、馬車は今夜の会場であるイスフェルト公爵邸へ到着した。ここを訪れるのは去年の園遊会以来だった。既に参加者達の多くが到着していて、明るい屋敷の中のざわついた様子が窺（うかが）える。

馬車が止まると扉が開かれ、アンネゲルトに手が差しのべられた。館の使用人か誰かかと思いきや、馬で併走していたはずのエンゲルブレクトである。

「お手をどうぞ、妃殿下」

舞踏会でダグニーと接触して以来、護衛のあり方が変わった。社交の場でも、つかず離れずにつくようになったのだ。

これまでは社交の邪魔になってはいけないと、会場の外での護衛が中心だった。だが、今は側で護衛出来るよう、どんな社交の場にも出られるエンゲルブレクト及びヨーンが中心になって護衛に当たっている。

ティルラを伴い馬車を降りて主催の公爵夫妻に挨拶し、あちらこちらの話の輪に交ざりながら過ごす。すると、アレリード侯爵夫人が一人の女性を伴って近づいてきた。

侯爵夫人と挨拶を交わしたアンネゲルトは、夫人の背後に立つ女性に目を向ける。年の頃はアンネゲルトと同じか少し下くらいだろうか、春らしい花柄のドレスに身を包んだ姿は愛らしかった。

「妃殿下、お手紙でお報せしたご紹介したい者とは、この娘の事です。さあ、ご挨拶を」

そう侯爵夫人に言われ、一歩前に出た彼女は興奮しているのか頬を上気させている。

「お初にお目にかかります、妃殿下。マルガレータ・ヘレーナ・ティレスタムと申します。以後お見知りおきいただきたく存じます」

「この娘は私の姉の娘で、姪に当たります。本当はもっと早くご紹介する予定でしたが、諸事情により遅れてしまいました」

侯爵夫人によれば、アレリード邸で行われた舞踏会で紹介するはずだったのだという。ダグニーと遭遇した例の舞踏会だ。

——あの時か……

舞踏会中に紹介されなくてかえって良かったのかもしれない。もしされていたとしたら、後のダグニーやルードヴィグとのごたごたで、彼女の事が頭から飛んでしまっただろう。

アレリード侯爵夫人がそっと耳打ちしてきた。

「よろしければ、マルガレータを妃殿下の王宮侍女に、と思いまして」

王宮侍女とは初めて聞く役職名だ。帝国では奥侍女という、皇宮に住居を構えて皇族の世話をする秘書に近い役職があるが、同様のものだろうか。

「まあ、そうなの」

自分だけの判断で決めるのはどうかと思い、アンネゲルトは曖昧に返事をしておく。侯爵夫人も、今日すぐに決まるとは思っていないのか、特に返事をせかしてこない。

——それにしても、さすがやり手の侯爵の奥さんなだけはあるわねー。

権力のある場所に親族を配置するのは、昔からよく使われる手だ。特に権力者の側にいる時間が長い侍女は、格好の立場である。

今のところ、アンネゲルトの秘書的役割はティルラが受け持ってくれているが、これからも王太子妃としてやっていくのなら、もう少し人手が欲しいところだ。ただでさえティルラは過重労働と言っても過言ではないほどの働きぶりなので、少しは負担を減らしてやりたい。

イゾルデ館に戻ったら早速話し合わなくては、と頭の中にメモをしておく。もっとも、ティルラ本人も令嬢が紹介されたのを見ているので、おそらく戻ってすぐに話題に出してくるだろう。

その当人、マルガレータは緊張した様子でアンネゲルトの目の前にいる。

「マルガレータ……さん？　年はいくつか聞いてもいいかしら？」

「は、はい。二十歳になりました」

どうやらアンネゲルトより三歳年下らしい。侯爵夫人の紹介に夫の名前が出なかった事からして、まだ独身だと窺(うかが)えた。丁度結婚適齢期だが、いい相手はいるのだろうか。

そのまま少し話をしてみたところ、悪い感じは受けない。相性がいいとも言い切れないが、悪い訳ではないようだ。

彼女は実家の都合で社交界デビューはせず、シーズン中は叔母であるアレリード侯爵夫人のもとで過ごしているのだそうだ。

「お恥ずかしい話ですが、我が家には社交界で体面を保っていけるだけの財力がありません。ですから、叔母を頼ったんです」

そんなマルガレータに、アレリード侯爵夫人は結婚の道ではなく、王宮侍女の道を示したのだとか。その為、侯爵夫人のもとで王宮侍女としての勉強を続けていたのだという。

「叔母様にはいくら感謝してもし足りません。私に結婚以外の新たな道を開いてくださったんですもの」

純粋にアレリード侯爵夫人への尊敬の念を語るマルガレータに、アンネゲルトは背中がかゆくなりそうだった。

おそらく夫人の中では、マルガレータに王宮侍女として箔をつけてから有力貴族へ嫁がせるという青写真が出来上がっているのだろう。帝国でも、奥侍女になった娘は花嫁として引く手あまただと聞いた覚えがある。

そういえば、アレリード侯爵家に娘はいなかった事を思い出す。抜け目のない侯爵夫人だ、もしいれば自分の娘を最初に紹介するはずである。

マルガレータとの会話を切り上げ、会場内を移動しようとした途端、アンネゲルトの前に厄介な人物が現れた。ハルハーゲン公爵である。

「ご無沙汰いたしております、妃殿下」

「ごきげんよう、公爵」

そのままずっとご無沙汰でいてほしかった、とはさすがに口に出来ない。何がどうとは言えないが、初対面からどうにも苦手意識が先に立つ相手だ。

他愛ない世間話を交わし、早々に離れようとしても振り切れない。どうしたものかと思っていると、公爵が声を潜めた。

「時に、妃殿下は王宮の回廊をご存知ですか？」

「回廊？」

聞いた事のない場所だ。もっとも、王宮には滅多に行かないし、その全てを見た訳でもないのだから当然か。

アンネゲルトの態度からそれがわかったのか、公爵は人の良さそうな笑みを浮かべた。

「やはりご存知ではなかったようですね。代々の王族の肖像画が飾られている場所なのです」

先祖の肖像画を飾る習慣は王宮だけではなく、貴族の屋敷でもよく見られるものだ。一部屋を肖像画だけで飾る屋敷もあると聞く。こちらの王宮の場合は、それが回廊になっているらしい。

「一度、ご覧になってはいかがですか？」

「そう……ね」

要は絵画だから、美術館で鑑賞するようなものだと思えばいいはず。日本にいる時には、機会があれば展覧会にも行っていた。

肖像画も年代によって様式が変わるので、あれはあれで見ていて面白いものだ。アンネゲルトは興味を持ち始めていた。

「では、折を見て王宮へ行こうかしら」

回廊の絵を見るのに、国王の許可はいるのだろうか。

——それとも、誰でも入っていい場所とか？

そんな事を考えていたアンネゲルトの耳に、公爵が囁（ささや）いた。

「きっと、面白いものが見られますよ」

「え？」

面白いものとは一体何なのか。アンネゲルトが確認する前に、笑みを浮かべた公爵はとんでもない提案を口にする。

「回廊は、私がご案内いたしましょう。何、心配はいりませんよ。私は幼い頃から王宮に出入りしていますので、迷う事はありません」

アンネゲルトは、自らの頬が引きつるのを感じていた。


「やられたー！」

イゾルデ館に戻って早々に、アンネゲルトはそう叫んだ。玄関先での事だったので、後ろにいたティルラに小言をもらう。

「何ですか、アンナ様。お行儀の悪い。それに言葉も悪いですよ。いくら日本語でも」

「だってー」

「だってじゃありません」

館の中くらい気を抜いたっていいじゃないか、とぶつくさ言うアンネゲルトは、ティルラにせき立てられて着替えに向かった。

周囲にいる小間使い達は慣れたもので、彼女達のやりとりを聞いていても、誰も何も口にしない。黙々と自分達の仕事をするだけだ。

二階でドレスを脱いで化粧を落とし、一息ついたところでティルラが聞いてきた。

「で？　やられた相手とはアレリード侯爵夫人ですか？　それともハルハーゲン公爵ですか？」

彼女はアンネゲルトの側で夜会での出来事を見聞きしているのだから、わかっていそうなものなのに。

腹立ち紛れに、アンネゲルトは大きめの声で言い放った。

「ハルハーゲン公爵に決まってるでしょ！　あ、侯爵夫人もやり手ではあるけど」

「王宮侍女の件ですね。まあ、身分ある貴婦人が自分の身内を推薦するのはよくある話です」

帝国の奥侍女も、有力貴族に縁のある令嬢がなる事が多い。常に宮廷にいる奥侍女は、結婚相手を探している未婚の貴婦人には人気の役職なのだ。

「王宮侍女って、帝国でいうところの奥侍女でいいのかしら？」

「そうですね。奥侍女と違うのは、国からつけられるか自分で選ぶかの差ではないでしょうか」

奥侍女は皇宮に専門部署があり、そこからの派遣という形を取っていて、採用も罷免も国が行う。

一方、王宮侍女は仕える相手である王族に決定権があり、採用も罷免も自由なので、アンネゲルトの王宮侍女を決める権利は彼女が有している。

「ですから、アンナ様がマルガレータ嬢を気に入れば、即採用でも構わない訳です。誰の許可も必要ありません。とはいえ、給与が国庫から支払われますので王宮の内務省には届け出が必要だそうです」

　ちなみに、奥侍女の給与も国庫から支払われていて、国の職員扱いなのだそうだ。

　アンネゲルトはティルラの話を聞き終わり、腕を組んでうーんと唸る。

「正直、ティルラはどう思う？　マルガレータ嬢の事」

「身元がしっかりしているという点では評価出来ますね。年齢がお若いのは、アンナ様に合わせてではないでしょうか。実務という面では、他にも能力面でしっかりした方を雇い入れれば問題はないかと」

　普通、王族一人に対して王宮侍女は五、六人いるのだとか。現在アンネゲルトには一人も王宮侍女がいないので、マルガレータが決まれば一人目の王宮侍女という事になる。

　ティルラの意見としては、王宮侍女には社交界に詳しく人脈のある女性が好ましいが、アレリード侯爵夫人の姪であるマルガレータ嬢は違う意味で相応しいかもしれないという話だった。

　彼女はアンネゲルトと年が近く、後見である侯爵夫人の人脈、さらにその夫のアレリード侯爵の人脈が期待出来る。

　ティルラの意見を、アンネゲルトは頷きながら聞いていた。実際、マルガレータ嬢と話してみて思ったのは、肩肘張らないでいられる相手だという事だ。

「色々と言いましたが、一番はアンナ様との相性だと思いますよ。王宮侍女は奥侍女よりも共にいる時間が長いようですから、側にいて疲れる相手はやめておいた方がいいでしょう」

「その点では彼女は合格ね」

「ならば、王宮侍女についてもらってはいかがですか？」

ティルラの進言に、アンネゲルトはまたうーんと唸っている。

無言のままティルラに見つめられていたアンネゲルトは、ややあって大まじめな顔で告げた。

「王宮侍女っていうけど、私、王宮にはほとんどいないんだよね。いいのかしら？」

「……その辺りは侯爵夫人と話し合って決められてはいかがでしょうか？」

微妙な表情のティルラの提案に、アンネゲルトはそれもそうかと同意する。まあ、王宮侍女の件は、必要ならばいずれは誰かを選ばなくてはならないのだから、そこまで大事ではない。

「そうよ、問題は別にあるのよ」

「何ですか、急に」

ティルラに言われて、アンネゲルトは思いを口に出していたのだと気付く。心の声のつもりだったのだ。

「あ……その、王宮侍女はそこまで大きな問題ではないって事で……問題はあの公爵の方だってば！」

「王宮の肖像画を見に行く話でしたね。それの何が問題なんですか？」

首を傾げるティルラに、アンネゲルトはテーブルにばん！　と手を突いた。

「だって！　あの公爵が案内するっていうのよ！」

「……そんなに苦手ですか？　ハルハーゲン公爵」

アンネゲルトはうっ、と詰まるが、ここで嘘を吐いたところで意味はない。

ハルハーゲン公爵は一見すると貴公子然とした人物で、社交界でも人気が高く、常に周囲を女性が取り囲んでいる。だがアンネゲルトにとっては苦手意識が強い相手なのだ。

「苦手というか、ぶっちゃけると嫌いだし、近寄らないでほしい」

「ぶっちゃけすぎです。でも、公爵はお年も少し上ですしねえ」

「何より、あの妙な感じが受けつけない」

「妙な感じ、ではわかりませんよ」

どう表現すれば一番しっくりくるのか。は虫類や虫が側に来た時よりはましなのだが、どうにも一緒にいると嫌な気持ちになる相手だった。

「側に来られると背筋がぞわぞわする」

生理的に受けつけない、という表現が一番近そうだ。会えば会うほどそう感じるのだから、これはもうどうしようもないのだろう。

アンネゲルトの説明を聞いて、ティルラは何事か考え込んでいる。

「アンナ様としては、近寄られると背筋がぞわぞわするハルハーゲン公爵に案内されたくない、という事ですよね？」

アンネゲルトは無言のままぶんぶんと首を縦に振った。子供っぽい仕草をしたせいか、ティルラは溜息を吐きながらこちらを見つめていたが、やがてぽんと手を打つ。

「それなら、いい手がありますよ」

「え？　本当？」

勢い込むアンネゲルトに、ティルラはにっこりと微笑んだ。

「公爵のお誘いを断るのが難しいから問題なんですよね？　だったら、公爵でも敵わない身分の方に案内を頼めばいいんですよ」

「それって、公爵よりその人を優先する事になって、公爵のプライドを傷つけない？」

あの場でハルハーゲン公爵の誘いを断らなかったのは、ひとえにその問題があったたからだ。下手な真似をして敵に回られても困る。ただでさえ、彼は保守派の人間なのだ。特区設立までは当たらず障らずで過ごしていたいというのがアンネゲルトの願いである。

「公爵よりも身分が上の相手なら、公爵のプライドは守られますよ」

「だから、誰よそれ。そんな人いた？」

アンネゲルトの脳内に国王アルベルトが浮かんだが、さすがに回廊の案内を国王に頼む訳にはいかない。では誰だというのだろうか。

ティルラの口から出てきたのは、アンネゲルトの想像のはるか彼方の人物だ。

「いるじゃありませんか。王太子殿下です」

「はあ⁉」

大口をぽかんと開けたアンネゲルトは、二の句が継げなかった。あの王太子ルードヴィグが、アンネゲルトの為に何かしてくれるとは到底思えない。ティルラだって彼の性格はわかっているはずだ。

「無理無理無理無理。あの王太子が私の為に動く訳ないじゃない」

「実は、社交界でちょっと小耳に挟んだのですけど……」

そう言って、ティルラはルードヴィグとハルハーゲン公爵の間にある確執を教えてくれた。

ルードヴィグは、乗馬に狩猟、会話やダンスといった、およそ貴族男性が身につけておくべき事は全て、ハルハーゲン公爵に敵わないのだという。本人がそう判断しているだけではなく、第三者の目から見ても明らかなのだそうだ。

「つまり、王太子はあらゆる面で負けている公爵に、劣等感を持っている、と?」

年が離れている事もあって、ルードヴィグには公爵を目標にしろという叱咤があるらしいが、どうも本人はそれを比較されていると捉えているのだとか。その事自体も噂として出回るのだから、貴族社会とは恐ろしい。

王族は全てにおいて誰よりも秀でていなくてはならない、とされる風潮がある。この場合、公爵も王族なのだが、ルードヴィグは王位継承権が上な分、さらに優秀さを求められているのだろう。

かといって、ルードヴィグよりハルハーゲン公爵の方が国王に相応しいとならないのは、優秀さと王位はまた別物だからだそうだ。

それでもルードヴィグの劣等感が消えるものではないので、そこを突いてはどうか、というのがティルラの案である。

「公爵の鼻を明かす為なら、アンナ様のお願いも聞いてくれる可能性が高いのではないかと」

「えー？　でも、あの王太子よ？」

アレリード侯爵邸での舞踏会で出くわした時の、人の話を聞かない様子は相変わらずだった。そんな王太子が、劣等感を持っている相手を出し抜く為だけにアンネゲルトの頼みを引き受けるだろうか。

「お嫌なら、やはり公爵閣下に案内していただきますか？」

「それはもっと嫌」

アンネゲルトは即答した。どうやら彼女の中の嫌の順位は、ルードヴィグよりハルハーゲン公爵の方が上らしい。

――王太子には腹が立つ事が多いけど、公爵は生理的に受けつけないのよね……

何気にひどい事を考えているアンネゲルトだった。

「公爵がお嫌なら、王太子殿下にお願いするしかないのでは？」

ティルラのだめ押しに、アンネゲルトは言葉に詰まる。そもそも我が儘だとはわかっているのだ。苦手な人物であっても、ハルハーゲン公爵は国の重要人物の一人である以上、付き合いをなくせない。

かといって、王宮の回廊を彼の案内つきで鑑賞するのは避けたいのも本音だ。ティルラ達を同行しても、彼との接触時間が長くなるのは目に見えていた。

長く重い溜息を吐いた後、アンネゲルトは決断を下す。

「わかったわ。背に腹はかえられません。王太子殿下に手紙を書きます」

何だか負けた気分だと思ったアンネゲルトである。だが、じゃあ何に負けたのか、と自問するも答えは見つからなかった。

◆◆◆◆

一人、薄暗い執務室で書類を睨んでいるエンゲルブレクトに、ヨーンがお茶の差し入れを持ってくる。

「気が利かないな。どうせなら酒を持ってこい」

「まだ仕事の途中じゃないですか」

珍しい事を言う上官を眺めながら、ヨーンは自分にもお茶を淹れて側にある椅子に座った。執務机の向こうに座るエンゲルブレクトは、眉間に皺を寄せている。相当不機嫌なようだ。

ヨーンはそれもそうか、と思う。元々書類仕事は苦手なのに、こんな時刻まで仕事に追われていては、気分が良くなるはずがない。

気晴らしにでもなればと、エンゲルブレクトに話しかける。

「そういえば、アレリード侯爵夫人の姪御さんが妃殿下の王宮侍女になるそうですね」

「王宮侍女？　初耳だが」

「今日の夜会で紹介していましたよ」

ヨーンは、アレリード公爵夫人がマルガレータを紹介した場に居合わせていただけでなく、小間使い達が噂しているのを小耳に挟んでいた。

「さすがは、やり手の侯爵の奥方だな。妃殿下を絡め取る為の網は幾重にも仕掛けておくという訳か」

王宮侍女は王族の個人的な部分まで知る為、やりようによっては強大な権力を握る事が出来る。

王太子妃の周囲を公私共にアレリードの関係者で固めて、他からの干渉を受けつけないようにしようという腹だろう。その分、アレリードからの十分な助力が見込めるので、王太子妃側としても断る手はない。

「それと、ハルハーゲン公爵が何やら妃殿下をお誘いしていましたね。王宮の回廊だとか」

びしり、とエンゲルブレクトの眉間に再び深い皺が刻まれた。それを見て、ヨーンはおや、と思う。

元々貴族らしい貴族を苦手とするエンゲルブレクトだったが、アンネゲルトに同行して社交の場に顔を出すようになってから、苦手な相手が明確になってきていた。その筆頭がハルハーゲン公爵である。

ふむ、と軽く頷き、ヨーンはある実験に出た。

「公爵は妃殿下の耳元に何やら囁かれていましたね。まるで恋人同士の睦言のような——」

「グルブランソン。それ以上の発言は不敬に当たると心得よ」

「承知いたしました」

神妙に礼を執ったヨーンは、内心「これか」と得心する。これまでは度々エドガーが意味深な言動をする意味が今一つわからなかったが、今のエンゲルブレクトの反応で納得がいった。

問題は、本人に自覚があるかどうかなのだが。

「隊長」

「何だ？」

エンゲルブレクトの眉間の皺はまだ消えていない。そんな彼に率直に聞いてもいいものかどうか、迷ったのは一瞬だけだった。

「隊長は妃殿下をどう思われていますか?」

「……は?」

エンゲルブレクトにとって思いがけない質問だったらしく、すっかり固まっている。

「妃殿下の事をどう思われているか、と聞きました。無論、女性としてです」

意味を取り違えないようにはっきりと言ったヨーンに、エンゲルブレクトはすぐさま「何をばかな事を」と答えた。だが、その声は大分小さい。普段の彼なら怒号が飛んでいるところだろうに。

面白いものを見たと思うヨーンの前で、エンゲルブレクトは何やら考え込んでいる。これまでの出来事を思い返しているのかもしれない。

長い沈黙が流れた。やがてエンゲルブレクトの口から長い溜息がこぼれる。

「今の話は聞かなかった事にする。お前も忘れろ」

「いいんですか? それで」

「妃殿下の為にならない」

平板な声でそう言われ、ヨーンは引き下がらざるを得なかった。それに自分が動く必要はない。何せエドガーが感づいているのだ、彼が動くはずである。自分はその時に、敬愛する上官の為にエドガーに指示された通りの動きをすればいい。

眉間の皺は消えたが、同時に感情らしい感情まで消してしまった上官に退室の挨拶をしてから、ヨーンは執務室を後にする。

自覚した彼は悩むだろうが、それもまた醍醐味の一つだろう。彼自身、アンネゲルトの小柄な側仕えを思って悩む日々を送っているのだ。

――エドガー様が何か企んでいるという事は、お二人にとって悪い事ではないのだろうし。

わかりづらい表現をするが、エドガーは親愛の情を抱いている相手は大事にする人間だ。もし二人に未来がないと判断していたら、早い段階でエンゲルブレクトに待ったをかけている。

それをしなかったという点を見ても、エドガーの中では彼らの未来は明るいのだから、エンゲルブレクトも憂慮する事はないのに。

ヨーンはついでに自分とザンドラの未来も明るいものであれ、と祈りながら、廊下を歩いていった。

三　疑惑

社交行事の合間のある日、不思議な組み合わせの一行が王宮の奥にいた。

「まあ、これが王宮の回廊なのですね？」

アンネゲルトは感心した声を上げながら、目の前に続く回廊を眺める。奥へと伸びる廊下は、右側に直角に曲がっていた。

「ここに入れば一番古い肖像画から見られるはずだ」

ぶすっとした表情を隠そうともしないのは、王太子ルードヴィグである。

「わ、私、回廊に入るのは初めてです」

震える声で言ったのは、アンネゲルトの王宮侍女候補の筆頭であるマルガレータだ。彼女の隣には何故か、赤毛が特徴的なホーカンソン男爵令嬢ダグニーの姿もある。ルードヴィグの機嫌が悪いのはそのせいでもあった。

アンネゲルトの後ろにはティルラが、さらに後ろには一行の中でひときわ長身を誇るヨーンが控えている。

「これが一番古いのですか？　初代の方かしら」

「ああ、しかしこれは後の世で、伝承を元に描いたといわれている」

「そうなのですか。殿下はよくお勉強をされているのですね」

笑顔で言ったアンネゲルトに、ルードヴィグは苦り切った顔をしていた。

今日の状況が出来上がった背景には、ティルラからダグニーに送った一通の手紙がある。そこには、紹介も受けていないのに手紙を出す無礼を詫びる言葉から始まり、定型の挨拶が続いた後、今回の事が書き記してあった。

要は、王太子妃アンネゲルトがハルハーゲン公爵に誘いを受けたものの、彼は男性であり、あまり親しくしているとお互いの醜聞となりかねない。

そこで夫であり、王族でもあるルードヴィグに案内してもらうと言えば、お互いにしこりを残さず断る事が出来る。ついてはアンネゲルトからの願いをしたためた手紙を同封するので、それをダグニーから渡してもらえないか、というものだ。

ティルラの読み通り、アンネゲルトの手紙はダグニーから王太子ルードヴィグの手に渡り、本日無事に案内をしてもらえる結果となった。

——機嫌悪いなあ……まあ、しょうがないか。

ルードヴィグの、怒り出したいのを抑えているらしき表情を盗み見て、アンネゲルトは扇の陰で小さな溜息を漏らす。

今回ばかりはルードヴィグに悪い事をした。恋人から不仲な妻の願いが書かれた手紙を渡され、その願いを叶えるよう頼まれたのだから、怒るなという方が無理だ。

しかも、アンネゲルトがハルハーゲン公爵を嫌っているという個人的な理由からである。真実を知ったらルードヴィグはどう思うのか。もっとも、既にこれ以上ないほどの悪感情を持たれている以上、さらに憎まれたところで問題はなかった。

――悪いとは思っているのよ、一応は。

アンネゲルトは、ちらりとルードヴィグとダグニーの方を見る。

不機嫌を隠そうともしないルードヴィグとは対照的に、ダグニーは穏やかに微笑を浮かべたままだ。

彼女のアンネゲルトに対する態度は、貴婦人としての礼に則ったもので、一人の男を争う相手とは見ていないようだった。

――そりゃそうか。結婚式の当日に別居を言い渡された妻未満の存在だもんねー。

同じ舞台にすら立てていないのだから、敵視する必要はない。女性はそれを理解してくれているのに、何故男性の方はわかってくれないのか。相互理解の道の遠さに、アンネゲルトは扇の陰で再び溜息を吐いた。

「どれも大変素晴らしい作品ばかりですね」

急遽同行が決まったマルガレータは感嘆した様子でそう言った。最近は、社交行事でもなかなか顔を合わせなかったので、お互いを知るいい機会になればと誘ったのだ。今回の同行が、事実上の王宮侍女選抜試験だとアンネゲルトは思っている。

「王族の肖像画は、当代随一である宮廷画家が手がけますものね」

意外にも気が合うのか、マルガレータと穏やかに会話しているのはダグニーだ。マルガレータとしても、身分を気にせず話しかけられる相手は彼女の他にはほぼいないので、必然かもしれない。

——なんだろう、ちょっと寂しい感じ……

マルガレータとダグニーの会話に加わりたいのだが、どうにもルードヴィグの目が気になって入っていけないアンネゲルトだった。

ダグニーの事は、回廊に来る前に待ち合わせの部屋でルードヴィグから正式に紹介を受けているので、会話してもマナー違反にならない。第一ここは公式の場ではないのだから、多少の違反程度なら大目に見られるだろう。

それでも、こちらの我が儘に近いお願いを聞いてくれた相手の心情を考えると、不用意に近づくのはためらわれた。

アンネゲルトが何度目かの溜息を吐いた途端、脇からティルラに軽く小突かれる。

「アンナ様、溜息ばかり吐いていてはいけません」

周囲を慮ってか、日本語で注意してきた。

「そうは言っても、この気の重くなる状況よ？　しかもマルガレータは彼女と楽しそうにおしゃべりしてるし」

私もあっちに加わりたい、と愚痴をこぼすと、今度はティルラが小さく溜息を吐く。彼女もこの状況のおかしさはわかっているらしく、あまり強く言ってこなかった。

まさか、マルガレータとダグニーの相性がここまでいいとは、誰も想像しなかったに違いない。

「計算違いって、こういう時に使う言葉よね……」

「お気持ちはわかりますけど、絶対顔には出さないでくださいね」

「頑張る」

ハルハーゲン公爵対策で考えた計画が予想外の展開を迎えて、ティルラだけでなくアンネゲルトも途方に暮れていた。

回廊は、その名の通り中庭を囲むように作られた廊下である。かつては中庭に面した部分は柱のみだったが、今は壁が作られて回廊から中庭を見る事は出来ない。

庭の代わりとばかりに、回廊の壁には所狭しと肖像画が飾られており、大きなものから小さなものまで多種多様に揃っていた。

描かれた年代によって手法も違うらしく、寓意的な構成のものもあれば写実的なものもあって、全てを観賞しようとすると一日がつぶれるといわれている。

ルードヴィグ自身は、絵画を鑑賞する趣味は持ち合わせていないので、先祖の勉強以外の目的でこの回廊に来る事はなかった。

その彼が今日ここに来ているのは、愛人であるダグニーに頼み込まれたからだ。ルードヴィグは壁にかけられた絵画だけでなく、床や天井を物珍しげに見ているアンネゲルトをしげしげと見つめる。

最初、ダグニーにアンネゲルトからの手紙をもらった時には驚きと共に、わざわざダグニーに手紙を言付けたアンネゲルトに怒りが湧いたものだ。

依頼の内容はハルハーゲン公爵の鼻を明かせるものなので痛快だったが、その為に王太子妃の言いなりになるのは腹立たしい。

結局、断りの手紙を書くようダグニーに言ったのに、返ってきたのは我が耳を疑うような言葉だ。

『そうですか。では殿下は執務でもなさっていてください。私は妃殿下と回廊で絵画鑑賞をしてきますわ』

また口調が戻ってしまっているのにも肝が冷えた。それにしても、何故ダグニーがアンネゲルトと接触を持ちたがるのか、ルードヴィグは今も理解出来ない。

そう考えつつ、彼はアンネゲルトの手紙を受け取った時のやりとりを思い出した。

『……何故、王太子妃に会いたがるのだ？』

『おわかりになりませんか？』

『わからないから聞いている』

ルードヴィグの苛立った声に、ダグニーは溜息を吐く。その様子に、自分がまるで聞き分けのない子供のように感じられて、ルードヴィグは一瞬で頭に血が上った。

『何だ!?　その態度は！』

言った瞬間、しまった、と思ったが、口をついて出た言葉は取り戻せない。後ろめたさを隠す為に、ルードヴィグは殊更ダグニーを睨んだ。

ダグニーは一瞬驚いた表情をしていたものの、すぐに冷えたまなざしでルードヴィグを見つめる。気まずい沈黙は長くは続かなかった。

『私に溜息を吐かれたくなかったら、まずあなたが身分相応の態度を取るべきではないのかしら？』

いつもなら彼女のこういった物言いに爽快感を覚えていたが、今はひどく居心地が悪い。彼女の顔がまともに見られず、視線を外したまま言葉の真意を確かめようとした。

『どういう――』

『今のままでいいと、本当にお思いですか？』

その一言に、はっとして彼女の顔を見る。真摯にこちらを見つめるダグニーの目には、先程の冷たさは微塵も感じられなかった。

『妃殿下を遠ざけたままでいいとお思いですか？』

ダグニーは重ねて問うてきたが、ルードヴィグは答えられない。それを見越していたのか、彼女は答えを要求しなかった。

――本当は、自分でもわかっているのだ……

自分の立場ならば、妃であるアンネゲルトとの間に後継者を儲けなくてはならない。

いつまでも自分の感情だけで彼女を遠ざけるのは得策ではないのだ。

わかっていても、どうしてもその一歩が踏み出せずにいるし、ダグニーと別れるという選択も出来ない。その苛立ちから、必要以上に妃に当たっているのもわかっている。

去年の秋の大舞踏会で、アンネゲルトは二人の間を邪魔する気はないと言った。今も、彼女はダグニーを敵視する事なく和（なご）やかに回廊を歩いている。この場の異物は自分の方だった。

ルードヴィグが疎外感を覚えているとは思いもせず、アンネゲルトはあちらこちらの肖像画を眺めては、掲（かか）げてある名前を確かめていた。
古い肖像画の中には、描かれた当人の名前が絵の中に書き込まれているものもある。また、額縁に装飾文字として彫られている場合もあった。
――あー、パンフレット欲しい。
簡単でもいいから、絵の来歴や描かれた人物がどういう足跡を辿ったのかなどの情報が欲しかったのだ。

スイーオネースの歴史は、帝国にいた時に詰め込みで勉強した。いくつかの王朝を経て今の王朝になった事は教えられたが、代々の国王の名前や背景については教えられなかったのだ。おそらく帝国側は、こちらに到着してからお妃教育の中で教えられると思ったのだろう。

——そういや、お妃教育も付け焼き刃な感じだったなあ。

今も、国王アルベルトにつけてもらった教育係、レーンクヴィスト伯爵夫人の講義は定期的に受けているが、過去の国王の名前にはまだ到達していない。これはいい予習の場になりそうだった。

とはいえ、全てを覚えるのは無理かもしれない。

「本当に多くの肖像画があるんですね。一体何枚あるのかしら」

独り言のように呟いたアンネゲルトの言葉に答える者はいなかった。あらぬ方向を見つめるルードヴィグの背中を、ダグニーがちょいちょいとつつくのが見える。

「殿下、ここで妃殿下の疑問にお答え出来るのは殿下だけですよ」

ダグニーは周囲に聞こえる声で発言した。おそらく、ルードヴィグに無視をさせない為だろう。彼の性格を良くわかっているのが窺(うかが)えた。

さすがに恋人に言われては流す事も怒る事も出来ないのか、ルードヴィグは嫌々ながら説明を始める。

「……総枚数は私も知らない。だが、初代ファーゲルホルム王朝から今の王朝まで、国王とその家族の肖像画は全てここに集められているはずだ」

なるほどと思いつつ、アンネゲルトは絵を見た。ふと視線が脇に流れた際に、一つの扉に目が行く。

「あら、あの扉は？」

回廊の角の一部が扉になっている。壁の装飾と一体化していて、よく見なければ扉とは気付かない作りだ。

「ああ、あれは奥へ行く廊下に繋がっているそうだ」

何故奥へ行く廊下に扉があるのだろう。ここに来る廊下には扉はなかったし、何よりわざわざ隠すような設え（しつら）にしてあるのが気になった。

「通れるのかしら？」

「申し訳ありませんが、こちらの扉はお通しする訳には参りません」

アンネゲルトの素朴な疑問に答えたのは、回廊の角に二人ずつ立っている兵士の一人だ。彼らはこの回廊と絵画を常時警護しているらしい。

「何故通れないのだ？」

ルードヴィグもそう問いかけたところ、兵士からの答えは規則なので、というものだった。

人間、だめだと言われると余計にやってみたくなるものだ。まだ回廊には見ていない絵が多く残っていたが、それらを放り出してでもこの扉の先を見てみたい。

そう思いつつ、アンネゲルトは兵士にあれこれと尋ねた。

「規則でだめだというのなら、どなたかに許可をもらえばいいのかしら」

「そ、そう言われましても……」

「あら、警備のあなた方がそれを知らないなんて、おかしいのではなくて？」

「とにかく、お通しする訳には参りません」

頑として通す気のない兵士に、ルードヴィグが一言告げる。

「構わん。開けよ」

「殿下」

兵士の顔に、困惑の色が滲んだ。当然ながら、同じ王族でも他国から嫁いできたアンネゲルトと、国王の実子であるルードヴィグとでは扱いが異なる。

それでも扉を開けようとしない兵士に焦れて、ルードヴィグは語気を強めた。

「私が開けよと命じている。一兵士ごときが、王太子たる私の命に背く気か？」

上官より上の存在である王族からの命令に、兵士達は混乱している。規則と命令のどちらを優先させればいいのか、判断しかねるらしい。

「殿下、もういいですから」

見るに見かねて、アンネゲルトがルードヴィグを制した。

「何だ。そなたが見たいと言い出したのだろうが」

「きちんと許可が取れれば見たいですよ。でもだからこそ、無理を通すのは良くないと思います。ここで殿下の命に従って私達を通せば、彼らが罰せられてしまいかねません。そこまでして、見たいとは思っていませんから」

アンネゲルトの意見に、ルードヴィグは思案顔だ。彼の向こうに、ダグニーが無言で彼を見つめているのが見えた。言葉にこそしないが彼女もアンネゲルトと同じ思いの様子だ。

結局、ルードヴィグが下した判断は、次のようなものだった。

「よし、わかった。責任は全て私が取る。ここを通してお前達が罰せられるようなら、私の名を出すが良い。ここにいる全員が証人だ。良いな?」

これには兵士達も言葉を失っている。王太子自らが責任を取るなどと口にするのも、アンネゲルト以下全員がルードヴィグに同意したのも驚く事柄だったのだろう。

結局、押し切られた形で兵士の一人が鍵を取り出し、かちりと小さな音を立て、扉を開く。

小さめの扉の向こうには、まっすぐに伸びる廊下があった。高い位置にある明かり取り用の窓から、柔らかな春の日差しが廊下に降り注いでいる。

その廊下には、回廊と同じように何枚も肖像画が飾られていた。それらには特段、変わったところは見受けられなかったが、描かれた人物名を確かめたルードヴィグが唸るように声を漏らす。

「なるほど……そういう事か」

「何か仰いましたか？　殿下」

アンネゲルトの問いに、ルードヴィグは絵画を指しながら答えた。

「全てを確かめた訳ではないが、ここにある肖像画は回廊に飾る事が出来なかったものばかりを集めているんだ」

「どういう意味ですか？」

この場で理由がわかっているのはルードヴィグだけなのか、全員の視線が彼に集まっている。ルードヴィグは一瞬、言っていいものかどうか迷う様子を見せたが、言わなければ始まらないと思ったのか説明を続けた。

「ここにある肖像画に描かれているのは、不祥事を起こした王族ばかりなんだ。表に出せない肖像画だからこそ、こうして別の場所に置かれているのだろう」

そう言ってルードヴィグがさらに教えてくれた内容は、確かにあまり表沙汰にはしたくないようなものだった。

回廊から入ってすぐに飾られていた肖像画は、スイーオネース建国当時から二つ目の王朝であるアグレル朝国王、ニクラス三世のものだそうだ。

彼はスイーオネース史上、最短在位の王として知られている。その理由は、父であるニクラス二世を毒殺して王位に就いた為だといわれてるそうだ。彼が王位に就いてから三年後に、彼の弟に当たるヨルゲン四世がその罪を明らかにし、兄を退位させて自らが王位に就いたという。

「こちらは王女でありながら奔放な生活を送ったカリーナ・アグネス、理由なく民衆を虐殺した王子マルクス・フェリクスの肖像画もある」

廊下の奥に歩きつつ、ルードヴィグはそれぞれ描かれた人物の来歴を語っていく。

「よくご存知ですねえ」

アンネゲルトが感心しながら呟くと、ルードヴィグは珍しく苦い笑みを浮かべた。

「歴史を学ぶ中で、彼らの行為は恥ずべきものだとして徹底的に叩き込まれるんだ。決して同じ道を辿ってはならない、という説教と共に」

反面教師というやつだろうか。だからといって、彼らがどんな不祥事を起こしたかを微に入り細にわたって教えられるというのは、どうなのだろう。

王室の教育のあり方に疑問を持ったアンネゲルトが唸っている間に、廊下を大分進んだ一行は一際大きな肖像画の前で立ち止まった。正確にはルードヴィグが足を止めたので止まったのだが。

「……こちらは？」

「私の祖母だ」

「え？」

ルードヴィグの祖母という事は、国王アルベルトの母親であり国母でもある。そんな女性がどうして回廊ではなく、この閉ざされた廊下に肖像画を飾られる事になったのか。

驚いた表情のまま肖像画を見つめるアンネゲルトに、ルードヴィグは小さな溜息を吐いて説明を始めた。

「これは社交界では有名な話だが、祖母は大勢の貴婦人とその子らを殺した罪で幽閉された方なんだ」

驚愕の内容だ。一国の王妃が、貴婦人達を殺すなどあり得ない。

「何故、そんな事に……」

ようやく絞り出したアンネゲルトの声は、少し震えていた。何だか先程より体感温度が下がった気がする。

ルードヴィグは淡々と彼の祖母の事を話し続けた。

「私の祖父、先代国王ヨルゲン十四世は政治において辣腕を振るった方だが、一つだけ悪癖があったそうだ。……女好きだったらしい。祖母は長く祖父の浮気に悩まされていたと聞いている」

言葉を切ったルードヴィグは、祖母の肖像画の額縁にそっと触れる。

「私が生まれる前の話だ。ある日、祖母は祖父の愛人である貴婦人と、彼女達が産んだ祖父の庶子を全員集めてお茶会を開いた。そのお茶の中に毒を仕込んでいたんだ」

使われていた毒は遅効性で、すぐにはそれとわからず、結果お茶会に招かれた女性も子供も全員が死亡した。毒に苦しみもがく愛人や庶子達を見て、ルードヴィグの祖母アナ・アデルは笑っていたという。

すぐにアナ・アデルは警護の兵士に捕らえられた。殺された貴婦人の中には有力貴族の娘も含まれていて、彼らの追及に王妃でありながら処刑される寸前までいったそうだ。

だが、原因を作ったのは彼女の夫である先代国王ヨルゲン十四世である。アナ・アデルの実家からの横やりもあって、彼女は生涯幽閉と決まったのだとか。

「その事件は『王妃の大虐殺』といわれている。だから父上には腹違いの兄弟はいないんだ」

全て当時の王妃が殺してしまったからだ。

肖像画のアナ・アデルは凛とした表情で描かれている。嫁いで間もない頃に描かれたものだろうか、若々しい姿からは陰惨な事件の匂いなど微塵も感じられない。

アンネゲルトはふと、彼女の肖像画の脇にもう一つ小さい肖像画があるのに気付いた。光の加減か、画面全体が暗く見える。

「これはどなたの肖像画かしら」

近寄って覗き込んだところ、どこかで見たような気がする。はて、どこの誰だったか。描かれていたのは男性で、金色の巻き毛を短めにした礼装姿だ。その目元や口元に、見覚えがあった。

ずっと見ていると、一人の人物が脳内に浮かんでくる。その名前を口にしそうになった時、先んじて呟いた人物がいた。

「エンゲルブレクト……」

アンネゲルトが目を丸くして声の方を振り返ると、ダグニーもまた驚いた表情で絵を

見つめていた。今の声は、彼女だったのか。

アンネゲルトの胸の奥が、ずきりと痛む。

「確かに似ていますね」

アンネゲルトの背後から絵を覗き込んだヨーンが、そんな感想を述べた。常にエンゲルブレクトの側にいる彼がそう思うのなら、やはり似ているのだろう。

「これは……フーゴ・ヨハンネス・グスタヴソン侯爵とありますね。どなたですか？」

動揺しているアンネゲルトの代わりに、ティルラが絵の側に掲げられていた名前を読んだ。

「その名なら、祖父の下の弟のものだ。私が生まれる前に亡くなった方だから、どんな人物かまでは知らないが……彼に、ここに飾られるような話があったかな」

この廊下には、不祥事を起こした王族の肖像画だけが集められている。では彼が引き起こした不祥事とは、何だったのか。

何とも言えない空気が漂ったが、廊下がそこで終わっていた事もあり、本日の鑑賞会はここでお開きとなった。最後の最後で妙な雰囲気になったものの、全体としては和やかな時間を過ごせたと言っていい。

しかし、帰りの馬車の中のアンネゲルトの表情は浮かなかった。ティルラと二人きりという気安さも手伝って、不機嫌そうに眉根を寄せて俯いている。

そんなアンネゲルトに、前の席に座るティルラから声がかかった。

「アンナ様？　もしかして、回廊での件を気にしてらっしゃいますか？」

「え⁉」

図星を指されて、アンネゲルトの肩が大げさなほどに跳ねる。だが、口から出てきたのは誤魔化しの言葉だった。

「べ、別に気にしていないわ。ええ、親しくしていても、別に不思議はないものね」

「は？」

「え？」

ここでようやく、ティルラが言っていたのは肖像画の人物がエンゲルブレクトに似ているという事の方だと気付く。

「えと……そうね、ど、どうして似ていたのかしら？」

「どうしてでしょうねえ」

そう返すティルラの顔は、にやりと笑っているようにしか見えない。館までの道のり、アンネゲルトは馬車の中で大変居心地の悪い思いをする事になった。

王宮から帰り、本日の予定を全て終わらせたアンネゲルトは寝台に潜り込んで回廊での出来事を思い返していた。

夫の愛人を毒殺した王妃、エンゲルブレクトによく似た肖像画の男性、何よりもアンネゲルトに衝撃を与えた出来事は――

「……どうして、名前で呼んだんだろう」

あの時、ダグニーは驚いた様子でエンゲルブレクトの名前を口にした。周囲を気にする事すら忘れていたようだ。

あの二人は社交界での知り合いなのだろうか。だとしても、普通は爵位で呼ぶものではないのか。何故名前で呼んだのかを考え始めると、ぐるぐると同じところを回り続けてしまう。

――親しいのかな……でも、そんな話、今まで一度も聞いた事ないのに……

隊長さんは何故言ってくれなかったのだろう、と思ってすぐ、言える訳がないと気付いた。形だけとはいえ、アンネゲルトはルードヴィグの妻であり、ダグニーは彼の恋人だ。アンネゲルトに仕えるエンゲルブレクトが、ルードヴィグの恋人と親しいなどとどうして言えよう。

本人に直接聞けば解決する悩みなのだが、それも出来ず、アンネゲルトは寝台の上でじたばたと暴れていた。

「実はすごく親しいんです、とか言われたらどうすんのよー」

つぶす勢いで抱きしめた枕に顔を埋め、最悪の想像をしては落ち込むのを繰り返している。

ダグニーはルードヴィグの恋人なのだから、エンゲルブレクトと知り合いであっても二人の間に何かがあるとは思えない。

――でも、実は彼女は隊長さんが好きなんだけど、相手が王太子なせいで逆らえなくて……なんて事もあるかもしれないし！　隊長さんに女性の影がないのは実は好きな相手が既にいて……とかあり得るし！　それが彼女だったら……

そこまで考えて、アンネゲルトはぐったりとした。ここであれこれ考えたところで、意味はない。それでもやめられないのは、相手の心を確かめられないからだ。

大体、自分の想いを告げる事すらしていないのに、自分をどう思っているかなど聞ける訳がない。

あれこれ想像しすぎて疲れたアンネゲルトは、ゆっくりと寝台から身を起こした。だが、今回の事は、いい予行演習になったのかもしれない。

このままいけば、遠からずエンゲルブレクトにも結婚相手が出来るはずだ。伯爵家の当主である以上、跡継ぎは必要だった。

その時、自分はどうするのだろう。泣いて騒いで相手に迷惑をかけるのだろうか。

「……いきなりそんな事されたら、隊長さんもどん引きだよね」

その場面を想像すると、胃の辺りがきりきりと痛んだ。

――自分の想いだけで手一杯で、そこまで考えてなかったな……

片想いの辛さを今更知るとは。アンネゲルトの口の端に、彼女らしくない暗い笑みが浮かぶ。あの回廊では他にも重要なあれこれがわかったというのに、考えるのはこんな事ばかりだ。

「隊長さんのお父さんって、本当にあの王族なのかしら……」

何をやったかは知らないが、表に出せないものとして回廊の奥にひっそりと飾られていた、小さな肖像画。先代国王の弟という人物は、髪や目の色などは違うものの、顔立ちはエンゲルブレクトにそっくりだった。他人のそら似であそこまで似るものだろうか。

ティルラはその事について何も言わなかった。アンネゲルトが調べるよう言い出すのを待っているのかもしれない。

だが、果たして調べてもいいものなのか。嫁(とつ)いだ先とはいえ、他国の王族の醜聞(しゅうぶん)だ。それに、調べたとして、その先に待っているものは何だろう。

本当にエンゲルブレクトが王族の血を引いているとしても、正式な結婚の末に生まれたのでなければ庶子の扱いになり、王位継承権も侯爵家の爵位や財産に関する権利も得られない。下手をすれば、それが原因で伯爵位すらなくしてしまう可能性もあるのだ。

知りたいし、知る為の手段も持っているのに、相手の事を考えると動くに動けない。そんながんじがらめの状態に息苦しさを覚えつつ、アンネゲルトは目を閉じてしばしの休息を取る事にした。


シーズン中の行事に忙殺されていたアンネゲルトは、回廊でのショックを極力忘れようとしていた。回廊へ行ってから数日後、別の衝撃がやってくるとも知らずに。

初夏の青空が広がる下、そよ風の吹く庭園では鳥の鳴き声が聞こえてくる。のどかな昼下がりだ。

――どうしよう……

庭園にある東屋（あずまや）で、エンゲルブレクトと差し向かいで座るアンネゲルトは困惑していた。本日の予定は夜のみなので、仕度の時間まではのんびり過ごそうと決めていたのに、ティルラに部屋から連れ出され、あっという間に二人きりにされたのだ。

去り際、ティルラから「ご自身で確認なさいませ」と囁（ささや）かれたが、どうやって確認しろというのか。

　庭園に案内してくれた者も、テーブルのセッティングをしてくれた者も、皆とてもいい笑顔だったのが気になる。

　こんな場所に二人きりにされて、一体何を話せというのか。庭園は機械警備が中心であり、護衛の人員を割いていないので、周囲に人はいない。この東屋は、イゾルデ館が襲撃された際に避難場所として使用した経緯がある為、セキュリティ面では万全だった。東屋の中心に設えられたテーブルには、お茶のセットとお菓子を盛った大皿などが置かれている。

　よく見れば、目の前に座るエンゲルブレクトも困惑気味だ。それはそうだろう、ただの護衛対象とこんなセッティングをされてどうしろと、というのが本音ではないか。

――あー……だめだー。回廊の件もあって、ネガティヴな考えしか浮かんでこない……

せっかく好きな相手と二人きりという、最高のシチュエーションだというのに。

今までは他に相手がいるのではと思いつつも、リアリティを感じられなかった。だが、あの肖像画の前でダグニーがエンゲルブレクトの名前を口にした事で、現実味を帯びてきている。

　改めて見るエンゲルブレクトは、惚れた欲目を抜きにしても整った容姿の男性だ。彼が社交界でも人気があると言っていたのはアレリード侯爵だったか。

——あの時も、やだなーとは思ったけどさ。

その後も常に彼が側にいる状態が続いたせいか、いつの間にか忘れていたらしい。随分と都合のいい頭だ。

つらつら考えながら、アンネゲルトは口を開いた。

「えーと、ティルラが強引な事を……」

「いえ、お気になさらず……。それよりも、今日の予定は大丈夫ですか？」

今は丁度お茶の時間の十五時だ。アンネゲルトの外出の予定は護衛隊でも全て共有しているので、エンゲルブレクトは仕度の時間を心配しているのだろう。

「ええ、今日の予定は夜会だから、仕度までは間があるの」

——夜会の日は夕飯と入浴を終えてからの仕度だもんなー。他の人達はもっと大変なんだけど。

アンネゲルトのドレスはジッパーやスナップを多用している為、着替えの時間が普通のドレスの半分以下だった。その分、仕度を始める時間も遅くて済む。

いっその事、ドレスの型を変えるだけでなくジッパーなども普及させられないものか。だがそれをやる為には国内に工場を作る必要があるし、帝国からの技術供与の枠組みに入れる必要がある。細かい事はティルラを通じて母か皇后辺りに話を通した方がいいだろう。

「妃殿下、本当に大丈夫なんですか？」

あれこれ考え込んで黙ってしまったアンネゲルトに、エンゲルブレクトが心配そうに声をかけてきた。

「え？　あら？」

「いきなり静かになられたので、どうしたのかと……」

「な、何でもないの。ちょっと別の事を考えてしまって。本当に大丈夫だから」

何だかイゾルデ館襲撃事件直後のような気安い空気が二人の間に流れているのを感じる。それではいけないと思ったからこそ、一線を引こうと決めたのに。

——な、何か言わなきゃ……えーと……

しかし、焦った頭ではろくな話題が出てこないという事に、アンネゲルトは気付いていなかった。

「その、男爵令嬢とは親しいのですってね」

そう言ってすぐ後悔した。よりにもよって今出す話題ではない。まさしく「やっちまった」という気分だ。

そっとエンゲルブレクトの様子を窺うと、軽く首を傾げている。

「男爵令嬢……というと、どちらの家の方ですか？」

「え？」

そっち？　と言いかけて、家名を言うのを忘れていた事に気付く。他にも親しい男爵令嬢が複数いるのだろうか。

アンネゲルトは少し拗ねた声を出してしまった。

「……隊長さんには親しい男爵令嬢がそんなに大勢いるのかしら？」

「そ、そういう訳では……」

焦るエンゲルブレクトを見て、自分のばかさ加減に落ち込む。こんな場所で何をやっているのだろう。相手を困らせたい訳ではないのに。

「……嫌な言い方をしてしまったわ。ホーカンソン男爵令嬢の事よ」

家名が出て、ようやくエンゲルブレクトは納得したらしい。

「親しいと言っても、子供の頃に行き来があった程度です。今では疎遠になっていますので、親しいと言えるかどうかわかりませんね」

そう言ったエンゲルブレクトの様子は、嘘を吐いているようには見えなかった。

――子供の頃……って事は、幼なじみ!?　今は疎遠なら、それ以上の関係はないのかな？

胸が軽くなった気がしたが、エンゲルブレクトの言葉にアンネゲルトはぎくりとする。

「何故、彼女をお気になさるんですか？」

「え？　えーと、その……」

彼の声が少し硬く感じるのは気のせいだろうか。まさかエンゲルブレクトとダグニーの仲を疑ったからだ、と正直に言える訳もなく、アンネゲルトはもごもごと誤魔化そうとした。

「妃殿下、何かお心にわだかまりがあるのでしたら、何なりと仰ってください」

「それはそのー……そう！　彼女を私の王宮侍女にと考えているの！　それで隊長さんが彼女と親しいって聞いたから、知っている事を教えてくれないかしら、と思って……」

ただの思いつきとはいえ、悪くない案だ。ルードヴィグが嫌がるかもしれないが、あのバルコニーでの出会いを思い返しても、自分と彼女の相性は悪くないはず。

それに、王宮侍女としてダグニーの動向を見られれば、万が一彼女とエンゲルブレクトの間に何かあった場合、すぐに知る事が出来る。

――知ったからってどうこうする訳じゃないし、邪魔するつもりはないんだけどね！

それでも知りたいと思う自分は、嫌な性格だろうか。何だか片想いを自覚して以来、自分の中の嫌な部分ばかり目立っている気がする。

アンネゲルトの王宮侍女発言を聞いてしばし固まっていたエンゲルブレクトは、ようやく口を開いた。

「その……それは決定した話なのでしょうか？」

「え？　王宮侍女の事？　いいえ、まだ誰にも言っていないのだけど」

「あまりお薦め出来ません」

「……どうして？」

エンゲルブレクトの言葉に、アンネゲルトはどす黒い何かが胸に広がっていくのを感じる。自分の側にダグニーが来るのが嫌なのか。先程邪魔をするつもりはないと思ったばかりだが、既に忘れそうだ。

しかしエンゲルブレクトの返答に、その思いは一旦治まる。

「彼女は王太子殿下の……その、親しくしている女性です。それを妃殿下の王宮侍女にというのはいかがなものかと」

はっきり愛人と言わないのは、アンネゲルトに対する配慮か、それともそう呼ばれる当人への心配りか。後者だとしたら、再び黒い感情が噴き出してきそうだ。

「外聞が悪いという意味かしら？」

「それもあります。ですが、やはり王太子殿下との関係を考えますと、あるべき姿ではないと思うのです」

「それは……そうかもしれないけど……」

普通なら、正妻と愛人が仲良くなるなどという事はあり得ない。だが、アンネゲルトとルードヴィグは普通の夫婦ではないし、そこまで気にする必要性は感じられなかった。

エンゲルブレクトはなおも続ける。

「王宮侍女のなり手でしたら、他にもいらっしゃるでしょう。確か、アレリード侯爵夫人の親戚筋の令嬢が候補に挙がっていると聞きました」

「マ、マルガレータも王宮侍女にするわよ、多分」

まだはっきりと決めた訳ではなかったが、どのみち決まるのは時間の問題だと思っていたので、ここで言ってしまっても問題はないはずだ。

「でも、王宮侍女の仕事は一人では賄(まかな)いきれないと聞いたわ」

「少なくとも三、四人は必要でしょう。ですが、妃殿下の王宮侍女でしたら、希望する貴婦人は多くいるのではないでしょうか」

「そう……かしら？」

エンゲルブレクトの言葉に、アンネゲルトは懐疑的だった。果たして、王宮を出された王太子妃の王宮侍女になりたがる女性がいるものだろうか。

　そこまで考えて、やはりエンゲルブレクトが反対するのはアンネゲルトの為ではなく、ダグニーの為ではないかという思いが首をもたげた。

「どうか今一度、お考え直しください」

「それって、彼女の為なの？」

　アンネゲルトは俯きながらそう呟く。エンゲルブレクトからの返答はない。その事が、余計にアンネゲルトを煽った。

「大事な彼女が私の側に来たら、彼女が悪く言われるかもしれないから？　夫を寝取ってさらにその妻にまで取り入るとか？　それとも王宮から追い出された王太子妃に仕えても、箔がつくどころか真逆の状態になりかねないから？」

　自分の言葉で自分が傷ついている。誰にどう思われてもいいと思っていたが、エンゲルブレクトにそんな風に思われていたとしたら、立ち直れないかもしれない。

　感情が走り出したアンネゲルトは止まらなかった。

「他にもいるって言ったって、じゃあ一体誰が望んでいるっていうのよ！　私は自分の王宮侍女一人、自分で選んじゃいけないの!?」

マルガレータが悪い訳ではないが、どうしてもアレリード侯爵夫人から推薦されたという事実がぬぐえない。思いつきとはいえ、アンネゲルト自身が王宮侍女にと望んだのはダグニーだけなのだ。それを否定されるのは、自分自身を否定されたように感じる。

言い終わったアンネゲルトは、エンゲルブレクトの顔を見ていられなくて席から立ち上がった。そのまま立ち去ろうとした彼女の腕を、エンゲルブレクトが掴む。

「お待ちください、妃殿下――」

「放して！」

相手の手を振りほどき、アンネゲルトは走り出した。エンゲルブレクトが追ってくる気配はない。言えた義理ではないが、その事がまた悲しかった。

アンネゲルトの移動中の護衛には、護衛隊の面々がつき従う。馬車での移動の場合、周囲を騎乗して護衛に当たるが、その中には高確率でエンゲルブレクトの姿があった。

先日の庭園での一件以来、アンネゲルトのエンゲルブレクトに対する態度は硬い。以前にはない一線を引いた空気は、エンゲルブレクト本人だけでなく周囲にも知れ渡る事となった。

口を利かないだけでなく、目線さえ合わせようとはしないのだ。それればかりか、護衛からエンゲルブレクトを外すようティルラに申し入れてもらっていた。もっとも、この件に関しては突っぱねられる事も多いが。

馬車の中では、アンネゲルトが扇(おうぎ)の陰で盛大な溜息を吐いていた。

「サムエルソン伯爵と、喧嘩なさったそうですね」

社交行事の帰り道、馬車の中でティルラから言われ、アンネゲルトはばつの悪そうな顔をした。

日本製の馬車は防音に優れている。今も外の音はほとんど聞こえないし、中での話し声も外には聞こえない。

アンネゲルトは態度が悪い自覚がある分、ティルラの言葉に反論出来なかった。

「私も悪いかもしれないけど、隊長さんも悪いと思う……」

庭園での事は、ティルラには愚痴(ぐち)として全て話してある。その時も呆れた表情をされたが、今も彼女は同じ表情をしていた。

自分が悪かったというのはわかっているのだ。それでも素直に謝れないのは、やはりダグニーの存在が根底にある。

エンゲルブレクトは、今は疎遠だと言っていたが、果たして本当なのだろうか。だとしたら、どうしてあそこまで強く王宮侍女に関して反対するのか。正妻と愛人だからというのは、ただの言い訳に聞こえたのだ。

ティルラは溜息を吐いた後、質問をしてきた。

「例の肖像画の件は、伯爵に伺ったんですか？」

「あ……」

ダグニーの王宮侍女の件について言い合いになり、結局肖像画については聞いていない。ティルラに言われて思い出したくらいだ。

アンネゲルトの様子から全てを悟ったらしく、ティルラは苦笑している。

「アンナ様にとっては、肖像画の件より男爵令嬢の事が気になるのでしょうけど、伯爵ご本人がご存知かどうかだけでも確かめておくべきかと思いますよ」

いちいちもっともなので、アンネゲルトは何も言えず俯くばかりだ。

もし、本当にあの肖像画の人物がエンゲルブレクトの父親だったとしたら、彼の立場はどうなるのだろう。家や領地、爵位を失う事になりはしないか。そんな重い内容を、部外者であるアンネゲルトが本人に伝えてしまっていいものか。

あれこれ考え込んでいるアンネゲルトに、ティルラは仕方がないと言わんばかりの様子で話しかける。

「アンナ様、伯爵が王家の血を確かに引いている場合、帝国としては対応が違ってきます。その事はお心に留め置いてください」

「そうなの？」

たとえ肖像画の人物がエンゲルブレクトの実父だったとしても、彼はサムエルソン伯爵家の子息として生まれている為、王族の権利は有していない。なのに帝国の対応が違ってくるとは、どういう事なのだろう。首を傾げるアンネゲルトだが、ティルラは詳しくは教えてくれなかった。

「一応、こちらでも調べられるだけの事は調べておこうと思います。許可をいただけますか？」

「隊長さんを調べるっていう事？」

「ええ」

アンネゲルトは言葉に詰まった。ティルラの立場としては、必要だと判断したからこそ調査を進言しているのだ。それにアンネゲルトに許可を取るのは、帝国からの指示ではないという意味でもある。

「いいのかしら、そんな事をして」

ぽつりとこぼしたアンネゲルトは、他人のプライバシーに関わる内容を勝手に知る事への忌避感も露わに言葉を続けた。

「誰にだって知られたくない秘密ってあるじゃない？　出生に関しては、本人も知らない事情の方が多いだろうし。隊長さん本人が話してくれるまで黙っていようと思ったけど、ユーン伯からあれこれ聞かされちゃうし……」

ティルラは黙って聞いてくれている。アンネゲルトは、彼女に話しながら自分の中の考えがまとまっていくのを感じていた。

「これ以上探るのは、隊長さんに悪いんじゃないかって……」

「だからといって、放置しておいていいんですか？」

ティルラの問いに、いいとも悪いとも判断が出来ず、アンネゲルトは答えられない。

「確かに伯爵が知られたくない、もしくはご本人も知らない話が出てくるかもしれませんが、今回の件はきちんと事実を確認しておいた方がいいと思います」

ただの勘ですが、と言い置いてティルラは続けた。

「伯爵が王族の血を引いているのにその事を知らないというのなら、伯爵は知るべきだと私は考えます。自分のルーツを知る権利は、誰にでもあるものだと思うんです」

確かに、という思いと、本人が望んだ訳でもないのに勝手に調べるのはどうなのか、という思いが相反する。

エンゲルブレクトは、自分に王族の血が流れているかもしれないと知っているのだろうか。もし本当に王族の血を引いているとしたら、彼はどうするのだろう。その場合、彼と自分はどうなるのか。答えの出ない疑問ばかりがアンネゲルトの心に積まれていく。

俯くアンネゲルトに、ティルラが告げた。

「とりあえず、男爵令嬢を王宮侍女にと望まれるのでしたら、彼女の事も併せて調べる必要があります。その過程で本当に二人が疎遠なのかどうかも知れるでしょう」

万が一、二人が疎遠ではなく、今も親しく行き来しているとしたら、その時は——

「もし、二人が今も親しかったら……」

「どうなさるんですか？」

「護衛隊を、国王陛下にお返ししようと思う。彼女を王宮侍女にするのもやめる」

アンネゲルトの口から出てきたのは、ひどく疲れた声だった。

感情を大きく動かすのも、あれこれ考えるのも、意外と力を使うものだ。まさかここまで自分の感情に振り回される日が来るとは、この国に嫁ぐ事が決まった時には夢にも思わなかったのに。

こちらを気遣ったのか、それ以降は口を閉ざしたティルラと二人、アンネゲルトは馬車に揺られてイゾルデ館への帰路を辿った。

このところ、護衛隊の中では深刻な問題が進行していた。隊長の機嫌がひどく悪いのだ。

だからといって、部下に当たり散らすような人物ではない事は誰もが知っているのだが、不機嫌な雰囲気は周囲にも悪影響を及ぼす。

よって、隊長にはぜひとも機嫌を直していただきたいものの、どうすればいいのかがわからない。

隊員達は、今日もひそひそと話し合っていた。

「一体、何がどうしてあんなに不機嫌なんだよ……」

「何か悪いものでも食べたとか？」

「飲んだ酒がまずかったとか……」

「そんな単純な理由で、あの人が不機嫌になるか？」

元第一師団副師団長だったエンゲルブレクトである。前線に出れば食事の内容が悪くなる事などよくある話だし、演習でも訓練の一環としてわざと質が落とされる。ひどい時には現地調達しなければならないのだ。

それを考えれば、船の環境は天国のようだ。エンゲルブレクトの不機嫌の元にはなり得ない。

「じゃあ……ユーン伯爵にからかわれたとか？」

「あの人、最近あまり船には来ないじゃないか」

「わからんぞ。シーズン中だから、あちこちの社交場には顔を出しているはずだし、妃殿下の護衛で隊長も同行してるだろう？　行った先で鉢合わせ、なんて事もあるんじゃないか？」

「それだって、今更だよ。これまでもユーン伯爵にからかわれるなんぞ数え切れないほどあったけど、不機嫌になるというよりはすごく疲れた表情をしていたんだよな」

その場にいた全員があぁ、と納得した。だが、それでは問題が振り出しに戻ってしまう。

「で、結局、隊長の不機嫌の原因って何なんだよ？」

「ヨーンなら何か知ってるんじゃないか？」

「だめだめ、あいつ、隊長の事になると頑として口を割らないんだ」

一人の言葉に、また全員が頷く。性格に難ありの副官が、どういう訳か現在の直属の上官には絶対服従を誓っているのを、この場にいる全員が知っている。

「そういえばさ、最近ヨーンの奴もおかしくないか？」

「あいつがおかしいのはいつもの事だろう？」

「逆にまともな時があったのか？　つい最近も、妃殿下の侍女を追いかけ回していたそうだしな。妃殿下から直接お小言でも食らったんだろうよ」

「いや、それが……」

言いにくそうな相手の口を軽くさせる為、周囲の者達は彼に酒の杯を勧めた。

「まあ、飲め飲め。隠し事をしていると、体に良くないぞ」

「いや、別に隠そうと思った訳では――」

「よし、なら話せ」

「というか、お前らは気付かなかったのか？」

そう言った人物以外、その場にいた全員が首を傾げている。

「とりあえず、どうおかしいのか話して聞かせろ」

「そうだそうだ。その後でおかしいかどうかを判断してやるよ」

何だか腑に落ちない言い方をされたが、まあいいかと酒の勢いを借りて彼は語った。

「その……さ、あいつ、最近隊長の後ろ姿を見て溜息吐くんだよ」

「はあ？」

発言者以外の全員の声が揃った。

「最初見た時は、たまたまかなと思ったんだ。あいつも思うところがあるんだろうなって。で、次に見かけたら、やっぱり隊長の背中に向かって溜息をこぼしてさ。あれって何なんだろうな」

彼の言葉への反応は一切ない。しかし全員、彼を見る目が変わっていた。

「その前に、何でお前はそんなにヨーンを観察してるんだよ？」

「え？　いや、だってつい見てしまわないか？　あのヨーンだぞ？」

一瞬その場に沈黙が降りた。全員が彼の言わんとしている事を理解したらしい。

「まあ、普段から変わり者ではあるけど、その変わり者がさらに変わった行動をすれば、ついつい目がいってしまうよな」

「そう！　そうなんだよ！」

我が意を得たりとばかりに、発言者が勢いづいた。

「でも、それと隊長の不機嫌とどう繋がるんだよ」

「その……さ、あいつがおかしくなったのって、隊長が不機嫌になるちょっと前からなんだ」

皆が皆、顔を見合わせる。時期が重なるという事は、エンゲルブレクトの不機嫌にヨーンが関わっているのだろうか。

「で？　あいつがおかしくなったのって、いつぐらいからなんだ？」

「確か……そう、隊長の代理で、妃殿下の護衛についていった時だよ」

「ああ、例の王太子との」

「そうそう。……あれ？　そういえば、あの後から妃殿下の隊長に対する態度も、なんか少し変じゃないか？」

「前からじゃないか？」

「いや、確か一回元に戻ったよ。ほら、イゾルデ館襲撃の前後くらいに」

そこで会話が途切れた。また全員で顔を見合わせる。今まで出た情報を合わせると、導き出される答えは一つしかない。

「じゃあ何か？　隊長の不機嫌は、妃殿下の態度がおかしいせいか？」

「それって――」

「言うな！　下手すると不敬罪に当たるぞ」

再びその場が静まりかえる。アンネゲルトの態度が変になり、エンゲルブレクトの機嫌が悪くなった。それは、エンゲルブレクトがアンネゲルトに特別な感情を抱いている為ではないのか。

これが普通の貴婦人ならば、さして問題ではない。人妻でも浮気はよくある事なのが貴族の世界というものだ。

だが、相手が未来の王妃では話が違ってくる。下手をすれば、エンゲルブレクトが不敬罪か姦通罪で極刑になりかねない。彼らの口が重くなるのも、当然だ。

「……この事は、ここだけの話にしよう」

「そ、そうだな」

異議のある者はいなかった。誰もが口を閉ざして表情まで暗い。彼らにとって、エンゲルブレクトは上官であるだけでなく、かけがえのない仲間でもあった。その彼が道ならぬ恋に身を焦(こ)がしているなど、到底受け入れられるものではない。

妄想から出てきた答えは皮肉にも正解だったのだが、実際のところを彼らが知る日は大分先だった。

シーズン中は、あちらこちらで常に何かしらが催(もよお)されているような状態の為、出席するものとそうでないものとを選ばなくてはならない。

今日アンネゲルトが参加した園遊会は、そんな中でどうしても出席しなくてはならない行事の一つだった。

主催者はオクセンシェルナ伯爵夫妻で、伯爵はアレリード侯爵と並んで革新派の中心と目される人物だ。夫人の方はアレリード侯爵夫人と共に、クロジンデ主催のお茶会でアンネゲルトとよしみを結んでいる。

そのお茶会の後に侯爵夫人達の尽力もあり、アンネゲルトは社交界復帰を果たした。そんな義理もあって、断れる相手ではない。

園遊会には珍しくもリリーとザンドラのみがつき、護衛はヨーンが指揮を執っていた。

「何故私が残されたのか、理由があるんだろうな?」

いささか不機嫌そうにそう言ったのは、エンゲルブレクトである。彼の目の前にいるのは、アンネゲルトの側仕えであるティルラだ。エンゲルブレクトは彼女によって今日の護衛から外され、半強制的に船に連行されたのだから、理由くらい聞く権利はあるはずだった。

「少し、伯爵に確認したい事がありましたので」

にっこりと笑ってそう言うティルラを、エンゲルブレクトはうさんくさいものを見る目で眺める。

「何やら探っていたようだな。先に本人に聞こうとは思わなかったのか?」

「申し訳ありません、性分なんです」

言葉とは裏腹に、ティルラにはまったく悪いと思っている様子がない。とはいえ、彼女の事情はエンゲルブレクトにも理解出来る。守るべき相手の側にいる人間の事を、調べないという手はない。自分も護衛隊に選抜する者達の事は調べ上げた。

そう思いつつも、エンゲルブレクトは問いかける。

「聞いていいか？」

「何ですか？」

「何故、今なんだ？」

王太子妃の側に危険人物を配するのを防ぐ為なら、護衛隊としてカールシュテイン島に入る時に調査がされたはずだ。実際、王宮に問い合わせをしたと言っていた。

それがこの時期に、いきなりエンゲルブレクト個人を調査したという。しかも本人にわかるほどあからさまにだ。この行動の裏にはどのような理由があるのか。

どんな答えが返ってくるのかとエンゲルブレクトが身構えていると、ティルラが口を開いた。

「先日、王宮の回廊にある絵画を鑑賞しに行ったのですが」

「知っている。あの時は陛下に呼び出されていたので、護衛をグルブランソンに任せていたが……何かあったのか？」

「実は、その鑑賞の場に王太子殿下と共にホーカンソン男爵令嬢が同行していました。正直に言いますと、殿下を引っ張り出す為の餌になっていただいたんです」

初耳だ。ヨーンからの報告では特に何もなかったという事だったが。後で彼を締め上げる必要がありそうだ。

それにしても、餌とはひどい言いぐさだった。確かにルードヴィグを引っ張り出すのであれば、彼女を利用するのが一番だろうから、そこをティルラが使ったのは理解出来る。しかし、何を考えているのかわからないが、ダグニーもよく了承したものだ。

「とある絵画を見た時に、彼女が伯爵の名前を口にしたんです。その事をアンナ様が気になさっていて」

エンゲルブレクトの内心を知らないティルラは、話を続けた。

「気にしている？　妃殿下が？」

すぐに思いついたのは、先日のイゾルデ館の庭園での出来事だ。あの時、腕を振り払われた事に衝撃を受けて、エンゲルブレクトはしばらく動けずにいた。はっと気付いて後を追おうとしたが、既にアンネゲルトは館の中に入る間際だった為、諦めたのだ。

そういえば、アンネゲルトに男爵令嬢と親しいのか、と尋ねられた。何故自分とダグニーの関わりを知っていたのか謎だったが、そういう裏があったとは。

一瞬、アンネゲルトが自分を特別視してくれているのかもしれない、とあり得ない連想をしたが、すぐに思い直す。ダグニーはアンネゲルトにとって夫と関係を持っている女性だ。いくら政略で嫁いできたとはいえ、不愉快な相手だろう。そのダグニーの口から自分の名前が出た事で、二人の繋がりを不審に思ったという事か。

自分なりの答えに辿り着いたエンゲルブレクトの前で、ティルラがくすりと笑った。

何故か、自分が笑われたような気がしてエンゲルブレクトは眉をひそめる。

「何か？」

「いえ、何の絵を見てご自分の名前が出たのか、気になさらないのかと思って」

「ああ」

彼女の目的がようやく見えた気がした。王宮の回廊にあるのは歴代の王族の肖像画だというのは有名な話だ。その中の一枚に描かれた人物と、自分がよく似ているというのも。

「私自身は見た事がないが、そっくりらしいな」

「ご存知なんですか？」

「社交界の噂というのは、耳を塞いでいても聞こえてくるものらしい。私の実の父が誰か、彼らが教えてくれたよ」

ならば話は早いとばかりに、ティルラは切り込んできた。

「あの絵は先代国王陛下の弟君だと殿下からお聞きしましたが」

「現陛下の叔父君に当たる。名はグスタヴソン侯爵フーゴ・ヨハンネス。先代ハルハーゲン公爵の弟でもあるな」

先代国王の兄弟は意外と少ない。二人の弟以外には妹が一人いただけで、その妹は国外に嫁いだ後、数年で身罷っている。

ティルラが頷いたのを見て、既にそれも調査済みかと苦い笑いがこみ上げた。

「その、グスタヴソン侯爵にご家族は？」

「知らんな。だが、今の王宮にグスタヴソン侯爵を名乗る者はいない。という事は、妻帯もしなければ嫡子もいなかったのではないかな。ついでに言えば、本人は私が生まれる少し前に病で亡くなっているそうだ」

ティルラは「なるほど」とこぼすと、何やら考え込んでいる。あれこれ調べたのなら、グスタヴソン侯爵がどのような家族構成でいつ亡くなったのかもわかっているだろうに。

「まさか、それを聞き出す為に私を残したのか？」

「ええ、そうですよ？　ご自身で仰っていたではありませんか」

そう言ってにっこりといい笑顔を見せるティルラに、エンゲルブレクトは言葉もない。

確かに、先に本人に聞けと言ったのは自分だ。

「用がこれだけなら、もう館に戻るぞ。というか、わざわざ船に来る必要があったのか？」

「船の方が機密保持に向いているんです。イゾルデ館はそういった使い方をしない前提の造りになっていますから」

王都にあるイゾルデ館は、来客を迎える事を考えた造りになっているので、人に聞かれたくない話をするには向かないそうだ。

ティルラがここまで神経質になる理由は、「敵」に未知の魔導を使う連中がいるせいだとか。エンゲルブレクトにはよくわからないが、帝国の魔導を打ち消された事もあるというから驚きだ。

「おかげでイゾルデ館の損害が大きかったんですよ」

そう愚痴を言うティルラは、普段とは少し違う顔を見せた。館が襲撃された当時については、エンゲルブレクトも現場にいたのではっきり覚えている。あの混乱の中、よく襲撃犯を全員捕縛出来たものだ。

「さて、話はこれで終わりです。イゾルデ館に戻りましょうか。アンナ様もじきにお戻りになられるでしょう」

「その……今更だが、私からも一つ聞いていいか？」

自分でもどうかしていると思うものの、もう聞ける相手は目の前の彼女だけである。エンゲルブレクトは縋る思いでティルラに問いかけた。

「何でしょう？」

普段と変わらない様子で返してくるティルラに、この先をどう話せばいいものか、エンゲルブレクトは言葉に詰まってしまった。

「その……私の思い違いではないと思うのだが、近頃の妃殿下の様子がおかしいのは、回廊での事が原因なのだろうか？」

ティルラは小声でああ、と言ったきり何かを考え込んでいる。そこまで深刻な内容なのかと、エンゲルブレクトは内心冷や汗が出る思いだった。

アンネゲルトの態度がおかしかった事は度々あったが、今回はこれまでのものとは質が違う。

完全にとまではいかなくとも、エンゲルブレクトの存在を無視するのだ。目を合わせず、声をかけても反応を返さず、側に寄る事さえ嫌がっている素振りだった。

イゾルデ館の庭で言い合いをした後から今の態度になっているので、あれが原因だろう。しかし、思えばあの時点でもうアンネゲルトの様子はおかしかった。では、やはり回廊で何かあったという事か。

一人考え込むエンゲルブレクトに、ティルラはとてもいい笑顔になった。

「そうとも言えますけど、そうでないとも言えますね」

「は？」

「これ以上は私の口からは言えませんよ。そのうち、アンナ様ご自身に確認してください」

それが出来ないからティルラに聞いたのだが。その後どれだけ問いただしても、彼女は曖昧な笑みでかわすばかりだった。

結局、謎を解明出来ずにイゾルデ館に戻る事になったエンゲルブレクトは、釈然としない。彼の隣を進むティルラは、ドレスを着たままサイドサドルで乗馬していた。

「馬にも乗るんだな」

「ええ、もちろんですよ。普段は乗馬用の服を着ますから、普通の鞍を使います」

帝国で使われる乗馬服は、女性用もパンツスタイルだそうだ。帝国内ですら賛否両論のある服をスイーオネースで使う訳にもいかないので、ドレスでも馬に乗れる鞍を使っているとティルラは笑った。

二人が並んでイゾルデ館に戻ると、丁度アンネゲルトが馬車で入ってきたところだった。

「アンナ様、お帰りなさいませ」

ティルラは馬から下りて馬丁に馬を任せ、馬車を降りようとしていたアンネゲルトに走り寄る。

「ティルラ……どこへ行ってたの？」

アンネゲルトは不安そうな表情をしている。おそらく一番の側仕えであるティルラが離れていたので心細かったのだろう。

そんな彼女は、エンゲルブレクトの方を見ようともしない。今日は致し方ないかと思い、馬を預けに厩舎へ向かおうとした彼は、耳に入った声に足を止める。

「例の話を伯爵としていたんです。結果は後でお報せします」

「例の……ああ」

例の、とは何の事か。真っ先に浮かんだのは、アンネゲルトがダグニーと自分の関係を気にしていると言われた事だったが、まさかと頭の中から追い出した。

おそらくは、回廊で見たというグスタヴソン侯爵の肖像画の件だ。描かれた人物が自分の実父かどうかは知らないし興味もないものの、彼女達帝国側にとってはまた話が違うのかもしれない。

エンゲルブレクトは彼女達とは別に、護衛の者達と一緒にいたヨーンに近づく。

「グルブランソン、後で色々と聞きたい事がある。執務室まで来るように」

「はい……何か、ありましたか？」

何かあったのは今日ではない、と言いたかったが、エンゲルブレクトは無言のまま馬を引き厩舎へ向かう。ヨーンは首を傾げ、すぐに彼らの後を追っていった。

その後、執務室でヨーンがエンゲルブレクトに何をどう聞かれたか、知る者はいない。

シーズンはまだ序盤だが、社交行事の数は日増しに増えていっている。既にどれだけの催し物に参加したか、アンネゲルトは覚えていなかった。

今日の園遊会を主催したのは、革新派に所属する中堅貴族の一人、セランデル伯爵である。そのせいか、客は全て革新派で固められていた。中には元中立派もいるようだが、彼らは中立派の時から革新派寄りだった者達だ。

「ようこそお越しくださいました、妃殿下」

「招待をありがとう、セランデル伯爵夫人」

主催者である伯爵夫妻に鷹揚に挨拶したアンネゲルトは、ゆっくりと周囲を見回した。既にほとんどの客は到着していて、アンネゲルトが最後だったようだ。

「まあまあ、本当でしたら娘にもご挨拶させるところなのですけど……」

「いいのよ」

セランデル伯爵夫人はハンカチで額の汗を拭きつつ、屋敷の内部へ目を向ける。どうやら、令嬢は親に言いつけられたアンネゲルトへの挨拶をすっぽかしたらしい。

娘には娘なりの事情があるのだろう。親とはいえ、付き合いを持つ相手を強要する事は出来ないし、してはならないとアンネゲルトは思う。その辺りは、母である奈々の教育の賜物だ。

「本当にもう、うちの娘ったら……いえね、普段は良く出来た娘なんですのよ」

アンネゲルトが最後の客とあってか、伯爵夫妻はアンネゲルトと共に屋敷の中を進んでいく。このまま園遊会会場である庭園に向かうつもりのようだ。

伯爵夫妻の、主に夫人による娘の話は留まるところを知らない。夫人によれば、令嬢は美しく健康で頭の回転も良く、乗馬を趣味とする活発な女性なのだとか。

そんな自慢の令嬢を、何故同じ女であるアンネゲルトに売り込んでいるのかと言えば――

「いずれは妃殿下のお側に仕える事もあるかと……」

「まあ」

アンネゲルトを取り巻く空気がぎしりと音を立てた気がしたが、幸いにも伯爵夫人は気付いていない様子である。

夫人は自分の娘を王太子妃の王宮侍女に、と言っている訳だ。それで挨拶（あいさつ）に出てこなかった娘の事をしきりに気にしていたのか。

これが普段のアンネゲルトであったなら何も問題はなかった。しかし、彼女はつい先日同じ話題でエンゲルブレクトと冷戦状態に突入している。アンネゲルトの背後では、ティルラがそっと額（ひたい）に手を当てて沈痛な面持ちをしている事だろう。

「伯爵夫人」

「は、はい」

期待に満ちた伯爵夫人を横目で見ながら、アンネゲルトは扇（おうぎ）で口元を覆（おお）ったまま笑みを浮かべた。

「私、未だに王宮には住んでいないでしょう？　だから、側に置く人は最小限で構わないと思っているのよ。だからマルガレータ嬢の事も、まだ決めていないの」

暗に、アレリード侯爵夫人に紹介された姪（めい）でさえまだ王宮侍女に決定していないのだから、他の人物を先に決める訳がない、差し出がましい真似はするなと言った訳だ。

言葉の裏の意味を正確に理解したらしい伯爵夫人は笑顔で固まった後、顔色を青くしろう。

た。おそらく、アンネゲルトが目だけ笑っていない笑顔でいる事も、その要因の一つだ

「ひ、妃殿下。私は何も――」

「まあ、ビョルケグレーン伯爵夫人、あなたもいらしていたのね」

顔見知りの夫人を見つけたアンネゲルトは言い縋ろうとする伯爵夫人を置いて、さっさとその場を立ち去る。背後からティルラの低い声が聞こえた気がしたが、聞こえなかった振りをして愛想笑いを浮かべた。

園遊会は和やかな雰囲気に包まれている。主催の伯爵夫人も最初の頃の落ち着きのなさはどこへやら、すぐに気持ちを立て直したらしく主催者に相応しい立ち居振る舞いをしていた。

そんな姿を遠目に見ていたアンネゲルトに、ある人物が声をかける。

「ご機嫌が優れないようですね、妃殿下」

「アレリード侯爵夫人……」

アンネゲルトは内心しまったと思った。背後のティルラも怖いが、目の前にいる侯爵夫人も要注意人物だ。

愛想笑いを引きつらせるアンネゲルトに、侯爵夫人は笑顔を苦笑へと変える。

「そのようなお顔をなさらないでください。苦情を言いに来た訳ではないのですから」

「……本当に？」

思わず確かめてしまったアンネゲルトの背後から、ティルラが小声で窘めてきたが、そちらに構うだけの精神的余裕はなかった。

「もちろんですよ。王宮侍女に関しては、妃殿下のお心のままにと思っております。ただ──」

侯爵夫人はそっと周囲を窺うと、声を落として囁く。

「煩わされていらっしゃるのは理解しておりますので、どうか機嫌を直してくださいませんか？　可哀想に、主催のセランデル伯爵夫人が今にも倒れそうですよ」

そう言ったアレリード侯爵夫人の視線が主催の伯爵夫妻に向かったのを見て、やはり先程の夫人とのやりとりがバレているのだと知れた。

「……後で伯爵夫人には、今日の事は気にしないようにと手紙を書くわ」

「そうなさっていただけると助かります。彼女の夫君は革新派の一人ですからね」

侯爵夫人の笑顔に凄みを感じるのは、アンネゲルトの気のせいだろうか。

園遊会の途中、一度は休憩の為に用意された小部屋へ引き下がるアンネゲルトは、今日もいつものように休憩という名の避難をしていた。

「あー、疲れたー」

社交の場での疲労は、主に精神面からくるものだ。休憩用の部屋にはティルラしかいないのをいい事に、アンネゲルトは靴を脱いでソファに足を投げ出す。

「アンナ様、お行儀の悪い」

「だって、足が痛くてさ……」

「それだけではありませんよ」

「う……」

アンネゲルトにも、伯爵夫人に八つ当たりした自覚はあった。アレリード侯爵夫人からマルガレータを紹介されて以来、あちらこちらの社交行事で王宮侍女の話題を出されるのだ。

そのうちの半分以上は、話を振ってきた人物に縁のある女性を王宮侍女にしてはどうかと、持ちかけられるものだった。それ以外の場合は、誰それは王宮侍女にしない方がいいと吹き込む、一種のネガティブキャンペーンだ。

それらに煩(わずら)わされている上に、エンゲルブレクトとの仲違いの原因も王宮侍女がらみなのだから、アンネゲルトが神経質になってもおかしくはない。

とはいえ、そういった内情を知らずに話を持ちかけた伯爵夫人に当たっていい訳はなかった。

「夫人にはちゃんと後で手紙を書くってば」

「それは当然です。侯爵夫人ともお約束なさいましたしね。私が言いたいのは別の件ですよ」

「うう……」

アンネゲルトはぐうの音も出せない。ティルラが言いたいのは、諸々の原因になっているエンゲルブレクトとの仲を修正しろという事なのだろう。

「今回は少しひどすぎます。伯爵をあからさまに無視するような態度を取られるなんて。そろそろ周囲も感づいてきていますし、今のうちに関係修復をお勧めします。これまでだってきちんと態度を改めていらっしゃったじゃありませんか」

言外に、何故今回はこんなに意地を張るのかと言っているのだ。ティルラの言はもっともだが、今回の仲違いはこれまでとは確実に質が違う。

ティルラの様子に、説教じみたものは見られない。純粋にアンネゲルトとエンゲルブレクトとの仲を心配しているのだろう。アンネゲルトの想いを知っているから、なおさらなのかもしれない。

このままではいけないと、アンネゲルトもわかってはいるのだ。それでも、あの日以来どうしても疑念が消えない。回廊でダグニーが口にしたエンゲルブレクトの名前、あの響きが頭から離れないのだ。

自分の中に嵐が吹き荒れているのがわかる。これまで経験した事のない激しい感情に、アンネゲルトは戸惑うばかりだった。

「あの時、強引にお二人にさせた事がきっかけだったんですよね。出すぎた真似をいたしまして、申し訳ありません」

「そんな！　ティルラのせいじゃないわよ！」

アンネゲルトの想いを知っているティルラだからこそ、二人きりになれるよう取りはからってくれたのだ。アンネゲルトは、ポツポツと言葉を続ける。

「いきなりでびっくりはしたけど……テンパって出さなくていい話題を出しちゃったのは私なんだし……」

今の状況を作り出した原因は、全てアンネゲルト自身にある。あの時、王宮侍女について口にしなければ良かったのだ。そうすれば、エンゲルブレクトが反対する事もなく、今に至る仲違いもなかっただろう。

今更だが、何故あの場で言ってしまったのか。

「とにかく、ティルラのせいじゃないから。それだけは確かよ」

「ありがとうございます。ではお許しいただいたところで、私から一つご忠告を。情報を扱う上で、絶対にやってはいけない事とは何か、アンナ様はおわかりになりますか?」

「え?」

思いがけないティルラの言葉に、アンネゲルトは虚をつかれた。元々皇族として生活する事を前提とした教育をあまり受けていないアンネゲルトは、情報に関しても一通りさらう程度にしか学んでいない。

アンネゲルトの反応は想定済みだったのか、特に咎める事もせずにティルラは続けた。

「主観を交えて物事を見る事です。情報は事実だけを見て判断しなくてはいけません。今のアンナ様は、事実を見ずに主観に振り回されている状態なんですよ」

「主観……」

「妄想とも言いますね」

「妄想って――」

「では、事実をきちんと確かめられましたか?」

アンネゲルトは言葉に詰まる。あの時、エンゲルブレクトは反対する理由として、ダグニーがルードヴィグの愛人だからだと遠回しに言い、自分はそれを頭から否定した。

だが、口だけなら何とでも言える。違う、彼は嘘を言う人ではない。相反する考えに、アンネゲルトは困惑しきりだ。

「アンナ様」

「だって、本当の事を言っているとは限らないじゃない……」

それが今回の問題の根幹だった。たとえ何と言われようとも、ダグニーに関するエンゲルブレクトの言葉を信じられないでいる。それもこれも、あの回廊でのダグニーを見ているからだ。

誰が何と言おうとも、あの時の彼女には間違いなくエンゲルブレクトに対する何らかの愛情があったはずだ。そうでなければ、あんな声を出すはずがない。

大分言葉を端折(はしょ)ったが、ティルラはしっかりと意味を理解したようだ。

「伯爵が、これまでアンナ様に嘘を吐いた事がありましたか？」

「ない……」

「では、何故伯爵が嘘を吐いているとお思いですか？」

「それは……」

はっきりとした理由がある訳ではない。ただ「そう思うから」というだけだ。

――ううん、多分「そうだと思ってる」からなんだ……

これがティルラの言う妄想というやつか。彼女と話していて、自分の中のわだかまりの正体がようやく見えてきた気がした。

「私見ですが、伯爵は嘘を吐けるタイプの人物ではありません。軍人という職業柄なのかもしれませんけれど、嘘を吐くくらいなら黙り込むタイプでしょう」

確かに、普通に考えればティルラの言う通りだとアンネゲルトも思う。それが見えていなかったという時点で、どれだけ自分が冷静でなかったかがわかるというものだ。

アンネゲルトの様子から、もう大丈夫と確信したのか、ティルラがだめ押しで確認してきた。

「仲直り、なさいますね？」

「……もう少し、待って」

「アンナ様」

とうとうティルラの声に非難の色が滲（にじ）む。それはそうだろう、これだけ言っても意見を曲げない主（あるじ）など、アンネゲルトだって見放す。

だから、アンネゲルトは自分の考えをまとめながら意見を述べた。

「わかっているの、自分が悪いって。ただ、うまく言えないけど感情の整理の為に、もう少しだけ時間が欲しいのよ。だめ？」

これ以上時間をかけない方がいい事は、アンネゲルトも理性ではわかっていたが、感情はそううまく追いついてくれない。

かといって、いつになれば感情が落ち着くのかと聞かれれば、きっと答えられないが。

「わかりました。きちんとご自分で問題を処理すると、お約束くださいますね？」

「うん……ありがとう、ティルラ」

弱々しいアンネゲルトの言葉に、ティルラは無言で首を横に振った。

園遊会の休憩部屋は、身分によって割り振られる場所と広さが決まる事が多い。招待客の中でも、王族であるアンネゲルトの身分は別格で、園遊会会場から一番遠く静かな広い部屋をあてがわれている。

その部屋に、屋敷の小間使いと思しき女性が訪ねてきた。聞けば、ティルラに用があるという。

「私に？　一体どういう事かしら？」

「庭園でサムエルソン伯爵様がお待ちです」

これにはアンネゲルトも首を傾げた。確かに今日の護衛にエンゲルブレクトも入っているし、彼が会場である庭園にいるのも知っているが、何故ティルラを呼び出すのか。

ティルラはアンネゲルトを振り返って、日本語で問いかけてきた。

「アンナ様、腕輪はつけていらっしゃいますね？」

「ええ」

アンネゲルトの両腕には、宝石をあしらった繊細な彫金の腕輪が一つずつはめてあり、幅広のそれらにはいくつかの魔導術式が仕込まれている。

社交シーズンが始まる前に、王宮の王太子妃専用の庭園、赤の庭でアンネゲルトは不審者に術式を使われた事があった。その事件を踏まえてリリーに改良を依頼した試作品がいくつか出来上がっていたので、その中から選んでつけてきたものだ。

——今日の腕輪の機能は基本性能の『物理防御』と『魔導防御』、それに加えて『防犯ブザー』と『発信機能』、後は念の為にと追加された『治癒力向上』と『カウンター』だっけ。

アンネゲルトの返答を確認したティルラは軽く頷くと、小間使いと共に部屋を出ていった。その背中を見送ったアンネゲルトは、今の状況が赤の庭におびき出された時と同じだと気付く。違うのは腕輪の機能と、それらをアンネゲルトの意思で発動させられるところか。

部屋の中は静かだ。大きく取られた窓の向こうには緑が見えるが、庭園と呼べるほどのものではない。ぼんやりとその景色を眺めていると、不意に扉の開く音がした。もうティルラが帰ってきたのだろうか。

そちらに目をやったところ、見知らぬ若い女性が立っている。着ているドレスからして、使用人の類(たぐい)ではなく貴族階級のようだ。今日の招待客の一人かもしれない。

女性は高飛車に口を開く。

「ごきげんよう、妃殿下。私がここにいる事がそんなに不思議なのかしら」

それは不思議にも思うだろう。ノックもせずにいきなり部屋に入ってきて平気な態度でいる相手など、不思議以外の何者でもない。

女性はアンネゲルトには構わず、何がそんなにおかしいのかくすくすと笑っている。

――大体、この子一体誰？

不審者を見る目で見てしまってすぐ、相手の女性がわざとらしく視線を避けるような態度を取った。

「まあ、怖い」

こちらをばかにした様子で言う女性に、むっとした感情が表に出そうになる。せめて名乗れと怒鳴りたいところだが、場所柄そうもいかない。そんな彼女の胸の内を知ってか知らずか、女性は軽くドレスのスカートを持ち上げて淑女の略式礼を執(と)った。

「お初にお目にかかります、私、当家の娘であるアクセリナ・オリーヴィアと申します」

なんと、セランデル伯爵夫人がアンネゲルトの王宮侍女にと推薦していた令嬢だったとは。彼女の態度には、アンネゲルトへの蔑みと憎悪が溢れている。

——こんな子に王宮侍女とか……しかも出来がいいって、本当なの？

内心首を傾げていると、アンネゲルトが黙っている理由を都合良く解釈したのか、アクセリナは得意げに話を続けた。

「妃殿下が怖い方だから、殿下もお嫌になって離宮へ追いやってしまわれたのね」

彼女は一体何を言っているのか。王太子がアンネゲルトを離宮へ追いやったのは、アンネゲルトが怖いせいではなく、愛人との生活を邪魔されたくなかったからだ。

「何か仰る事はないのかしら？」

初対面の、それもお世辞にも態度がいいとはいえない相手に言う事など何もないというのが本音だが、言ったら相手が即逆上しそうなので黙っておいた。

——というか、この状況ってものすっごくまずいよね……

主にアクセリナにとって。おそらく、ティルラを呼び出した小間使いを仕込んだのも彼女だ。アンネゲルトに何をするつもりかは知らないけれど、いい事の訳がない。

アクセリナの両親や彼女自身の立場、それにアンネゲルトの立場と身分を考えての行動だろうか。それを確かめたいが、その為にはマナー違反をしてアクセリナを問いただ さなくてはならない。ダグニーとは違反をしても話したかったが、目の前の令嬢とは遠慮したかった。

——どうしよう?

扇の陰で考え込むアンネゲルトをどう解釈したのか、扉の近くに立っていたアクセリナはゆっくりとアンネゲルトに向かって歩を進めてきた。

「私、ずっと考えていましたのよ。殿下があれほど嫌うという事は、妃殿下にも何かしら悪いところがあるんだろうと」

アクセリナは勝手にぺらぺらと話しながらも足を止めない。どうやらアンネゲルトに対して相当不満を募らせているらしい。

「まったく、あの男爵家の女も腹立たしいけど、どうしてこんな女が王太子妃としてこの国に来るのよ」

好きで来た訳ではない、とあやうく言いそうになったが、その前にアクセリナがさらに激高したおかげで口にせずに済んだ。

「おかしいでしょう? おかしいわよね? あなたみたいな人が王太子妃だというだけで、護衛隊に守られているなんて」

話がおかしな方向へ進んでいる気がするものの、それを口にするつもりはない。下手に声をかければ、アクセリナは一気に爆発しそうだ。

――えーと、こういうのなんて言うんだっけ……嵐の前の静けさ……じゃなくて、一触即発？　なんかそれも違う気がするなあ。

アンネゲルトに余裕があるのは、リリー特製の腕輪のおかげだ。アクセリナが何をする気か知らないが、大抵の事はこの腕輪で凌げる。

アンネゲルトの反応が薄い事が原因なのか、アクセリナの様子が段々妙になっていく。

「おかしい事は、正さなくては。小父様もそう仰っていたもの」

おじさま？　と内心でアンネゲルトが首を傾げていると、アクセリナは後ろ手に回していた手を前に持ってきた。その手には、鈍く光るナイフが握られている。凝った装飾のそれはとても実用向きとは思えなかったが、刺されればそれなりのダメージにはなりそうだ。

アンネゲルトはちらりと扉を見た。何の音も聞こえてこないし、誰かが来る気配もない。おそらく、アクセリナが家の使用人に言いつけて人払いをしたのだろう。念の入った事だ。

次に、大きく取られた窓を見る。この部屋は屋敷の奥まった場所にあり、園遊会会場の庭園の賑わいも届かない場所だ。窓の外には緑が見えるが、ここは窓から直接外へは出られない造りになっている。その窓の外にも、人影は見当たらなかった。

ひとまず現状を変える為にも、声をかける事にする。凶器だけでも手放させなくては。

「ねえ、あなた」

「気安く声をかけないでちょうだい！」

アクセリナのつり上がった目には理性の欠片（かけら）も見当たらない。

――仕方ないじゃない。まあ、いいか。

アンネゲルトは構わずに続けた。

「その手に持っているものを、今すぐテーブルに置きなさい。でないと、大変な事になるわよ」

無駄かなと思ったが、誰かに見られただけでアクセリナはおろか伯爵家もただでは済まない状況なのだから、言わない選択肢はない。今ならまだ誰も見ていないので間に合う、そう考えての忠告だった。

だが、アクセリナから返ってきたのはばかにしきった嘲笑（ちょうしょう）である。

「そう言われて、はいそうですかと置くとでも？」

そうでしょうね、と思いはしたものの、アンネゲルトは何も言わずにそっと腕輪に手をやった。そのまま対峙してどれだけ経ったのか、特に怖がるでもなく冷静なアンネゲルトに、アクセリナは苛立ってきたようだ。

「少しは怖がったらどう？　その場に跪いて惨めに命乞いをすれば、助けて差し上げるかもしれなくてよ？」

アクセリナのこの一言に、さすがのアンネゲルトもかちんときた。そっちがその気なら、相手をしてやろうではないか。素人の、しかも貴族の令嬢が振りかざすナイフごき、この腕輪の敵ではない。

——カウンターの機能を確かめるいい機会だしね。

機能自体の説明は受けているが、実際にどうなるのかは見た事がないのだ。アンネゲルトは心の中で気合を入れると、扇で口元を隠したまま言った。

「あら、どうしてそんな事をする必要があるのかしら？　あなた程度の腕前で、私に傷をつけられるとでも？　まあおかしい」

わざと相手を煽るような言い方をして、実際に扇の陰でころころと笑ってみせる。怒りか羞恥か、アクセリナの顔が真っ赤に染まっていった。

そんな彼女に、アンネゲルトはさらに言葉を投げつける。

「先程から黙って聞いていれば、随分な事を口にするのね。殿下があなたにそう言えと仰ったのかしら」

「な、殿下がこんな事を仰るはずがないでしょう！」

「そうよねえ。王宮でご自分のなさった事を謝罪なさって、私に離宮と島をくださったんですもの。あんな事をあなたに言うように指示するはずがないわね」

半分嘘だ。島と離宮をくれたのは国王アルベルトであって、ルードヴィグではない。だが、この場ではそう言って相手を煽った方がいいという直感があった。

アンネゲルトの読み通り、アクセリナは驚きのあまりナイフから意識が離れた様子だ。切っ先が下を向いている。

「殿下が謝罪？　聞いていないわ、そんな事」

腕に覚えがあれば、ここで彼女からナイフを取り上げるところだが、アンネゲルトには武術の心得はない。だから相手に仕掛けさせて、カウンター機能を使う事にしたのだ。

「あら、あなたが知らなくても当然よ。知っているのはごく一部の方だけだもの」

言外に、あなたはそこに入れない、取るに足らない存在だと伝えたのだが、アクセリナに通じたかどうか。裏の意味は通じなくとも、アンネゲルトの言い方が癇に障ったのか、アクセリナがぎらりと睨んできた。

——その為に煽ってるんだから、怒ってくれなきゃ困るっての。

アクセリナのように後先考えないタイプは、煽(あお)られれば簡単に自滅するのは経験上知っている。見たところ、彼女ももう一押し二押しで爆発するだろう。

「そんなに刃物の扱いに自信があるのかしら？　その割には手が震えていてよ」

「だ、黙りなさい！　何よ、あなたなんて！」

そう言って、とうとうアクセリナがナイフを振り上げた瞬間、部屋の扉が乱暴に開けられた。

「妃殿下！」

「隊長さん!?」

飛び込んできたのは、血相を変えたエンゲルブレクトだ。彼は一瞬で状況を把握したらしく、あっという間にアンネゲルトを背後にかばい、アクセリナと対峙した。

「これはどういう事か、ご説明願いましょうか」

「わ、私……私……」

先程までの勢いはどこへやら、今にも泣きそうな表情でエンゲルブレクトを見つめるアクセリナは、彼の背後にいるアンネゲルトを睨みつける事も忘れていない。

彼女の態度に、アンネゲルトの記憶が刺激された。学生時代、当時付き合っていた男子に片想いしていた同級生が、アンネゲルトにきつく当たってきた事がある。あの時の

彼女も、今目の前にいるアクセリナと同じ顔をしていなかったか。

この時ようやく、アンネゲルトはアクセリナが誰を想っているかを知った。

——もしかして彼女って、隊長さんが好きなの!?

彼女が王太子に想い入れていて、彼とアンネゲルトとの結婚に反対しての事かと考えていたのだが、読みが外れていたようだ。

あまりの事にぽかんとしていると、いつの間にかアクセリナの背後に立っていたティルラが、彼女からナイフを取り上げて、そのまま後ろで両手をまとめて強制的に床に座らせた。

騒ぎが伝わったのか、開けっ放しの扉からは数人の使用人らしき者や招待客と思しき貴族達が覗き込んでいる。その人垣を掻き分けて部屋に入ってきたのは、主催者である伯爵夫妻だ。

「こ、これはどういう事です!?」

「それはこちらが聞きたい」

興奮した伯爵夫人の声と、冷たいエンゲルブレクトの声が部屋に響く。膠着(こうちゃく)状態にあった室内に変化をもたらしたのは、遅れてその場に現れた人物だった。

「これは一体何事です?」

アレリード侯爵夫人だ。彼女の背後には夫君の侯爵もいる。侯爵が見物人と化していた者達に言い含め、それぞれをあるべき場所へと戻した事で、やっと室内は静かになった。

「それで？　何があったのか説明してくださるのでしょうね」

「わ、私達が知りたいくらいです！　何故当家の娘があのような扱いを受けなくてはならないのですか⁉」

そう金切り声を上げたのは伯爵夫人だ。彼女にしてみれば、娘が貴族にあるまじき扱いを受けているのだから当然の反応だろう。

アレリード侯爵夫人の視線を受けて、説明したのはティルラだ。

「こちらのご令嬢が、妃殿下に刃物を向けていたので止めました」

「何ですって？」

「ち、違うの！　お母様。これには訳が――」

「では、どういう理由から妃殿下に刃物を向けたのか、ご説明願おうか」

エンゲルブレクトの質問にアクセリナはすくみ上がり、伯爵夫妻とアレリード侯爵夫人は目を剝いている。

親世代を代表する形で、アレリード侯爵がエンゲルブレクトに問いただした。

「今の話は本当なのかね？　サムエルソン伯」

「令嬢は刃物で妃殿下を害そうとしていました。私が来るのがもう少し遅かったらどうなっていたか」

厳しい様子で語るエンゲルブレクトに、伯爵夫妻は今にも倒れそうだ。エンゲルブレクトの背後で聞いていたアンネゲルトも、いたたまれなかった。

――まさかカウンターがどう作用するのかこの目で見てみたいから、彼女を煽りましたとは言えないよなー。

自らの罪を明らかにされたアクセリナが青い顔で両親に救いを求める姿は、はたから見れば哀れを誘う。事実、伯爵夫妻はすっかり娘の様子に絆されているようだ。

「妃殿下、娘が何を考えてそのような暴挙に出たのかはわかりませんが、きっと何か訳があるはずです。ですから――」

「セランデル伯爵夫人」

夫人の言葉を途中で遮ったのは、アレリード侯爵だった。彼はエンゲルブレクトに視線を向けると、淡々と言い放つ。

「サムエルソン伯、本日の護衛として隊員を連れてきているのだろう？　その者達を呼んで、令嬢を別室に閉じ込めておいてもらえるかな」

「侯爵!!」

伯爵夫人の悲鳴が部屋に響いたが、アレリード侯爵は意に介さなかった。

「伯爵夫妻は別室へ。令嬢に下される処罰には一切の異議を申し立てないように」

「ですが――」

「よさないか」

アレリード侯爵に抗議しようとした伯爵夫人を抑えたのは、夫君のセランデル伯爵だ。さすがに革新派という大派閥の中心に近い人物だけはあり、的確に状況判断が出来ているのだろう。

ここでアレリード侯爵に逆らえば、派閥での立場を危うくし、ひいては娘の処遇に手心を加えてもらう伝手をなくす事になる。

「全て侯爵にお預けします。娘につきましてもどうかよしなにお願いいたします」

なおも騒ぎ立てる妻を引きずるようにして、セランデル伯爵は部屋から退出していった。残されたのはアンネゲルトにエンゲルブレクト、アレリード侯爵夫妻、それにアクセリナと彼女を押さえているティルラだけだ。

「さて、ではサムエルソン伯には配下を呼んできてもらおうか」

「わかりました」

侯爵に指示されたエンゲルブレクトは短く答えると、一瞬だけアンネゲルトを振り返り、足早に部屋を出ていった。

その後ろ姿を見送ったアレリード侯爵夫人は軽い溜息を吐き、床に座らされたままのアクセリナに目を向ける。

「あなたも、ばかな真似をしたわね。妃殿下に刃を向けるなど」

冷ややかなアレリード侯爵夫人の言葉に、それまでしおらしくしていたアクセリナが顔を上げて叫んだ。

「私は間違った事はしていないわ！　全てこの女が悪いのよ‼　殿下に迷惑をかけただけでは飽き足らず、サムエルソン伯爵にまで――」

「黙りなさい。不敬罪で極刑になりたいのかね？」

「きょ、極刑？」

アレリード侯爵の言った内容が余程意外だったのか、アクセリナはぎょっとした表情を見せている。まさかその程度も考えていなかったのかと、アンネゲルトは頭が痛くなる思いだった。

侯爵もアンネゲルトと同じ考えなのか、くすりと小さな笑い声を漏らす。

「もっとも、不敬罪の前に国家反逆罪が適用されるかもしれないね。妃殿下を暗殺しようとしたのだから」

「ご、誤解です!!　私は殺そうなどとはしておりません！」

アレリード侯爵夫人の言葉に、アクセリナは必死に言い募ったものの、侯爵夫妻から冷ややかな目で見下されて、それ以上何も言えずに震えている。

――怖い。ティルラも怖いけど、二人はもっと怖いー。

扇（おうぎ）の陰で、アンネゲルトは悲鳴を上げそうになる口元を必死で引き結んだ。ここで彼女が口を出す訳にはいかない。面倒くさい話だが、王太子妃であるアンネゲルトがアクセリナに何か言えば、それがそのまま決定事項になってしまうからだ。

――もしもの場合は絶対にしゃべるなって、お母さんからもティルラからも散々言われたもんね。

アクセリナの背後にいるティルラを見ると、目線が合った彼女は軽く頷く仕草を見せた。この場で黙っている事は、やはり正しい判断だったらしい。

程なくして、配下の護衛隊員三名を連れてエンゲルブレクトが戻ってきた。隊員は既に指示を受けていたのか、無言でアクセリナをティルラから引き受け、半ば（なか）引きずるようにして部屋から連れ出していく。廊下にアクセリナの助けを求める悲鳴が響いていたが、アンネゲルトに出来る事はなかった。

「ありがとうございました、アレリード侯爵、夫人。おかげさまで大事（おおごと）にならずに済みそうです」

　そう言って侯爵夫妻に頭を下げたティルラに、夫人は鷹揚に微笑む。

「構いませんよ。これも私達の成すべき事ですからね。それよりも妃殿下、お怪我などはされていませんか？」

「大丈夫です。ありがとう」

　正直、怖さより残念さの方が先にきている。さすがに、あのまま腕輪のテストをしてみたかった、などと口に出来るものではないが。

　それよりも、とアンネゲルトはちらりとエンゲルブレクトを見た。扉の側に立つ彼は、厳しい表情のままでいる。未遂に終わったとはいえ、アンネゲルトを危険にさらした事に対して責任を感じているのだろう。

　彼に何を言えばいいのかわからない。いや、その前にやるべき事はあるのだが。

——無視するとか、子供じゃないんだから……でも、どうしても引っかかるし……

　物思いに耽るアンネゲルトに、アレリード侯爵から声がかかった。

「妃殿下」

「は、はい！」

　不意打ちだったせいで気の抜けた返答になってしまい、視界の端に映ったティルラが渋い表情をしている。

「先程はああ申しましたが、どうか妃殿下には寛大なご処置をお願いしたいのです」

「侯爵……」

アンネゲルトとしても、実害はなかったのだから、今後アクセリナがアンネゲルトに近づかないのを条件に不問に付してもいいと思っていた。

本気でアンネゲルトを傷つけようと考えたのなら、手慣れた人間を雇っただろう。そうはせず、自分の力で向かってきたところは可愛げがある。決して評価はしないが。

——凶器を出してきたとはいえ、お育ちのいいお嬢さんだもんね。未来があるんだし、侯爵夫人もそこらへんを考えたのかな？

だが、そんなアンネゲルトの考えは、侯爵の言葉で完全に否定される。

「こちらの伯爵は革新派でもそこそこの位置にいる人物なのです。娘に温情を与えておけば、父親である伯爵も妃殿下に恩義を感じ、これまで以上の働きを見せるでしょう」

実利一辺倒の言葉に、アンネゲルトは思わず遠い目になってしまった。

結局、アクセリナの処遇に関してはアレリード侯爵夫妻に一任するという事で決着がついた。

「何から何までありがとうございます。お二方がいらしてくださって助かりました」

「本当に。感謝します」

ティルラとアンネゲルトからの感謝の言葉に、アレリード侯爵は微笑みながら答える。

「当然の事ですよ。私どもとしましても、この件を表沙汰にされると困りますからね」

確かに、革新派の中心にいる人物の娘が、よりにもよって派閥が担ぎ上げようとしている人物を襲おうとしたなど、醜聞では済まされないだろう。アクセリナは本当に考えなしに動いたものだ。

一瞬沈黙が下りた室内に、それまで黙っていた人物の声が響いた。

「侯爵、令嬢が妃殿下を襲った理由は調べられるのでしょうね?」

エンゲルブレクトの硬い声に、自分が叱られた訳でもないのにアンネゲルトの肩がびくりと跳ねる。

アクセリナは、こんな形で自分の想いを相手に知られる事を、どう思うのだろう。もし自分だったら……

アンネゲルトの思いを余所に、侯爵は淡々と返答した。

「調べはするが、本人が真実を語るかどうかはわからんな」

すると、エンゲルブレクトはちらりとティルラを見る。その仕草に、アンネゲルトはぴんときた。まさか、リリーに頼んで無理矢理真実を聞き出そうと言うのではなかろうか。

ここでそれを言ってしまっていいものかどうか、アンネゲルトが判断に悩んでいると、ティルラが明るい声で言い切った。

「それも含めて、侯爵ご夫妻に一任したいと思います。アンナ様、それでよろしいですね？」

「え？　ええ、もちろんよ」

渡りに船だ。せっかくティルラがまとめてくれたのだから、乗らない手はない。エンゲルブレクトは不満そうな顔を見せたが、一瞬で元の厳しい表情に戻った。

その後二、三のやりとりをし、アレリード侯爵夫妻は部屋を出ていった。アンネゲルトは今日の園遊会にはもう戻らず、馬車の用意が調い次第イゾルデ館に帰る事になっている。侯爵夫妻がその辺りの後始末もしておいてくれるそうだ。本当にいくら感謝しても足りない。

部屋に三人だけになった途端、エンゲルブレクトはティルラを問いただした。

「何故侯爵夫妻に一任したんだ？　船に連れていってリリーに調べさせればいい」

「そんな事が出来る訳ないのは、伯爵もよくご存知でしょう？　そこらのごろつきと貴族の令嬢を同列に扱う訳にはいきませんよ」

「だが、あの娘が真実を話すと思うのか？」

「別に真実でなくとも構いません。どのみち大した裏はないでしょう」

ティルラの言に、エンゲルブレクトだけでなくアンネゲルトも驚く。ティルラは、一体何をどこまで知っているのか。

アクセリナの動機をおおよそはわかっているアンネゲルトはまだしも、エンゲルブレクトはティルラの言葉に懐疑的だ。

「……何故そう言える？」

「逆に、あの程度の令嬢に一体どんな裏があると言うのですか？」

ティルラのアクセリナに対する評価に、アンネゲルトは笑いを隠しきれなかった。それはそうだろう、よりにもよって自分の家で、自分の手で王太子妃を傷つけようなど、その後を考えたらまず選ばない。これだけでも、アクセリナの残念さが窺（うかが）える。

ティルラの言葉に納得している様子ではあるけれど、エンゲルブレクトはまだ引き下がらなかった。

「だが、調べれば何か出てくるかもしれない」

「そうは言ってもリリーの装置は使えませんよ」

「狩猟館の火災事件の犯人であるルドバリ伯爵の時に使った薬があるだろう？」

「あの時は伯爵が有罪と確定していたからですよ。今回の令嬢の場合は未遂ですし」

「どのみち王族である妃殿下に刃を向けた以上、国家反逆罪は免れないぞ」

「それは事件が表沙汰になった場合ですよ。そうならないようにアレリード侯爵夫妻にお骨折りいただくんじゃありませんか。伯爵ともあろう方が、その程度の事がわからない訳ではないでしょう?」

「しかし――」

二人のやりとりを聞いていて、アンネゲルトはある事を思い出す。

「そういえば、彼女は『おかしい事は、正さなくては。小父様もそう仰っていた』って言っていたの。その小父様とやらに何かを吹き込まれた可能性はないかしら」

アンネゲルトの言葉に、エンゲルブレクトとティルラは同時に同じ事を口にする。

「それは本当ですか?」

「え、ええ。つい漏らした、という感じだったから、嘘ではないと思うんだけど……」

「アレリード侯爵に伝えてきます。伯爵、後はお願いしますね」

「わかった」

「え!?」

言うが早いか、ティルラは驚くアンネゲルトを置いてさっさと部屋から出ていってしまった。残されたのはアンネゲルトとエンゲルブレクトの二人だけだ。

――き、気まずい……

自分勝手な理由から、ひどい態度を取り続けてきた相手と二人きりなど、いたたまれないにも程がある。

さっさと謝ってしまった方がいいとは思うが、いきなりでは相手も驚くはずだ。

――それに、あんまり簡単に謝っちゃだめって言われてるしなあ……。これまでは悪い事をしたら謝りなさいって躾けられてきたのに、いきなり真逆の事を言われても身につかないよ。

王族であるアンネゲルトが謝罪すると、最悪、相手の命に関わるのだそうだ。王族に謝罪させた方が悪いという、とんでもない理屈がまかり通るらしい。

とはいえ、今この部屋に他の人間はいないのだから、ここだけの話として謝ってしまってもいいのではないだろうか。

正直、まだ怒りも悲しみも完全に癒えてはいないが、身を挺して自分を守ってくれたエンゲルブレクトを見て、自分の感情なんて小さな事のように思えたのだ。

――私、何回も同じ事をやってるよね……いい加減、学習しないと。

よし、と気合を入れて顔を上げたアンネゲルトの目に飛び込んできたのは、こちらを見ているエンゲルブレクトだった。

彼に見つめられ、あっという間に頬に熱が集中する。扇を持っていて良かったと思うのは、こういう時だ。顔の半分以上を隠す事が出来るので、真っ赤に染まっているであろう顔を相手に見られないで済む。

何か言わなくてはと思うものの、いい謝罪の言葉が出てこず、あれこれ考えているアンネゲルトの耳にエンゲルブレクトの声が響く。

「妃殿下、先日の件はいかようにもお詫びいたします。ですから、どうかお心を晴らしてください」

「え？」

自分の態度の悪さを謝ろうと思っていたのに、いきなり相手の方から謝罪されたので、アンネゲルトは間の抜けた声を出してしまった。

そのまま固まる彼女に、エンゲルブレクトは勢い込んで続ける。

「王宮侍女を決める権限は妃殿下が有しておられます。差し出がましい事を申し上げた我が身を恥じて、いかようにも罰を受ける所存で――」

「ちょ、ちょっと待って！　隊長さんは悪くないわよ！　私が勝手にあれこれ考えちゃってドツボにはまっただけなんだし。大体名前で呼んでいたからって気にする資格ないっていうか、一応私って人妻なんだなあって思い知らされたっていうか――」

あまりの内容に、アンネゲルトはエンゲルブレクトの言葉を遮り、まくし立てる。彼にそこまで思わせてしまった事が申し訳なくて必死だった。

「ひ、妃殿下」

慌てた様子のエンゲルブレクトに、アンネゲルトはきょとんとした顔で彼を見る。やっと黙った彼女に、エンゲルブレクトはばつが悪そうに言ってきた。

「……申し訳ありません。今のお言葉は、何と仰ったのでしょうか？」

「え？」

「その……日本語で仰っておられたので。先程の早さでは、まだ聞き取れないのです。先日の庭園での事も、最後の方は日本語で話されていましたので、正直半分も理解出来ませんでした」

「あ……」

思わず口を押さえたアンネゲルトと、困り顔のエンゲルブレクトは見つめ合い、同時に噴き出す。

「いやだ……」

何だかわからないが、笑いが止まらないアンネゲルトは、目元に滲んだ涙を指先でぬぐっている。本当に、何をやっているのやら。

エンゲルブレクトも笑っているが、彼は何とか抑えようと苦闘している。

「妃殿下の御前でとんだご無礼を」

「別に構いません。今更でしょう？」

色々と。そう続けるアンネゲルトに、そういえばとエンゲルブレクトも納得している様子だった。

変装して街に出てみたり、こちらでは下着同然の格好で島に下りてみたり、そのまま襲撃された事もあったか。イゾルデ館で侵入者の魔の手から逃れる為に、彼の目の前でドレスを脱いだのは記憶に新しい。よく考えたら、本当に貴婦人らしからぬ姿ばかり見せている気がする。

遠い目になりかけたアンネゲルトは、エンゲルブレクトの声で我に返った。

「とにかく、回廊での事はお気になさらずに。色々と噂もお耳に入るかと思いますが、真実ではないのですから」

「……わかりました」

気にしているのはそこではないのだが、はっきりと自分の気持ちを伝えられない今は、相手の誤解を解く事は出来ない。

　それでも、とアンネゲルトはエンゲルブレクトに一つだけ質問をした。

「隊長さん、ホーカンソン男爵令嬢を私の王宮侍女にする事に反対する理由は、以前聞いたものが全てなの？」

　どんな返答でもいい、ここで聞いた事を自分の真実として信じていくから。声には出さなかったが、アンネゲルトは覚悟を決めていた。

　聞かれたエンゲルブレクトは一瞬呆けた表情を見せ、すぐに普段通りに戻る。といっても、先程の厳しいものではなく、いつもアンネゲルトに見せる柔らかな表情だ。

「もちろんですが……何故そのような事を？」

「ううん、いいの。気にしないで」

　困惑気味のエンゲルブレクトを見ながら、アンネゲルトは微笑む。

　――これは、私が勝手に決めた事だから。

　エンゲルブレクトとの事は、いつでもそうだ。アンネゲルトが勝手に思い込んだり空回ったりして、結果的に相手を振り回している。それももう、今日で終わりにしなくては。

「隊長さん、ここしばらく私の態度が悪かった事、謝罪します」

「妃殿下、そのような――」

「いいえ、幸いここには私達以外誰もいないから、きちんと言わせてほしいの」

ごめんなさい、とアンネゲルトは座ったまま頭を下げた。エンゲルブレクトが息を呑んだのが伝わってくるが、アンネゲルトの自己満足に付き合ってほしい。

「これからも、今まで通り私を守ってくれますか？」

「はい、この命に代えましても」

そう言って騎士の礼を執ったエンゲルブレクトに、アンネゲルトはくすりと笑いを漏らした。型通りの言葉を言ったはずなのに笑われた事を不思議に思ったのか、彼が顔を上げる。

「それじゃだめよ。隊長さんはちゃんと生き残ってくれなくちゃ」

「ですが――」

「だめです。私を守って、そして隊長さんも、みんなも生き残るように頑張ってください」

無理を言っているのはわかっていた。これまではエンゲルブレクトにも隊員にも、死人は出ていないけれど、この先もそうだとは限らない。

――もっと悪い状況がやってくるかもしれない。でも……

たとえ口先だけの言葉だとしても、エンゲルブレクトが生き残ると言ってくれれば、それを信じてこれからも進んでいける。

アンネゲルトが見つめる先にいるエンゲルブレクトは、困惑しつつも何やら思案している様子だ。やがて、決意も露わに再び騎士の礼を執った。

「了解しました。どのような困難な状況にあろうとも、必ず妃殿下と共に我が隊の者は全員生き延びる事をお約束いたします」

「……ありがとう」

エンゲルブレクトが誓いを立てたのは、職務に忠実だからだと理解しているが、彼の言葉はアンネゲルトにとって何よりの宝物だ。これをよすがに、自分はこの先もこの国でやっていける。

室内に二人きりのせいか、この世界に彼と自分だけしかいないような錯覚を起こしそうになる。しかし、部屋の扉を叩く音で現実に引き戻された。

「お待たせいたしました、アンナ様」

ティルラである。そういえば、侯爵夫妻に情報を伝えるだけにしては随分と時間がかかったが、気のせいだろうか。

「お、お帰りなさい」

「もうじき馬車の用意が調うそうです」

「そう」

手際のいい彼女は、馬車の様子を確認してからこちらに来たらしい。ティルラが戻って程なく馬車の用意が調ったので、アンネゲルトは伯爵家を後にした。

セランデル伯爵令嬢アクセリナの処遇は、割と早くに決まったという。それを知ったのは、事件からわずか三日後の事だった。

「分家の三男に強制的に嫁がせるそうです」

そう教えてくれたのは、夫妻でわざわざイゾルデ館まで出向いてくれたアレリード侯爵夫人だ。あの後、侯爵夫妻の尽力により事件は表沙汰にならずに処理されたらしい。

「随分ぬるい処遇ですね」

怒りを抑えた声を発したのはエンゲルブレクトだった。彼の立場としては、守るべきアンネゲルトに刃を向けた者は、たとえ伯爵令嬢であろうとも許せない存在なのだろう。

それに苦笑交じりに答えたのはアレリード侯爵だ。

「分家の、しかも三男なら爵位は継げないから二度と中央には出てこられないし、丁度いいだろう？」

「ですが――」

「セランデル伯爵夫妻の手前もありますよ。堪えてちょうだい、伯爵」

アレリード侯爵の言葉に、なおも言い募ろうとしたエンゲルブレクトを宥めたのは侯爵夫人である。さすがに革新派の中心にいる伯爵の名前を出されては、エンゲルブレクトもそれ以上は言えないのか、黙って引き下がった。

「それにしても、よくあの令嬢がおとなしく従いましたね」

ティルラの感想に、アレリード侯爵は呆れを含んだ溜息を吐いて答える。

「嫁に行くか修道院に入るかの二択を突きつけたら、嫁ぐ事を選んだらしい」

全てが我慢の連続になる修道院よりは、まだしも自由が残っている分家に行く方がましという訳か。

とはいえ、分家があるのはかなりの田舎、しかも結婚相手は三男なので大した財産は得られず、苦労するのは目に見えているという話だった。

「まあ、あの娘にはいい薬になるでしょう」

侯爵夫人のその言葉に、果たしてそうだろうか、と懐疑的になったのはアンネゲルトだけではないらしい。ティルラも一瞬だけ苦笑いを浮かべていた。

――人間なんて、そう簡単に変わったり出来ないもんね。

考えなしで動いたアクセリナの性格が、不自由を強いられる生活で簡単に変わるとは思えない。かえって恨みを募らせるのではないかと思うが、彼女程度の知恵と行動力では王都に出てくる事すら出来ないだろう。そういう意味では安心かもしれなかった。

「問題は令嬢よりも、伯爵夫妻の方かもしれませんね」

アレリード侯爵夫人の言葉に、アンネゲルトは首を傾げる。確かに長女であるアクセリナを分家の嫁に出したのは残念だと思う。しかし、伯爵家にはまだ五人の子供がいて、うち三人は娘だと聞いているし、政略結婚の駒としては十分そうだ。

「侯爵夫人、例の件がわかったんですか？」

ティルラの問いかけに、アレリード侯爵夫人は頷いた。例の件とは何の事なのか。わかっていないアンネゲルトに、ティルラが小声で耳打ちした。

「令嬢が言っていた『小父様』の事ですよ」

それを聞いて、ああ、あれかと納得する。そうなると、先程の伯爵夫妻の方が問題という言葉と併せて、嫌な予感しかしない。

果たして、アレリード侯爵から語られた内容は、アンネゲルトの予想通りのものだった。

「令嬢にあれこれ吹き込み、実行用にナイフまで用意した人物がいましてね。それが伯爵夫人の愛人で、元中立派の男爵でした」

その某男爵は、現在保守派に所属しているらしい。無論、アクセリナから情報を聞き出したアレリード侯爵夫妻は、保守派筆頭のリンドバリ侯爵を通じて某男爵を呼び出し、然るべき処罰を与えたそうだ。

いくら王宮の一大派閥を束ねる身とはいえ、一侯爵にそこまでの権限があるのかと不思議に思っていたアンネゲルトに、アレリード侯爵がからくりを教えてくれた。

「実は、今回の事は国王陛下のお耳に入れてあるのです。この件に関して表沙汰にしないのを条件に、陛下から全権を委譲されております」

つまり、今回の件に関わった貴族の家をどうするのも、侯爵の胸先三寸だったという訳か。相変わらず怖い世界だと思うと同時に、周囲の人に守られているのだと実感する。

そんなアンネゲルトとは対照的に、不服を申し立てたのはエンゲルブレクトだ。

「お声をかけていただければ、我々も動きましたものを」

「おいおい、聞いていなかったのか？　全ては秘密裏に終えなくてはならなかったのだよ。妃殿下の護衛隊として名前が知られている伯が動けば、人の目が集まっていらぬ詮索をされるだろう？」

それでは困るのだよ、と続けた侯爵に、エンゲルブレクトは返答出来ずにいる。

確かに、シーズン中である現在はどの行事に出かける際にも護衛隊がつくし、エンゲルブレクトと副官のヨーンの姿はいつでもアンネゲルトの側にあった。おかげで彼ら護衛隊の存在は社交界でも有名になっているらしい。

そんな彼らがアンネゲルトの側を離れて何やら動けば、それだけで貴族達の注目を集めてしまうという意見には同意出来た。

「とにかく、男爵の裏も探りましたが、特に目立ったものはなさそうですね。単純に、令嬢の歓心を買おうという腹だったようです」

侯爵の説明に、アンネゲルトは不思議そうに尋ねる。

「何故愛人である伯爵夫人ではなく、令嬢の歓心を？」

娘が喜べば母親も喜ぶと思ったのだろうか。だが事実は、アンネゲルトの予想の斜め上をいっていた。

「それが、どうやら男爵は伯爵夫人を捨てて令嬢へ鞍替え（くらがえ）をしようと目論（もくろ）んでいたとの事でして」

「ええ⁉」

驚きすぎて大きな声を上げてしまったアンネゲルトの耳に、ティルラの低い叱咤（しった）の声が響いたが、それどころではない。

「は、母親から娘へ……そういう事？」

「ええ、まあ……ない話ではありませんけれど、男爵の場合、令嬢と結婚する事まで企（たくら）んでいたようです。それが原因で伯爵夫人が男爵に怒りを露（あら）わにし、そんな底の浅い男と付き合っていた夫人に伯爵が怒るという、泥沼状態になっています」

アンネゲルトは同様の関係が描かれた、古い映画を思い出していた。それにしても、本当にそんな事があるなんて。

呆然とするような話が出てきたが、伯爵家は変わらず革新派で動いていくという確約は取れたらしい。元凶である令嬢も二度とアンネゲルトの前に現れないというし、裏にいた伯爵夫人の愛人の某男爵も社交界から追放されたので、問題は全て片付いたと見ていいだろう。

ついでのように、エンゲルブレクトとの仲も修復出来たので、万事良しとしておこうと思うアンネゲルトだった。

狭い部屋の中には、不釣り合いなほど大きなモニターが設置されている。「アンネゲルト・リーゼロッテ号」の中にある、通信室だ。

この通信室は他のものと違い、皇宮とフォルクヴァルツ公爵家直通の回線を持っている為、限られた人間しか使用出来ない。

今使用しているのは、アンネゲルトの側仕えであるティルラだった。

『そうか……では、アンナの護衛隊隊長は確実に王家の血を引いていると見ていいのだな?』

モニターに映し出されている姿は、帝国皇帝でありアンネゲルトの伯父(おじ)でもあるライナーだ。ティルラとは、こうして日時を決めて定期的な報告を直接やりとりしていた。

「そう考えるのが自然かと思います。先代国王の弟君という侯爵のお顔は、他人のそら似というには不自然なほどサムエルソン伯と似ておりました。また、侯爵が亡くなられた時期は伯の誕生とほぼ同時のようですから、可能性としては高いかと」

侯爵が生きていれば、ほんの少しのサンプルを採取していくらでも鑑定が出来るので、問題はもっと簡単だったのに。

ティルラが調査をしても、エンゲルブレクトの実父は不明のままだった。先代伯爵であるトマス卿の周囲にいた人物を探しても、ほとんど亡くなっているか国内にいないという状態なのだ。

唯一国内にいるのはサムエルソン伯領にいる城代だが、彼の口の堅さは調査に当たった情報部の人間でも舌を巻いたほどだという。

『サムエルソン伯だったな、彼の養父の周囲はどうだ?』

「何も残っていません。伯の実父に繋がる情報は綺麗に消されています。いっそ見事と言えますよ。しかも先代サムエルソン伯トマス卿の側にいた人間もほとんど残っていません。唯一いる人物からも、情報を得る事は難しそうです」

『ふむ……まるでこの状況になる事を予見していたかのような周到ぶりだな』

確かに。そこまでして後継者に指名した息子の実父を隠したのは、一体何故なのか。ティルラの悪い癖で、わからない事があるとわかるまで調べたくなるのだが、今は抑えておかなくては。

そこでふと、回廊でのルードヴィグの言葉が蘇る。ティルラは不躾かと思いつつも、画面のライナーに聞いてみた。

「陛下、少し伺ってもよろしいですか？」

『何だ？』

「陛下はスイーオネースの先代王妃が起こした事件を、ご存知でしたか？」

『ああ、愛人とその子供を全員殺したというやつか？　いや、初耳だった。知っていたらアンナをそちらにはやらなかったよ』

モニターの中のライナーの顔は渋い。アンネゲルトが嫁ぐに際して、スイーオネースの王族とその周辺には調査が入っていた。

つまり、帝国の調査が不十分だったという事になる。ティルラはそれに引っかかりを感じたが、皇帝を前に口にする訳にもいかないので黙っていた。

「いずれにしても、今回手に入った情報は以上です。一番の懸念（けねん）はやはり、サムエルソン伯爵の出自でしょうか」

『そうか……まあ、彼が本当に王族の血を引いていたとしても、庶子には継承権がないから、王位争奪には関わらんだろう』

「そう……ですね」

答えるティルラは歯切れが悪い。普段なら確実でない事でも、しっかりと口にする彼女にしては珍しかった。

『何か、気になる点でもあるのか？』

「些細（ささい）なものですが……あの回廊の肖像画を見に行こう、と最初にアンナ様に持ちかけたのは、ハルハーゲン公爵なんです」

『ハルハーゲン……というと、国王の従兄弟（いとこ）に当たる人物だったな』

「はい。公爵は、あの絵の事を知っていたのかどうか、それが気になります」

もし、公爵が肖像画の存在を知っていてアンネゲルトを誘ったのなら、その意図は何なのか。それと、もしそうなら、いくら王族とはいえ隠すように飾られたあの肖像画の存在をどうやって知ったのか。また、王族の血を引くだろうエンゲルブレクトの事をどう思っているのか。

——ただの女好きと思っていたけど、見誤っていた？

ティルラは自分の読みの甘さを反省する。自分は誰よりも厳しい目で、アンネゲルトの周囲を見なくてはならないというのに。

『知っていた、と仮定しておいた方がいいだろうな。ただの女好きという訳ではないようだ』

「警戒は強めておきます」

『頼んだぞ。ああ、そうだ』

「何でしょうか？」

画面のライナーは、表情を引き締めている。

『これから先も、アンナの命を最優先にせよ。もしもの時は力尽くでも構わん、アンナを帝国まで無事に連れ戻せ』

「承知いたしました」

改めての皇帝からの命令に、ティルラは最敬礼で返した。これまでも気を抜いた覚えはないが、この先はより強い警戒が必要だ。

アンネゲルトは、教会はしばらくおとなしくなるだろうと読んでいるが、ああいった連中は裏に回っていくらでもあくどい手を使うものである。だが、アンネゲルトがそれに気付く必要はない。主の気付かない部分に目を配るのは、側仕えの仕事だ。

警戒すべきは何も保守派貴族や教会関係者ばかりではない。革新派の中にも不穏な存在はいるようだし、何よりも王族相手にも気が抜けなかった。ルードヴィグ、ハルハーゲン公爵、そしてルードヴィグの従兄弟である伯爵令息、王位継承権を持つ彼らがアンネゲルトにどういった形で関わってくるのか。

窓の外、晴れた夜空に、満月にはまだ間がある月がかかっていた。

スイーオネースの王宮には一人の悩める若者がいた。王太子ルードヴィグである。

彼はアンネゲルトを回廊に案内した日から公務と社交の為、王宮に留め置かれていた。他にも、彼の決裁を待つ書類が溜まっている。このところダグニーとの生活に溺れて、執務が滞りがちだったのだ。侍従長から小言が来たので、王都の屋敷には戻らず仕事に邁進していたという訳である。

仕事だけでなく、ダグニーの待つ屋敷に帰りたくない理由があった。あの廊下で、彼女が漏らした名前である。

エンゲルブレクト。それがサムエルソン伯爵の名前だと気付いたのは、あれから少し経ってからだ。

確かに、あの肖像画は彼に似ていた。いや、年代から考えればエンゲルブレクトが肖像画の人物に似ているのだが、それはどうでもいい。

問題は、何故ダグニーの口から彼の名前が出たのかだ。

二人が親しいという話は聞いた事がない。ダグニーもあまり社交行事に出る方ではないが、エンゲルブレクトはそれに輪をかけて出席率が低いのをルードヴィグは知っていた。

そんな二人が知り合いなどと、普通は思わないだろう。では一体どこで名前を呼ぶほど親しくなったというのか。

こんな疑念を抱えたまま屋敷に戻っては、また前のように彼女を追い詰めてしまいそうで帰れないのだ。

あの時は不問に付してくれたが、今度同じ事をやったらその時こそ愛想を尽かされるのではないか。だが、二人の関係が知りたい。

そんな思いがない交ぜになってルードヴィグを苦しめる。目の前の書類にも集中出来ないほどだ。

「殿下、手が止まっていますよ」

そう苦々しく忠告してくるのは、侍従長だ。彼は目下、ルードヴィグの監視役として執務室内にいる。

「わかっている。少し手を休めていただけではないか」

「もう十分お休みになられたでしょう。執務を再開してください」

無味無臭の声で追い立てられ、ルードヴィグは執務机に積まれた書類と格闘する。やらなくてはならないものだとわかってはいても、どうしても集中力に欠けた。

ルードヴィグの口から、重い溜息がこぼれる。それと同時に、今日の面会予定に入っている人物が到着したと告げられた。

来客は、ルードヴィグが中心になって進めている土地開発の協力者である伯爵だ。彼の広い人脈を駆使して商人を集めている最中であり、今日はその中間報告の日だった。

ルードヴィグはソファに移動し、目の前に座った伯爵と開発に関わる話を進める。それが一通り終わった後、出されたお茶に口をつけながら彼は雑談交じりに言った。

「それにしても、ようやく殿下もお立場に目覚められたと、王宮内は喜びに溢れておりますよ」

思い当たる節がないルードヴィグは、首を傾げながらも無礼な言い分に内心腹を立てていた。立場に目覚めるとはなんだ、今までも己の立場は十分自覚していたというのに。けれど、そんな事はおくびにも出さず、ルードヴィグは努めて冷静に探りを入れた。

「何の事かな？　伯爵」

「お隠しにならずともようございます。皆知っておりますよ。ようやく妃殿下と仲直りなされたそうで」

「はあ!?」

ルードヴィグは我を忘れてソファから立ち上がった。一体どういう事だ。何故そんな話になっているのか。それよりも、皆知っていると言っていたが、皆とは誰だ。様々な考えが頭の中を巡ったが、どれもルードヴィグの口から言葉としては出てこなかった。驚愕（きょうがく）に固まった彼の前で、伯爵も驚いている。

「伯爵。今のお話はどういう事でしょうか？」

ルードヴィグに代わり、控えていた侍従長が口を挟んだ。伯爵はルードヴィグと侍従長の顔を交互に見て、侍従長に向かって話し出す。

「先日、回廊を妃殿下とご一緒に回られたという話が耳に入ってきたんです。それも大変仲睦（なかむつ）まじいご様子で、妃殿下が王宮にお戻りになられるのも近い、という事でした」

ルードヴィグは、伯爵の話を聞いてどすんとソファに腰を落とした。あの時の様子を誰かが見ていたのか。

王宮内でも、王族以外立ち入り禁止の場所は意外に少なく、回廊は制限が少ない場所の一つだ。つまり、誰でも気軽に訪れる事が出来る場所である。

あの日の様子を、誰かに見られていて噂として広められたのだ。

――だが、あの日は回廊に人が来ないように人払いをしてあったはずだ。なのに……何故だ？

ルードヴィグとてばかではない。アンネゲルトと王宮で一緒にいれば、そういった噂を立てられる事くらいは予測出来た。だからこそ、回廊周辺に人が立ち入らない配慮をしたというのに。

まさか、アンネゲルト側がわざと話を漏らしたのだろうか。

――いや、それはない。

思い浮かんだ可能性を、自身で即座に否定した。

そんな噂を本当に流したいと思っているのなら、回廊などという人目につきにくい場所を選んだりはしないはずだ。

ルードヴィグとアンネゲルトは正式な夫婦なので、同じ社交行事に呼ばれる事も多いのだから、そういった場を使った方が効率的に噂をばらまける。

アンネゲルトでもないとしたら、一体誰だというのか。

「あの……何か、お気に障るような事でも申しましたか？」

おそるおそるそう聞いてきたのは、目の前に座る伯爵だった。彼に罪はない。むしろ、情報をくれた人物だ。

ルードヴィグは気持ちを立て直すと、当たり障りのない事を言って話を切り上げ、伯爵を執務室から見送った。

残されたのは、ルードヴィグと侍従長の二人だけである。

「侍従長」

「はい」

「先程の話に関して、噂の元を調べてくれ」

「承知いたしました」

侍従長は一礼すると、執務室を後にした。噂の内容自体には悪意を感じないが、どこであの日のルードヴィグ達を見たのか、そこが問題だ。

噂を流した当人と、回廊でルードヴィグ達を見た人物が同じかどうかはわからないけれど、それでも手がかりくらいにはなる。

ルードヴィグは執務机に戻りながら、この噂がダグニーの耳に入っていない事を祈った。

四　新たなる世界

イゾルデ館に詰める護衛隊の面々は、隊長と副官以外は流動的に変わる。常に同じ面子でいるのは緊張感を欠くという理由からだった。

本来、王都とカールシュテイン島の間の連絡係として、副官のヨーンは船へ頻繁に戻るはずだったのだが、本人の強い希望によりイゾルデ館に詰めている。

理由はすぐに知れた。

「……なるほどな」

エンゲルブレクトはイゾルデ館内に与えられた執務室の机に向かい、ぽつりと漏らした。

「何か仰いましたか？」

「いや。お前は意外とわかりやすい性格だったんだなと思っただけだ」

イゾルデ館は王太子妃アンネゲルトの王都での館であり、社交シーズン中は長く滞在する。

当然、彼女の身の回りの世話をする者達も、ここに寝泊まりする事になっていた。

三人いる側仕えのうち、離宮修繕に参加しているリリーは島で留守番となっている。館についてきた側仕えはティルラとザンドラの二人だった。

そして、ヨーンはこのザンドラを追いかけ回している。

「避けられ続けていると聞いたが？」

エンゲルブレクトの言葉に、ヨーンはきっぱりと答えた。

「だからこそ、です。距離が開くのは承服出来ません」

「いや、お前はそうでも相手は距離が開くのを望んでいるんじゃないのか？」

誰の目から見ても、ヨーンの片想いは実りそうにない。ただ、それをはっきり口にするのは、今のエンゲルブレクトには憚（はばか）られる。

何しろ、自分も叶わない想いを抱えていると自覚したばかりだ。ヨーンの姿は明日の我が身かもしれなかった。

エンゲルブレクトの複雑な思いを余所（よそ）に、ヨーンは自分の想いを語る。

「船は広すぎてなかなか接触出来ませんでしたが、イゾルデ館は程よい狭さ故（ゆえ）、顔を合わせる機会が増えています。喜ばしい事です。やはり直接会わなくてはこちらの想いを伝えられません」

エンゲルブレクトは言葉もない。ザンドラは、ヨーンの想いとやらに気付いているからこそ逃げ回っていると、誰もが思っていた。その読みは外れていないだろう。ヨーンだけがそれに気付いていないだけで。

――いや、気付いているのに気付かないふりか？

現実から目を逸らしているだけなのか、それとも、相手の迷惑は顧みずに押しまくる戦法なのか。

部下の行動に、自分はどう対応すればいいのやら。これが普通の貴族の子女が相手ならば問題はない。百歩譲って市井の女性でもそこまで問題ではなかった。

だが、ヨーンの想い人は王太子妃の側仕えで、共に帝国から来た女性だ。見た目は女性というより少女と言った方がしっくりくる。

ヨーンに行動を慎むよう注意するべきか、私的な事には踏み込まない今の姿勢を貫くべきか。

二択で悩むエンゲルブレクトの耳に、ヨーンの珍しく硬い声が聞こえた。

「……隊長はどうなさるおつもりなんですか？」

「何がだ」

神妙な顔のヨーンに、エンゲルブレクトはぞんざいに答える。

「妃殿下の事です」

思わず、手にしていた書類を落とすほどには驚いた。疲れも吹っ飛ぶような一言だ。

「……どういう事だ？」

「それは隊長がよくご存知かと」

あくまで明言は避けるヨーンに、エンゲルブレクトは言葉もない。いつの間に知られていたのだろう。自分自身、アンネゲルトへの想いを自覚したのはつい最近だというのに。エンゲルブレクトに比べるとヨーンの想いはわかりやすく、それ故周囲も呆れながらも見守っていたのだが、自分の場合はどうなるのか。

ヨーンとは違い、相手が既婚者である上に、政略結婚で嫁いできた王族だ。想いを寄せていると周囲に知られただけで、自分だけでなく相手にも大きな傷を負わせる事になる。軽々しく口に出来るものではない。

もっとも、エドガーには自覚する前に感づかれていたようだが。あれは奴が特殊なのであって、決してエンゲルブレクトがわかりやすい態度だったとは思いたくない。

黙り込んだエンゲルブレクトに、ヨーンは続けた。

「結婚が完全ではない場合、半年後には無効の申し立てが出来ます」

「知っている」

「既に半年経ちました」

じろりとエンゲルブレクトが睨むも、ヨーンは真剣な表情のままだ。

アンネゲルトが嫁いできたのが去年の七月、今は年が明けて五月が目の前に迫っている時期だった。半年どころか、もうじき一年になる。

結婚が完全でないというのは、式の後すぐに別居に入っている為、誰の目にも明らかだった。夫婦のうちどちらかが婚姻の無効を申し立てれば、すぐにでも手続きを進められるだろう。

実際にはルードヴィグからの申し立ては難しい。二人の結婚は政略である為、当然個人の感情より国の利益が優先されるからだ。

ではアンネゲルトの側はどうかといえば、こちらも個人的な理由からすぐに申し立てをする事はないと思われる。エンゲルブレクトは組んだ手を見つめながら考えた。

アンネゲルトが願っている魔導特区設立には、王太子妃という立場は有利だ。おそらく、特区設立が叶うまでアンネゲルト側から無効申し立てをする事はない。

それ以前に、彼女に王太子ルードヴィグと別れるという選択肢はあるのだろうか。

「隊長？」

黙り込んだエンゲルブレクトの耳にヨーンの声が入ったが、反応する事なく思考を続けた。

そもそも、アンネゲルトがこの政略結婚をどう考えているのかを確かめた事はない。ティルラから漏れ聞こえてくる内容からして、彼女もこの結婚を望んでいなかったのは間違いない様子である。ならば特区設立の後に婚姻無効を教会に申し立てるだろうか。正直わからない。

よしんば申し立てたとして、その後はどうするのか。帝国に戻るのか、それともスイーオネースに留まるのか。

いつかのエドガーの、欲しいものは欲しいとちゃんと言えるようにならないと、という言葉が脳裏をよぎった。

あの時は何を言っているのかと思ったが、今ならば彼の言葉が身に染みる。

だが、それは一人の時に考えればいい事だった。

「何でもない。とにかく、やりすぎるなよ。彼女が妃殿下の側仕えだという事を肝に銘じておけ」

「承知しております」

そう言って一礼すると、ヨーンは執務室から出ていった。彼も仕事が山積みのはずだ。

社交シーズン中はアンネゲルトが忙しいのは当然として、その護衛を担当する護衛隊も忙しくなる。出かける先の確認やら経路の確認やら馬や武器類の手入れやら、やる事は多い。

エンゲルブレクトも机に向き直って書類仕事に戻る。気を抜くとどうしてもエドガーの言葉を思い出してしまうので、雑念を払う為にも仕事に没頭する事にした。

定例の朝のミーティングにて、離宮改造の進捗状況が報告された。基礎工事が終了したので、移動させていた建屋を戻して外装に入っている。

傷んだ外壁の飾りの修繕や、汚れを落とす作業のついでに、新しい彫刻を追加で飾る事になったそうだ。

アンネゲルトはそれらの報告を、イゾルデ館の食堂で受けている。

「それだけ数が多いと大変でしょう。完成までに間に合いそうなの？」

「幸いあいつの工房には手つかずの完成品が多く眠っていたからな。本人としても、在庫が一掃出来て喜んでいたぞ」

イェシカの返答に、アンネゲルトはぽかんと口を開けてしまった。イェシカの言うあいつとは、彫刻担当となったグラーフストレームの事だ。

腕がいいのに気難しい性格が災いしていた彼は、注文を受けた数は多いが、実際に納品した数は少ないという。

作品の出来には満足しても、作った人間がへりくだらないのが気にくわない貴族や豪商が、注文した彫刻を受け取らなかったのだそうだ。

本来の注文主のもとに行かなかったそうした作品は、グラーフストレームの倉庫で眠り続けていたらしい。それを根こそぎ離宮に使う、と言っているのがイェシカだ。

「せっかく作ったものを倉庫に眠らせておくなどばかげているだろうが。それに倉庫も広くなって奴としても万々歳だ。倉庫の中身が金に化けたおかげで、いい石材を大量に買いつけられたとはしゃいでいたぞ」

はしゃぐグラーフストレームとは、また珍しい。競技会で見た彼には、寡黙で神経質そうな印象しかなかった。その彼がはしゃぐ……

「想像の限界を超えているわ」

アンネゲルトの頭の中では、グラーフストレームがしかめ面のままスキップをしている姿が浮かんでいた。

「在庫の彫刻となると、一貫性が失われるのではないかしら」

「その辺りはこちらで調整する。一貫性がないからといって、美的に問題がある外装にはしないから、安心してくれ」

ティルラの疑問に、画面の中のイェシカはいい笑顔で返答する。

「それでな、外装に手を入れるついでに、リリーからいくつか防犯装置の提案を受けている」

そう言ってイェシカが通信画面に表示させたのは、あれこれ書き込まれた図面だった。線画の、よくわからない装置の図面も含まれている。

「これは、何？」

「何でも、外を明るく照らす装置だそうだ。夜間でも昼間同様の明るさに出来ると言われたぞ」

船の装備を見て、また離宮の基礎工事現場でも実際に照明を見ているイェシカは、リリーの言葉を素直に信じているようだ。

ティルラも、その説明に満足そうに頷いた。

「サーチライトの機能もつけるんですね。侵入者にはいい脅しになるでしょう」

こちらでの照明といえば、ろうそくが基本である。薄暗い明かりしか知らない侵入者達は、照明の明かりで目がくらむだろう。それだけで十分、相手は怯む。

アンネゲルトはティルラの言葉に何やら考え込んだ後、画面のイェシカに向かって聞いた。

「……彫刻って、まだ何をどこに飾るか、決まっていないのよね？」

「まあ、そうだな」

イェシカの返答を聞いて、にんまりと笑うアンネゲルトに、ティルラは眉間に皺(しわ)を寄せて言う。

「また何か良からぬ事を考えていますね？」

「失礼ね！　リリーの防犯にちょっとした提案をするだけじゃない」

その「ちょっとした提案」が、離宮をびっくりハウスにしかねない内容になっているのだが。

「それで？　今度は何を思いつかれたんですか？」

「あのね……」

アンネゲルトが出した案を聞いたティルラとイェシカは、やはり沈痛な面持ちで頭を抱える事になった。

社交シーズン中の王都は、華やかな雰囲気に包まれる。大通りは豪奢(ごうしゃ)な馬車でひしめき合い、劇場も音楽堂も夜遅くまで賑わっていた。

今日のアンネゲルトの予定は、王都の劇場での観劇だ。劇場内は集まった貴族で大盛況である。

「妃殿下、ご無沙汰しておりました」

そう言ってアンネゲルトの手を取ったのは、ハルハーゲン公爵レンナルトだ。幕間の休憩時間にホワイエに出て数人と歓談していたところに、彼がやってきた。

来ているとは思わなかった人物の登場に、内心大パニックを起こしていたアンネゲルトだが、気力で笑顔を作る。

「ごきげんよう、公爵。あなたもいらしていたんですね」

「ええ、本当は欠席しようと思っていたのですが、つい先日国外から戻ったばかりの知人に、今王都で話題のこの劇を見せてやりたいと思いまして」

「まあ、そうなの」

確かに、今日見に来た芝居は王都で一番の評判だ。何でも、座長を務める俳優がすこぶるつきの美男らしく、貴婦人方のみならず庶民にも大変な人気なのだとか。

芝居の内容は喜劇で、田舎から出てきた男が様々な縁と運に恵まれた結果、都で一旗揚げる様を面白おかしく描いていた。その内容も話題をさらっていて、これを見ておかないと流行に乗り遅れるとばかりに貴族も庶民も劇場に詰めかけている状態だ。

「丁度良い。妃殿下、私の知人をぜひご紹介したい」

「まあ」

正直、あまり好ましいとは言えない人物からの紹介というだけで、相手にいらぬ先入観を抱いてしまいそうになる。

それでも、この場で断る訳にはいかない。

「妃殿下、こちらはステーンハンマル司教です。カール＝ヨハン、こちらは王太子妃殿下、アンネゲルト・リーゼロッテ様だ」

アンネゲルトの目が見開かれた。

――まさかのラスボス来たー!?

魔導特区設立の最大の障害は教会である。スイーオネースの教会が、魔導を教義に反するとして弾圧対象としているせいだ。

近年、司教が交代した事により態度が軟化していると聞いてはいるが、依然として魔導技術導入には反対の姿勢を示している。

加えて、アンネゲルトにとってはイゾルデ館を襲撃された恨みがある。その事に関しても、教会側の謝罪がない為宙に浮いている状態だった。

司教とはその教会の、国内最高の地位だ。そんな人物を紹介されるとは。驚くアンネゲルトの前に出たのは、その肩書きからは想像出来ない人物だった。

年齢は二十代中盤だろうか、薄い色の金髪を長く伸ばし、涼やかな目元の随分な美男だ。彼は水色の瞳に穏やかな光をたたえ、アンネゲルトに挨拶をする。

「お初にお目にかかります、妃殿下。北方司教区を任されております、ステーンハンマルと申します。以後、お見知りおきください」

「アンネゲルト・リーゼロッテです。よしなに」

王太子ルードヴィグも綺麗な男だが、目の前のステーンハンマル司教は彼とは違う系統の美貌だ。思わず目が吸い寄せられてしまう。

「妃殿下、そのように司教をお見つめにならないでいただきたい」

ハルハーゲン公爵の苦笑交じりの声に、アンネゲルトは、はっとして司教から視線を外した。

「まあ、不作法でしたわ。許してくださる？　司教様」

「妃殿下に見つめられる事を嫌がる者などおりますまい」

司教の返答に、表向きは「まあ、ほほほ」と笑いながらも、内心では鳥肌を立てていた。

——社交辞令が苦しい……

しかもこの司教、ハルハーゲン公爵ほどではないにしても、どうにも何かが引っかかる人物だ。これから特区設立に関して、色々な意味で闘わなくてはならない相手と思えばこその感想かもしれない。

だが、それと同時に体の奥に冷ややかなものを感じる。それが何なのかがわからず、アンネゲルトはもやもやしっぱなしだった。

その後も他愛ない事をいくつか話しているうちに、幕間終了のベルが鳴る。観客は皆それぞれの席へと戻っていった。

「あー、疲れたー」

観劇の帰りの馬車の中で、アンネゲルトはだらけた様子でそう呟いた。同乗しているのはティルラとザンドラだ。

「アンナ様、はしたないですよ。気を抜くのはもう少し後にしてください。馬車の中といえども、誰がどこで見ているかわからないんですよ?」

「こんな小さな窓から車内を覗ける人がいたら、うちの情報部にスカウトさせるべきよね」

「そういう問題じゃありません!」

思わず言った軽口をティルラにぴしゃりとやられたアンネゲルトは、小声で「冗談なのに……」と愚痴をこぼす。

アンネゲルトが疲れた理由は、体力的な問題ではなく精神的なものだった。今日の観劇には、苦手な公爵が来ていたのだから愚痴くらいは見逃してほしい。

しかも、想定外の事まであったのだ。

「まさか公爵に司教を紹介されるとは思わなかったわー」

大して暑くはないが、扇で顔を扇ぎながら再び愚痴をこぼした。ユーン伯には近づかない方がいいと言われたものの、紹介されてしまっては逃げようがない。

「お行儀が悪いですよ、アンナ様。まあ、確かにあの繋がりには驚きましたけれど、公爵が保守派という事を考えれば、あながち不思議はないのかもしれません」

ハルハーゲン公爵レンナルトは、元々中立派とはいえ保守派寄りだった。その頃からの人脈が教会にあったとしても当然と言える。

「それにしたって、いきなり司教が出てくるとは思わないわよ。普通、もうちょっと下の人間が出てくるものじゃない？」

「公爵の地位を考えれば、頷ける関係です。高位聖職者の多くは貴族階級の出身ですから」

教会組織でも、俗世の身分が幅を利かせているという。正直、金がなければ聖職者にはなれない世の中だ。

「教会に入っても、捨てたはずの俗世の地位や身分に左右されるなんて、おかしな話よね」

「本音と建て前は違うという事ですよ」

アンネゲルトの呆れ交じりの感想に、ティルラはあっさりと返した。

神の教えを説く組織が、金と権力にまみれているというのも妙なものだ。それとも、それこそ人間らしいと言うべきか。

「とりあえず、敵について知るのはいい事ですよ。情報なくして闘いには勝てません。うちでも引き続き調べさせていますが、本人がどういった人物なのかは、実際にその目で確かめる方がよろしいでしょう」

「そうね」

それにしても、敵のラスボスがあんなに若く美しいとは。まさか顔だけであの地位に就いた訳ではないだろうけれど……。

「神様も面食いなのかしら？」

「は？」

「いいえ、何でもないの」

心の中で呟いたつもりが、口から出ていたようだ。最近こうした事が多い。気を付けなきゃ、とアンネゲルトは自分を戒（いまし）めた。

ハルハーゲン公爵の馬車は、王都の大通りを一路、公爵邸に向かっていた。車内にはステーンハンマル司教も同乗している。

「妃殿下に直接会った感想は？」

それまで窓からの景色を見るとはなしに眺めていた公爵が、ふと思い立って目の前に座る司教に問いかけた。

司教は、器用に片眉を上げる。

「そうですね……とても、可愛らしい方だと思いましたよ」

口元に薄い笑みを浮かべて、司教はそう答えた。その言葉に公爵は気を良くしたらしく、喉の奥でくつくつと笑っている。

「そうか、君もそう思うか。いや、まったく可愛らしい方だよ」

本当に、もったいないほどに。そう続けた公爵の声は、司教には届かなかった。

二人の口調は気安いものだ。特に公爵は親しい友人のように司教に話しかける。

「彼女がこの国へ来るまでは、どんな女性かと気をもんだものだが、いざ会ってみると、自分の思いが杞憂だったという事がよくわかったよ」

公爵の言葉に、司教は黙って耳を傾けた。仕事柄、人の話を聞くのには慣れている。

公爵はなおも続けた。

「彼女は、この国に富をもたらす」

「そうでしょうね」

アンネゲルトの背景を考えれば、自ずと出てくる答えだ。スイーオネースも貧しい国ではなく、むしろ北回り航路のおかげで富み栄えている国である。

公爵の言う「富」とは、単純な金銭の意味だけではない。西域の他の国々との繋がりや、何よりも国王が導入しようとしている魔導技術の事だ。

公爵の視線が、ステーンハンマル司教を射貫く。

「その為には、教会にも力を貸してほしいんだ」

「わかっています。幸い……と言っていいのかわかりませんが、先だって教会騎士団が起こした事件のおかげで、頭の固い連中を一掃する事が出来ました。この先、守旧派は総崩れするでしょう」

「そうか……」

教会の守旧派と貴族の保守派は強い繋がりを持っている。教会の守旧派が一掃されるのであれば、その影響は宮廷の保守派貴族にも及ぶだろう。ますます革新派が勢いを増し、魔導技術導入に拍車がかかるのは火を見るより明らかだ。

保守派に属する公爵はさすがに思うところがあったようで、司教の前で何やら思案している。

ふと顔を上げた公爵は、真顔で司教に尋ねた。

「確認しておくが、例の襲撃、君の指示ではないんだろうね？」

例の襲撃——教会騎士団が起こしたイゾルデ館襲撃事件の事だ。

司教は薄い笑みを浮かべて答える。

「まさか。襲撃の翌朝まで、私がこの国にいなかったのはあなたもご存知でしょう？さすがに遠地から彼らを操る事など出来ませんよ」

司教の言葉は本当の事だった。彼のあずかり知らぬところで、教会の推進派が裏で動いた結果だ。

この場合、唆(そそのか)した推進派とまんまと甘言に乗った守旧派及び教会騎士団の、どちらがより罪深いのか。

公爵は、司教の返答に満足そうに微笑んだ。

「ならばいい。この先も彼女に害を為そうなどと思ってはいけないよ？」

「心得ております」

司教が答えたところで、馬車は公爵邸に到着した。玄関前の車宿りで、使用人の手により馬車の扉が開かれる。

まず先に司教が降り、続いて公爵が降りた。

「さて、夜はまだ長い、少し付き合いなさい」

「これでも聖職者なのですが」

「何、こんな夜なら神も見逃してくださる。大体、酒は神が人に与えたもうた恵みの一つではないか」

公爵は笑いながら司教の背中を叩く。夜空には少しだけ欠けた月が浮かんでいる。それを見上げて、司教は口元を歪めて笑った。

シーズン中は忙しいはずなのに、クロジンデはどうにか時間を見つけてカールシュテイン島に遊びに来ている。

「まあ！　これがクアハウスですのね‼」

まだ完成してはいないが、外装と内装の大方が仕上がったクアハウスを見て、クロジンデは歓喜の声を上げた。

どこをどう間違えたものか、クアハウスの全体イメージは古代ギリシャ・ローマ風となっている。おそらくイェシカがリリー辺りから間違った向こうの世界の知識を仕入れた結果だろう。

今日は、延び延びになっていた泥パックのお試し会である。ついでにクアハウスの温泉とエステも試そうという腹だ。

「温泉の他にも、海水を利用した施設もあるんですよ」

「まあ、海の水を、ですか？」

「ええ。温めた海水に浸かったり、海藻や海の成分を抽出したものを使ってマッサージしたりするんです」

海がすぐ側にあるカールシュテイン島ならではのものである。クアハウスは離宮同様、海辺に建設していた。

「それって……」

「もちろん、美容と健康にとてもいいんですよ」

アンネゲルトの最後の一言に、クロジンデはがっとアンネゲルトの手を握る。

「アンナ様！　本日はそちらも試させてくださるわよね⁉」

「え、ええ。もちろんです、お姉様」

まさかクロジンデがここまで食いつくとは。世の女性の美容にかける熱意を見たアンネゲルトだった。

結局クアハウスの見学の後、船でのエステフルコースを体験したクロジンデは、仕上げとばかりにメインダイニングで饗（きょう）された食事に舌鼓（したつづみ）を打っている。

「これを食べれば美しくなれるだなんて、素晴らしいですわ、アンナ様」

「食べただけで綺麗になるという訳では……ただ、肌にいい栄養素や新陳代謝を促（うなが）す効果がある食材を使っていますから、普通の食事よりは美容と健康にいいという――」

「それこそが素晴らしいのではありませんか‼」

クロジンデの勢いに、アンネゲルトはたじたじだ。

「肌や髪の調子も素晴らしい仕上がりですし、お食事もおいしいし、なんて素敵なんでしょう。早くあのクアハウスが出来上がらないかしら」

食後のデザートを楽しみながら、クロジンデはご機嫌だった。アンネゲルトはそんな彼女を見て乾いた笑いしか出てこない。

だが、この先クアハウスがうまくいくかどうかは、彼女の宣伝能力にかかっていると言っても過言ではなかった。

本当なら自分で宣伝すべきなのだが、アンネゲルトはこの国に来てまだ日が浅い。その点、クロジンデは独自の人脈を築いており、社交界における彼女の顔の広さは誰もが認めるところだった。その人脈を生かさない手はない。

クアハウスのメインターゲット層は、社交界の貴婦人方だ。潤沢な資金を持ち、美容にかける執念が強い彼女達ならば、クアハウスは大いに気に入ってもらえるだろう。

「本日は十分堪能させていただきましたわ。これならば胸を張ってあちこちに推薦出来るというものです」

あまり心配はしていなかったが、クロジンデのお眼鏡に適ったようだ。後は離宮を含めた島の設備が全て出来上がるのを待つだけである。

本日のアンネゲルトの予定は、王宮での定例昼食会がメインだ。王族としての公務でもあるこの昼食会には、各大臣や有力貴族も出席していた。

昼食会では、実に様々な話題が飛び出す。この場は公式の場ではあっても議場ではないので、割合自由な議論が交わされる事があるそうだ。

アンネゲルトが修繕を進めている離宮の話題は、その中でも多くの時間を占めた。

「ほう、温泉……とな」

関心がある様子の国王に、アンネゲルトは説明を重ねる。

「はい、それ専用の建屋を作っております。また、その熱を利用して温室も作る計画になっているんです」

離宮その他の建物の暖房にも使う予定だが、それはこの場で言う事もあるまいと避けておいた。

詳しい方法などを聞かれても、今日はイェシカもいなければリリーもいない。彼らがいなければ、アンネゲルトだけで説明するのは難しかった。

話題は、魔導特区へも及んだ。出席者の間でアレリード侯爵が根回ししてくれていたおかげだろう。

「特区とは、いかなるものでしょうか？」

「具体的な案はこれからですが、魔導士の育成と研究の場になれば、と思っています」

さすがにこの場で「教会の弾圧から魔導士やそれを志す者達を保護する為」とは言えなかった。大臣の中には、保守派や教会との繋がりが密な者もいる。

「それだけでしたら、王都の一角に作ってもいいのでは？」

そう質問してきたのは革新派の一人だった。魔導技術に反対する保守派ならばいざ知らず、積極的に取り入れていこうとしている革新派ならではの考えといえる。

王都は人と物が集まる国の中枢だ。カールシュテイン島は王都に近いとはいえ島であり、人や物の出入りが制限される。最悪、島で研究した成果を秘匿する事も出来るだろう。

アンネゲルトは一拍おいてから、口を開いた。

「カールシュテイン島は、陛下から私がいただいた島ですもの。帝国の魔導技術を知る私のもとで、スイーオネース独自の魔導を発展させていきたいと思っています。無論、新しく発明した技術は、この国の為に役立てていく予定です」

あくまで技術を独占したりはしない、国に還元していくのだという態度を貫く。もとよりそのつもりではあるのだが、「スイーオネースの為」という一言はいいアピールポイントになる、とティルラも言っていた。

元々、今回のシーズンは特区設立の下準備にあてる、とアレリード侯爵側と話がついている。本当ならとっとと設立を申請したいところだが、こういった事には根回しと時間が必要なものだという。

『急いては事をし損じると申しますでしょう?』

そうティルラに諫められたのは記憶に新しい。彼女は長い日本滞在の間に、格言だのことわざだのに詳しくなっていた。

特区の説明は、この場にいる者達には概ね好意的に受け取られたようだ。だがそこは貴族、表で見せる顔が全てとは限らない。慎重に事を運ばなくては、裏でどんな妨害工作をされるかわからなかった。

昼食会は和やかに終了したが、国王からは気になる一言をもらってしまった。

「離宮に行った際には、その温泉にも入ってみたい」

さすがに断る訳にはいかないので「ぜひ」と答えておいたが。

――クアハウスは基本女性向けなのにな……

はっきり言っておいた方が良かったのだろうかと悩んだものの、時既に遅し。

「いかがなさいましたか？　妃殿下」

声をかけてきたのはアレリード侯爵だ。彼も先程の昼食会に出席していて、昼食会場から馬車までの道のりで一緒になった。

「いえ、何でもないの」

クアハウスの事を考えていたら、いつの間にか俯いていたらしい。ここは王宮で、王族であるアンネゲルトの一挙手一投足は常に注目されるのだという事を、改めて自覚させられる。おちおち悩んでもいられない。

「それならばよろしいのですが。本日の昼食会は有意義なものになりましたな」

「ええ、侯爵の力添え、本当に助かりました」

今日の為に、各出席者に根回しをしてくれたのはアレリード侯爵だ。こういった事はアンネゲルト個人では出来ないので、本当に助かった。

根回しというと何だか後ろ暗いもののように感じるが、下準備と思えばいいとティルラから助言されたおかげで気が軽くなっている。

いきなり公(おおやけ)の場で聞くより、ワンクッション入れると聞く方もじっくり考える時間が持てるからいいのだ、というのがティルラの意見だった。

確かに一理ある。事前に特区の概要を伝えておいてもらうというのは、手続きの一つと考えればよくある話だ。

「妃殿下は、今日はこの後のご予定は何かありますか？」

「夜までは何も。今夜はエーベルハルト伯爵夫人の夜会に招かれているの」

クロジンデはこちらでは外国人だが、帝国の大使夫人なので外交の一環として夜会や晩餐会(ばんさんかい)、舞踏会などを主催する事もあった。

「ああ、私も妻と共に出席予定です」

「聞いていますか。そういえば、マルガレータさんは元気にしているかしら？　一、三日顔を見ていないけれど」

アレリード侯爵夫人の姪、マルガレータは王都に滞在中アレリード侯爵邸に身を寄せている。

実家の伯爵家は家格も下の方で、王都に屋敷を構えられるだけの財力もない。なので、親戚筋である侯爵家を頼っていると言っていた。

姉妹でこれだけ差がついたのは、姉であるマルガレータの母親は恋愛結婚をし、妹であるアレリード侯爵夫人は家同士の結びつきで結婚した為である。社交界では有名な話だった。

アンネゲルトの問いに、アレリード侯爵は微笑みながら頷いた。

「ええ、毎日妻と出歩いて楽しんでいるようですよ。ああ、今夜の夜会には姪も連れていく予定です」

「そうなの」

アンネゲルトとの相性が悪くないマルガレータは、近いうちに王宮侍女に決まるだろう。ほぼ決まったも同然なのだが、急ぐ必要はないとティルラから言われているので、保留にしてあった。

王宮侍女に関して、実はアンネゲルトには一つの考えがあり、その事で今は頭がいっぱいの状態なのだ。

その事を相談するのに、今は丁度いい機会だろう。アンネゲルトはアレリード侯爵に向き直る。

「侯爵、折り入って相談したいのだけど」

「はて、何でしょうか」

続くアンネゲルトの言葉に、侯爵は目を見開く事になった。

それからしばらく経ったある日。社交行事の合間を縫って、アレリード侯爵が国王アルベルトの私室に招かれていた。

「して、王太子妃の願いとは何か？」

今日の訪問は、アルベルトが招いた形を取っているが、頼み込んだのは侯爵の方だ。前回の昼食会の帰りに、アンネゲルトにある事を依頼された為であった。

珍しく、侯爵が言葉を濁している。王太子妃アンネゲルトからの願いだと事前に聞かされていたが、侯爵がこれほど言いづらそうにしているとは。余程の内容という事だろうか。

あの姫は一体何を言い出したのかとアルベルトが思案していると、ようやく侯爵が口を開いた。

「妃殿下の王宮侍女に関する願いでございます」

「ああ、確か夫人の姪を推薦していたな」

何を言い出すかと身構えていたところにこの内容だ、正直拍子抜けした感がぬぐえない。マルガレータについては、アルベルトの耳にも入っている。

アンネゲルトの王宮侍女選定は、本来ならもっと早い時期に行われるべきものだ。それが今になったのは、アルベルトの息子である王太子ルードヴィグが妃のアンネゲルトを王宮から追放したのが一番の原因だった。

王宮侍女は王族と仕える側との相性が重要視され、また王族当人に決定権がある為、本人抜きで決める事は出来ない。しかも候補は見繕っていたものの、例の追放騒ぎで候補者が辞退する騒ぎになっていたのだ。

その王宮侍女に、侯爵夫人が自分の姪を推薦してきた。夫人自身、今ならば競争相手がいないのに加えて、自身の夫の立場から容易に決まると思っていた節がある。

だが、未だに王太子妃の王宮侍女は決まっていない。その事に侯爵夫人が焦れるならわかるが、今回はアンネゲルトからの願い事だ。

アルベルトとしても、下手な貴族の娘がつくよりは侯爵夫人の姪の方が何かと都合がいい。アンネゲルト本人が承諾すれば、すぐにでも承認するつもりでいたのだが、侯爵の話はそれだけでは終わらない様子だった。

「実はもう一人、妃殿下ご本人がぜひにと仰っている人物がおりまして」

「ほう」

去年のシーズン終わりから社交界に復帰したアンネゲルトは、そこで少なからず人脈を築いていたようだ。その中に、気に入った女性がいたという事か。

「ただ、相手の方に少々問題がありまして……」

珍しく言葉を濁す侯爵に、アルベルトは先を促す。

「申してみよ」

その結果、アルベルトも目を見開く事になった。

一週間後、長く空席となっていた王太子妃アンネゲルトの王宮侍女が決定した事が発表される。その内容に、人々は驚愕した。

一人はアレリード侯爵夫人の姪であるマルガレータ嬢だ。これは誰もが妥当だろうと判断している。問題は次の人選だった。

聞き慣れない名前の女性が、マルガレータの名に連なっていたのだ。その正体を知った誰もが、眉をひそめた。

ヴェルンブローム伯爵夫人ダグニー。国王より正式に伯爵夫人号を賜った、ホーカンソン男爵令嬢の事だった。

エピローグ

初夏の風が柔らかく甘い空気を運ぶイゾルデ館の庭で、アンネゲルトはここ最近の恒例となっている東屋(あずまや)でのお茶を楽しんでいた。本日同席しているのは、側仕えのティルラと護衛隊隊長のエンゲルブレクトである。

「ヴェルンブローム伯爵夫人には、主に王宮での仕事を担当してもらう事になりそうです。マルガレータ様には、王宮や他の貴族の方々との連絡や調整役をお願いしましょう」

ティルラが見ている手元の書類は、彼女達にやってもらった試験の結果だった。

これは日本でも入社試験の際によく使われるものの応用で、彼女達の知識や知能、向き不向きを見る為に実施している。

その結果、ダグニーは事務仕事に適性があり、マルガレータは営業的な仕事に適性があると出た。少し意外な気もするが、アンネゲルトの王宮侍女は二人しかいないので適材適所で頑張ってほしい。

「……やっぱりもう少し人数を多くした方がいいかしら？」

「増やすにしても、追々でいいのではないでしょうか？」

そう意見を述べたのはエンゲルブレクトだ。彼が庭園でのお茶に参加する頻度が高いのは、護衛を兼ねているからだと表向きには通している。

この東屋でお茶をするようになったのは、例の伯爵令嬢に襲われかけた事件で、エンゲルブレクトとの仲を修復出来た事がきっかけだった。

エンゲルブレクトの意見を聞いて、ティルラの目元にからかいの色が浮かぶ。

「あら、『隊長さん』も意見を言えるようになりましたねえ」

「っ！　そ、それは――」

「ちょ！　ティルラ！」

慌てるアンネゲルトとエンゲルブレクトを見て、からかった本人はころころと笑った。

東屋でのお茶では、しばしば今回のようにアンネゲルトの周囲に関する事が話題に上る。それらの改善案やアンネゲルト本人からの要望などを聞く場にもなっているのだが、当初エンゲルブレクトの意見はほとんど出なかった。

それが原因でアンネゲルトが落ち込む場面があったものの、慌てたエンゲルブレクトの弁解により事なきを得ている。

どうも、仲違いの原因となった場所で茶会に同席する事に据わりの悪い思いがあるらしかったが、それも正直に口にした事で払拭された。それもあっての、ティルラのからかいなのだろう。

「さて、では私はこれで。今夜の夜会の準備もありますから」

そう言って席を立ったティルラの背を見送り、アンネゲルトはテーブルの上のカップに視線を落とした。

あの時、感情を爆発させて立ち去った東屋で、今はエンゲルブレクトとこうして穏やかに過ごす事が出来る。

正直、今でもエンゲルブレクトとダグニーの仲を疑いたくなる瞬間があった。しかし、自分で信じると決めたのだ、疑惑からは意識して目を背けるようにしている。

ダグニー本人の特性もあるが、彼女に王宮に詰めてもらうのは、実はエンゲルブレクトになるべく近づかないでほしいという下心故でもあった。

「妃殿下、どうかなさいましたか？」

「え？　いいえ、何でもないわ」

俯いていた顔を上げ、アンネゲルトは努めて明るく微笑んだ。そう、何でもない、今ここにある時間を守る為なら、多少の後ろめたさなどいくらでも吹き飛ばせるというものだ。

——このまま、あなたは何も気付かないでいて。

そっと盗み見たエンゲルブレクトの横顔に、アンネゲルトは祈った。

書き下ろし番外編

恋の自覚

船内にある執務室で、エンゲルブレクトは苦手な書類仕事をこなしていた。社交シーズンまっただ中の今、王太子妃殿下であるアンネゲルト同様、彼も王都のイゾルデ館に詰めている。だからといって仕事は待ってくれず、書類仕事の為だけにこうして船に戻っていた。

少し護衛任務に励んでいただけで、この量だ。一体どうなっているのか。普段ならうんざりするところだけれど、今日の彼は違った。

書類を前にすると眉間に皺が寄るのに、不思議と口元に薄い笑みが浮かんでいる。共に執務室に詰めているヨーンは、それを見逃さなかった。

「隊長、何かいい事でもありましたか?」

「ん? いや、特には」

「そうですか……」

何か言いたげなヨーンだったが、それ以上は何も聞いてこない。さすがに、副官である彼にも言えなかった。

確かにいい事があったのだ。それも、かなりいい事が。ここ最近の憂いを全て吹き飛ばしてくれるような内容だ。

だが、事が事だけに口には出来ない。噂とは、真実にごてごてとした飾りをつけたものが最も喜ばれる。そして、宮廷という場所はその噂を大好物にしている連中が集まる場所だ。

ただでさえ一時期、根も葉もない噂が宮廷に流れたと聞く。それらが大きな問題にならなかったのは、発生した時期が社交シーズン終了間際だった事と、噂の当人であるアンネゲルトが宮廷にあまり顔を出さないからだ。

けれど、今彼女は宮廷にほぼ復帰し、そして今はシーズン真っ最中である。王国中から貴族がこの王都に集まり、連日社交行事に明け暮れているような日々だ。

そんな中、あらぬ噂は、あっという間に醜聞として宮廷中を駆け巡るだろう。それは避けたい。

夜、一人で船内の部屋でくつろぐ。二日後からは、また多くの行事の予定があるというが、今夜は大した社交行事もないそうだから、アンネゲルトも船に戻っていた。

次からは、また側で護衛することが出来そうだ。自分の職務を全う出来る事も喜ばしいが、それ以上に彼女の側にいられる事に充足感を感じる。

一時期、彼女との関係性は最悪になっていた。正直、あの時の事は思い出したくない。それが、つい先日修復が叶ったのだ。その現場は最低だったけれど。

ともあれ、アンネゲルトが無事であり、二人の関係は修復され、自分に至ってはこの感情を自覚した。いっぺんにあれこれあって疲れた一日だったが、悪くない。

今まで名前をつけられなかった内にある感情、それが何なのかはっきりわかったおかげですっきりしている。もっとも、この先も問題は山積みなのだけれど。


想い人、アンネゲルトに最初に出会ったのは、帝国の港街オッタースシュタットだ。花嫁を迎えに行く使節団の中に、エンゲルブレクト達護衛隊も入っていた。

まさか迎えの一団に組み込まれるとは思わなかったが、おかげで街中で彼女を救えたのだから、良しとしておく。

あの街は本当に迷いやすい街だった。何度か訪れた事があるという水夫から教えてもらったのだが、港の一角は特に迷いやすいつくりになっているらしい。

一説には、敵が攻めてきた時の備えだとか。港街らしく、敵が来るなら海からという事なのだろう。十分頷ける説だ。

まあ、実際には無計画に建て増していった結果だろう。背の高い建物が多く、狭い路地ばかりだから現在位置を把握しづらいのだ。

案の定、エンゲルブレクトも迷った。その迷った先で、酔っ払い達に絡まれているアンネゲルトと側仕えのザンドラを見つけたのだ。もっとも、あの時は彼女が嫁いでくる帝国の姫だとは、知らなかったが。

正直、あの時は正義感云々よりも、迷い続けた事に対するイラつきをぶつけた気がする。言ってしまえば、八つ当たりした訳だ。

その後、彼女達と共に行動した事で、何とか街中に戻れた。あの時はそれきり、翌日に対面があったけれど、アンネゲルトはレースのベールをつけていたので顔はわからずじまい。ザンドラもあの場にいなかったから、助けた少女が帝国の姫だとは気付かなかった。

再会したのは、この島でだ。あの時は非番で、体がなまっていると感じたから散歩がてら、庭園を見に行った。

護衛隊として島にやってきたけれど、アンネゲルトの側仕えであるティルラに体よく追い払われてしまい、なかなか目通りが叶わず暇を持て余していた時期だ。

カールシュテイン島にあるヒュランダル離宮は廃墟と化していたが、庭の方は狩猟館の管理人が少し手入れをしていたらしい。一時期流行（はや）った生け垣を使った迷路が残っていた。

とはいえ、きちんと手を入れていなかったようで、あちこちから枝や葉が伸びていて、しっかりとした迷路とは言えなかったが。

そんな迷路でも、心引かれたので入ってみた。うまくすれば反対側に抜けられるだろう、そう思っての挑戦だ。

だが、抜け出る前に騒動がやってきた。この島で、騒ぎが起こるなどあり得ない。声のする方に向かったら、人が飛び込んできた。それが、アンネゲルトだ。

「……あの時の『あれ』には驚いたが。いや、あの方にとっては日常なのだろうが」

飛び込んできた彼女は、下着同然の格好をしていた。目のやり場に困り、慌てて上着を羽織（はお）らせたのを憶えている。

そのすぐ後、アンネゲルトを追ってきたならず者どもは切り捨てたが、もう少し配慮すべきだったと今は思う。普通の女性は、人が斬られる場面など見る機会はないし、見たいとも思わない。その辺りを失念していた。

悲鳴を上げるアンネゲルトには慌てたが、おかげで見覚えのある相手だと気付いたのだから、何がどう作用するものやら。着ているものも髪型も違ったが、顔立ちまでは変えられない。それに、ザンドラの存在もあった。

「……あの時は、すぐに辿り着いたティルラが場を支配したな」

彼女はテキパキと指示を出し、連れてきた兵士にへたり込んだままのアンネゲルトを預けて送り返してしまったのだ。今思い出しても、鮮やかとしか言いようがない。

その事件のすぐ後に、王太子妃殿下としての彼女にやっと目通りが叶った。その時は、よもやこのような想いを抱くようになろうとは、自分も含め、あの場にいた誰も想像すらしなかっただろう。

その後も、アンネゲルトは危険にさらされ続けている。狩猟館が放火された事は、直接彼女とは関係なかったが、妃教育の為に来ていた時に巻き込まれた。

燃える狩猟館をわずかな時間で鎮火させたのは、帝国の工兵達だ。それまでも船の中などで、魔導というもののとんでもなさに触れてはいたけれど、あの時は別格だった。

あっという間に狩猟館の燃えている部分を切り離し、まるで火を吸い出すようにして消していく。今思い出しても、あれは現実だったのかと疑いたくなるほどだ。

もっとも、あんな光景を作り出す技術など、我が国にはないのだから現実に違いない。

教会の力が強いこの国では、魔導が発展しようがなかったのだから。

そんなアンネゲルトだが、この島と離宮の改造に熱中している事が救いか。国王アルベルトから両方とも正式に譲渡されたというから、そう簡単に帝国に帰る事はないと思う。

そしてその理由の一つに、自分も入っていてほしい。少しでも彼女の心に、自分という存在がある事を望む。密(ひそ)かに心の中でそう思うくらい、自由だろう。

「そういえば、修繕前のイゾルデ館で夜を共に過ごした事もあったな……」

言葉にすると誤解を招きそうだが、壁や床が剥(は)がされた部屋の、向こうは天幕の中、こちらは外側という位置関係だった。

あの時期は、アンネゲルトの態度がおかしく、目を合わせてくれなければ、対応もどこか上の空。嫌われているのではないかと、本気で疑ったものだ。そこまで避けられるような何を、自分はしたのだろうかと。

あの時は側につかずとも、陰から護衛するので構わないと思っていた。

いや、違う。本当はそうじゃない。彼女の視線を、自分が得られないのが辛かったのだ。だから、側から離れようと思った。結局、アンネゲルトに謝られてうやむやのまま日常に戻ったけれど。

それを解明する間もなく、次の襲撃者がやってきた。修繕を終えた館を、あろうことか教会の騎士団が襲ってきたのだ。

「敵」は帝国の魔導を無効化した。だが、早くからその事を考慮していたイゾルデ館には実験的に魔力を使わないいくつかの防御施設が組み込まれていたという。

そのおかげで、自分達は命拾いした。さすがに、庭園にある東屋（あずまや）が持ち上がった時には、驚いたけれど。あの時悲鳴を上げずに済んだのは、守るべき存在が側にいたからだ。本当に、醜態をさらさなくて良かった。

あの後、教会の騎士団は解体され、新たな形で結成されたと聞く。襲撃に加わっていなかった騎士達も連帯責任として解雇されたそうだ。捕縛（ほばく）された連中は今もその同僚達に恨まれているのだとか。誰かが手綱（たづな）を引いていないと、暴走しそうだとも聞いている。

ふと、己の手を見る。イゾルデ館襲撃の際、屋上から地上に下りるのに魔導を使った仕掛けを利用した。屋敷の屋上から特定の場所に飛び下りると、怪我一つしないというものだ。

魔導を無効化する術を見たからか、仕掛けを知っているアンネゲルトが躊躇（ちゅうちょ）した。仕方ない、あれは男でも無理だと思う。けれど、背後から敵が迫っているのがわかっていて、彼女の決意を待つわけにもいかなかった。

だから、不敬とは思いつつも抱き上げて、飛び下りたのだ。断じて、不埒な思いからではない。

下についても、抱いたままだったのは危険があったからだ。そのまま走った方が確実だし、後ろをついてきたザンドラも何も言わなかったではないか。

「……断じて、違う」

そろそろ言い訳も苦しくなってきそうだ。

イゾルデ館の騒動の後、王宮内でも危険な事があったという。こちらはティルラからの伝聞だが、王太子妃専用の庭に侵入してきた者に誘い出されたのだそうだ。

話を聞いた時は、その場にいなかった自分に憤ると同時に、目の前で報告していたティルラに怒りが向きそうになった。理性で押さえ込んだが、多分彼女には知られただろう。

この件は、危険はなかったのでアンネゲルト本人は軽く考えている節がある。だが、それがただの前哨戦という事も、十分あり得るのだ。その辺り、もう少し自覚してほしいと思う。

その証拠に、つい先日も訪問した園遊会の主催者であるセランデル伯爵家の娘に、もう少しで斬りかかられるところだった。

あの時、駆けつけるのがもう一歩遅かったら、アンネゲルトは怪我をしていただろう。下手をしたら、命に関わっていたかもしれない。

最初から、彼女の側を離れずにいれば——

「う……思い出したくもない事が……」

セランデル伯爵家の園遊会の前に、イゾルデ館の庭園で二人きりの時間を持った。ただ単にお茶を飲んだだけなのだが、妙に緊張したのを憶えている。

その場で、何故かダグニーの名が上がった。彼女は、親の関係で幼い頃から行き来があった相手だ。今は交流も途絶えているけれど、領地に帰った際に兄の墓参りで久しぶりに顔を合わせた。彼女が毎年、兄の墓に参っていると知ったのは、あの時だ。

兄とも親しくしていたダグニーは、兄を知る人間の中で唯一、その死の責任をエンゲルブレクトに問わなかった人物だ。その事は、今でも感謝している。

だが、アンネゲルトの王宮侍女に、となれば話は別だ。いくらアンネゲルト本人が望んでいるとはいえ、素直に祝福出来ない。

ダグニーの後ろには、王太子ルードヴィグがいる。アンネゲルトをカールシュテイン島に送った張本人であり、腹立たしい事に彼女の正式な夫でもあった。

そのルードヴィグの唯一であり、今も寵愛深いとされている愛人が、ダグニーだ。その愛人を自分の王宮侍女にするというのは、醜聞を提供するようなものではないか。

アンネゲルトの評判に関わる。そう説明したかったのに、彼女はこちらの話を聞いてくれず、一人激高してその場から立ち去ってしまった。彼女が育った異世界の言葉を使って早口にまくし立てられたので、言っている内容の半分も理解できなかったのが悔やまれる。それでも、彼女がひどく傷つき、怒っていた事はわかった。

あの会話の、何にそんな反応をしたのかわからずに途方に暮れるも、さすがに「何と言っているのか」などと聞けるはずもない。

結局そのまま、彼女とはすれ違う毎日が続いた。本当に、思い出すだけで胃が痛くなる。以前の視線を合わせてくれない状態など、ほんの軽いじゃれ合いに思えるほどだった。

その関係が修復出来たのが、セランデル家の令嬢による刃物事件だ。普通の貴族の令嬢が、刃渡りの短い華奢なナイフを振りかざした程度の事だが、あんなものでも場合によっては大怪我をする。

あの時は、会場で周囲に目を光らせていた自分のところに、ティルラが来た事から始まった。自分が呼んでいると聞いたと言うのだ。

だが、呼んだ覚えはない。とっさに二人してアンネゲルトがいる部屋へと走った。

頭の中で見取り図を思い出し走る後ろからは、ティルラがぴったりとついてくる。後で知ったが、ティルラは魔導で脚力を上げる事も出来るのだとか。

不躾(ぶしつけ)だが許可も得ずに開けた扉の先に、ナイフを振りかざす令嬢と、その奥に座るアンネゲルトの姿が映った時、一瞬時間が止まったような気がした。

そこからは、ほとんど反射で動いた気がする。気が付けば、彼女を背にかばい、犯人の令嬢と対峙していた。相手は武器の扱いにかけては素人(しろうと)の令嬢だからこそ、こちらもアンネゲルトも無事だったが、あれが本職の暗殺者だったら、最悪二人まとめて命を落としていたかもしれない。

結局、その場はアレリード侯爵預かりとなり、その後、令嬢が分家に嫁(とつ)がされた事を知った。生ぬるい事を、と思ったが、セランデル伯爵は革新派の中でも重要な人物が故(ゆえ)だそうだ。宮廷政治はこれだから、と思う反面、そのおかげでアンネゲルトは社交界に復帰出来ている。

もっとも、本人は社交を苦手としているけれど。

それでも、これからの事を思えばこれらをうまく利用して、味方を増やさなくてはならない。宮廷の味方は、アンネゲルト自身の武器にも防具にもなる。

とはいえ、今でも令嬢を野放しにした事に納得していない。あの場でリリーに渡すようティルラに進言した事を、後悔してはいなかった。

あの令嬢の背後に複雑な組織はなかったが、代わりに令嬢の母親の愛人という、なんともお粗末な存在が浮かび上がった時には、笑いを通り越して脱力したものだ。母親からその娘へと標的を変えた男が唆(そそのか)した、その結果があの事件だった。

今ではその男にも、相応(ふさわ)しい罰が与えられている。令嬢の母親にも、夫君である伯爵から何やら罰が下ったというし、結局セランデル伯爵家の膿(うみ)を出しただけだった。

そんな事に、アンネゲルトが巻き込まれたのかと思うと、腹が立つのと同時にどうしようもない暗い思いが湧き上がる。

あの時の、刃物を向けられていた姿を思い出すだけで、体の奥底が冷たくなる思いがするのだ。それが、どういう感情から来るものなのか、その時にようやく気付いたのだから、我ながら鈍いにも程がある。これでは腐れ縁のエドガーに笑われるのも当然か。

やり方はまずいけれど、その想いを先に自覚して動いたヨーンの方がはるかにマシだ。

「……言ってやるものか」

口にしたところで、あのヨーンが調子づくとも思わないけれど、認めるのもしゃくなので、この事は永遠に自分の中にしまっておこう。

それよりも、気にしなければならない事は多い。アンネゲルトは未だに危険にさらされているし、敵の正体も不明のままである。

わかっている事も多いが、島への襲撃の犯人と茶会へ毒を持ち込もうとした一件に関しては、まだ依頼主がわからないのだ。他の事件に比べると、用意周到すぎて厄介な事この上ない。

逆を言えば、狩猟館の火災やイゾルデ館襲撃、令嬢の一件などは相手が浅い考えの持ち主故、簡単に犯人に到達出来たのだ。その事を、忘れてはならない。

それに、別の危険も多かった。ハルハーゲン公爵は、その筆頭だろう。昔から何かと王位に色気を出しているという噂が絶えない彼は、今まで表だって動いたという事がない。だが、均衡を保つ手腕に長けているのは、ここしばらく近くで見る事が多かったのでよくわかる。

元は保守派寄りの中立派だったが、中立派が消滅してからは保守派だ。だからといって革新派との付き合いを途絶えさせた訳ではなく、社交の場でも革新派の集まりによく顔を出していた。

その彼が、事あるごとにアンネゲルトに近づいている。

「一体、何が目的だ？」

アンネゲルトは王太子妃で、王太子ルードヴィグの妃だ。形だけは。背後を考えると、彼女を手に入れれば帝国の恩恵を受けられる可能性がある。それ狙いだろうか。

王位に関しては、一位のルードヴィグがあれだし、ルードヴィグの数少ない国内の従兄弟である、二位のヨルゲン・グスタフは王位に興味を示さないと聞く。

ハルハーゲン公爵は、その下の三位だが、十分王位を狙える位置にいる。彼がアンネゲルトに近づくのは、やはり王位の為と考えた方がいいだろう。

そして、アンネゲルトの正式な夫であるルードヴィグもまた、警戒しなくてはならない相手だ。何せ結婚祝賀の舞踏会会場で、王宮からの追放を宣言した相手である。

今もアンネゲルトに対する感情は最悪らしく、公式の場で取り繕う事すらしない。おかげで彼女がどれだけ苦労しているか。

いずれ正式に婚姻無効の申請を出すにせよ、それまでの期間おとなしくしている保証もない。最終手段に出るには手駒が少なかろうが、用心するに越した事はない。

「何者からも、お守りせねば」

大事な相手なのだから。国にとっても、自分自身にとっても。

新＊感＊覚ファンタジー！

レジーナブックス Regina

聖女様は二次元がお好き

アラサー聖女様は溜息を吐く

斎木リコ

イラスト：牛野こも

定価：1320円（10% 税込）

ある日、急に異世界へ聖女として召喚された隠れオタクのOL、彩香。彼女を召喚した連中は世界を救えなどと言うけれど、推し小説の新展開が目白押しの今、そんな暇はない！　しかし訴えは聞いてもらえず、帰る方法もわからず、彩香は不本意な聖女生活を送ることに……。しかも、婿候補だと言って残念なイケメン達まで押し付けられて——!?

詳しくは公式サイトにてご確認ください

https://www.regina-books.com/

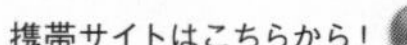

小鳥遊郁
皇太子の愛妾は城を出る
一生かごの鳥なんてお断り!
特別書き下ろし番外編収録!
レジーナ文庫

レジーナブックス
Regina

本書は、2017年4月当社より単行本として刊行されたものに書き下ろしを加えて文庫化したものです。


この作品に対する皆様のご意見・ご感想をお待ちしております。

おハガキ・お手紙は以下の宛先にお送りください。

【宛先】

〒150-6008 東京都渋谷区恵比寿4-20-3 恵比寿ガーデンプレイスタワー 8F
（株）アルファポリス　書籍感想係

メールフォームでのご意見・ご感想は右のQRコードから、
あるいは以下のワードで検索をかけてください。

ご感想はこちらから

アルファポリス　書籍の感想　検索

レジーナ文庫

王太子妃殿下の離宮改造計画 4

斎木リコ

2021年10月20日初版発行

文庫編集－斧木悠子・森順子
編集長－倉持真理
発行者－梶本雄介
発行所－株式会社アルファポリス
〒150-6008 東京都渋谷区恵比寿4-20-3 恵比寿ガーデンプレイスタワー8階
TEL 03-6277-1601（営業）　03-6277-1602（編集）
URL https://www.alphapolis.co.jp/
発売元－株式会社星雲社（共同出版社・流通責任出版社）
〒112-0005 東京都文京区水道1-3-30
TEL 03-3868-3275
装丁・本文イラスト－日向ろこ
装丁デザイン－ansyyqdesign
印刷－中央精版印刷株式会社

価格はカバーに表示されてあります。

落丁乱丁の場合はアルファポリスまでご連絡ください。

送料は小社負担でお取り替えします。


ISBN978-4-434-29487-7 C0193